Irmão e irmã

Outras obras da autora publicadas pela Editora Record

Casando com a amante
Os filhos dos outros

JOANNA TROLLOPE

Irmão
e
irmã

Tradução de
VERA WHATELY

EDITORA RECORD
RIO DE JANEIRO • SÃO PAULO
2008

CIP-Brasil. Catalogação-na-fonte
Sindicato Nacional dos Editores de Livros, RJ

T77i
Trollope, Joanna
    Irmão e irmã / Joanna Trollope; tradução de Vera Whately.
  – Rio de Janeiro: Record, 2008.

    Tradução de: Brother and sister
    ISBN 978-85-01-07522-2

    1. Irmãos e irmãs – Ficção. 2. Ficção inglesa. I. Whately,
Vera. II. Título.

07-1769   CDD – 823
                                       CDU – 821.111-3

Título original inglês:
BROTHER AND SISTER

Copyright © Joanna Trollope 2004

Todos os direitos reservados.
Proibida a reprodução, no todo ou em parte, através de quaisquer meios.

Direitos exclusivos de publicação em língua portuguesa somente para o
Brasil adquiridos pela
EDITORA RECORD LTDA.
Rua Argentina 171 – Rio de Janeiro, RJ – 20921-380 – Tel.: 2585-2000
que se reserva a propriedade literária desta tradução

Impresso no Brasil

ISBN 978-85-01-07522-2

PEDIDOS PELO REEMBOLSO POSTAL
Caixa Postal 23.052
Rio de Janeiro, RJ – 20922-970

EDITORA AFILIADA

Capítulo Um

De onde estava sentado, Steve podia ver o estúdio de ponta a ponta e até o alto do telhado, onde as vigas do século XVII — ainda deixando entrever de certa forma as linhas sinuosas dos ramos e troncos de origem — criavam formas curvas e exuberantes. A iluminação era projeto seu, de modo que mesmo à noite e nos dias mais escuros os olhos eram atraídos para o alto, como nas catedrais e construções com cúpulas. Era confortante olhar para cima, confortante e estimulante. Nos últimos oito anos, desde que o estúdio ficara pronto, ele passava horas olhando para aquelas vigas e pensando nas árvores que lhes tinham dado origem, no céu que continuava acima delas através do telhado. Gostava desses pensamentos imensuráveis, tal como gostava do momento anônimo e neutro ao final de cada dia de trabalho, quando todos iam para casa e ele permanecia sozinho ali, relembrando todas as preocupações desagradáveis das horas anteriores, até atingir a tranqüilidade, sem pensar em nada.

Diziam brincando no escritório que Steve tinha de ser sempre o último a sair. Brincavam também com a placa azul-marinho acima da janela do andar térreo na qual se lia: "Steve Ross e Associados. Designers."

— E quem poderiam ser esses associados? — perguntou um dia Titus, que trabalhava para Steve havia três anos. Titus tinha 27 anos, era baixo, troncudo e forte, com maneiras refinadas próprias de uma educação inglesa antiquada. — Porque *decerto* não sou eu.

— É um nome — respondeu Steve, fingindo ler uns papéis. — É só um nome. Para fins de registro da empresa.

— Não o *meu* nome — disse Justine. Ela acabara de terminar o curso na faculdade de arte e enrolava seus próprios cigarros. Deu uma piscada para Titus.

— Talvez um dia — Steve falou. — Se eu achar que você merece.

Ela gostou disso. Não queria flertar abertamente com a idéia, mas queria um desafio, gostava que Steve visse que, embora ela ainda roesse as unhas, tinha energia e determinação. No dia em que foi entrevistada, ele havia examinado seu currículo em completo silêncio depois dissera: "Bom." Era a sétima entrevista dela, e todos os outros lhe tinham dito com um suspiro que não dispunham de vaga no momento. Ela viveu durante meses com aquele "Bom".

Steve aprumou o corpo devagar no banquinho sueco — de projeto ergométrico — e contemplou seu pequeno império. Olhou para o piso original de olmo — de tábuas muito largas: de que tamanho teriam sido aquelas árvores? — e para o contorno anguloso das mesas de Titus e de Justine e o canto sereno e quase clínico de Meera, que cuidava da contabilidade e da administração com total organização. Steve tentava não se entregar completamente à ordem, não reclamar da limpeza. Esforçava-se para lembrar que o rigor que parecia ser um bálsamo para sua alma devia ser aplicado de forma apropriada ao trabalho, mas não devia de forma alguma se espalhar por todos os outros aspectos da vida.

Foi Nathalie quem o alertara para isso. Há muitos anos, antes de ele descobrir aquele casebre urbano em péssimo estado, mas com potencial para transformar-se em um local de trabalho, ele tentara persuadi-la a mudar-se para lá com ele.

Ela havia olhado para ele com um ar de dúvida.

— O problema é que você é um pouco... um pouco meticuloso — dissera.

Ele ficara magoado.

— Você quer dizer exagerado, quer dizer chato.

Ela suspirou e passou os dedos debaixo dos olhos, como se achasse que a maquiagem estava borrada.

— Bem...

— Eu me preocupo com as coisas — disse Steve com insistência. — Eu me preocupo com as pessoas. Presto atenção às *pessoas*.

Nathalie fechou os olhos. Steve chegou perto dela.

— E de todas as pessoas que conheço, você é quem mais precisa que eu faça isso. Precisa que eu preste atenção em você — disse ele de forma imprudente.

Nathalie arregalou os olhos.

— Isso não me parece atenção — replicou ela de imediato. — Parece mais um *controle*.

Ele se sentira criticado. Ainda podia se lembrar daquele sentimento, daquele excesso de palavreado com a intenção de justificar-se. Lembrou-se da frase que ouvira de sua mãe da infância à adolescência sobre qualquer pequena escolha que ela e só ela precisasse fazer. "Acho que seu pai não gostaria disso."

— Desculpe — dissera ele para Nathalie, envergonhado.
— Desculpe.

Na parede próxima à mesa de Steve via-se a fotografia de Nathalie em um porta-retratos retangular de acrílico. De camisa jeans, rindo e segurando o cabelo comprido com as duas mãos no alto da cabeça. Ao lado, outro porta-retratos de acrílico com a fotografia de Polly. Ela estava com 5 anos, o cabelo era crespo como o de Steve e os olhos eram iguais aos de Nathalie. Na foto, olhava para a frente, debaixo da aba de um chapéu de algodão estampado, com um ar sério e determinado. Tinha acabado de entrar para o colégio, registrada como Polly Ross-Dexter, porque Nathalie não abria mão do seu sobrenome e Steve não queria que a escola pensasse que ele não era o pai. Os dois tiveram uma briga para ver que nome viria em primeiro lugar, e Nathalie acabara concordando que o nome ficava mais melodioso assim. Não foi uma vitória que tivesse lhe dado qualquer prazer, pensou Steve.

Ele deixou seu olhar ganhar liberdade, passando da organização de Meera à casualidade dos construtores de telhados do século XVII. Tinha tentado entender a tensão entre aquelas vigas, a razão dos seus posicionamentos, saber se haviam sido calculadas ou se eram fruto de várias tentativas. A construção não era muito pomposa, talvez tivesse pertencido a um dos tecelões huguenotes fugidos da Europa depois da perseguição na França. Esses artesãos haviam mudado da competência com seda à competência com lã, fazendo de Westerham uma cidade próspera antes das águas minerais serem descobertas e enriquecendo a região. Steve — aos 27 anos e cheio de idéias novas — descobriu entre as vizinhas mais elegantes do início do século XIX, aquela casa acabada e decadente, usada como depósito de portas velhas, peças de chaminé e pisos de madeira. Sua restauração exigira um empréstimo do banco que ele ainda pagava a duras penas. Quando conseguiu o dinheiro, sentira vontade de dizer a Nathalie: "Isso não é exatamente ser cuidadoso, é?" Mas não tivera coragem, não queria que ela tivesse a oportunidade — que poderia muito bem usar — de dizer: "E exatamente *para quem* é toda essa falta de cuidado?"

Claro que era para ele. Ele podia falar com entusiasmo das vantagens que aquela casa traria aos dois, aos filhos que pudessem ter, mas no fundo do coração sempre soube que não era nada disso. Era para ele, para aquele menino que crescera em um quarto dos fundos do pub Royal Oak, na Oxford Road, cujo pai ficara tão enfurecido com sua resolução de entrar para a faculdade de artes que os dois não se falaram por mais de dois anos. Sua mãe se mantivera entre os dois em atitude apaziguadora, levando comida para o quarto encontrado com a ajuda da diretoria da faculdade e voltando ao pub antes da hora de abrir.

Steve achava que queria ser fotógrafo — era isso que tinha planejado fazer. Criara fantasias de voltar para Royal Oak e colocar em cima da mesa do bar, na cara do pai, uma revista nacional ou um suplemento de domingo de um jornal com lindas fotos em preto-e-branco, em páginas duplas, tiradas por Steve Ross. Mas alguma coisa interferira naquele plano, alguma coisa ocorrera durante o primeiro ano básico da faculdade, enquanto todos os outros vagabundeavam, faziam composições de mosaicos e pintavam murais com vassouras de piaçava. Ele passara uma manhã inteira no estúdio de design e descobrira que de certa forma estava em casa. Adorara o ambiente imediatamente, vira a importância da simultaneidade da precisão e da criatividade, captara o extraordinário efeito psicológico de ajustes mínimos em termos de colocação ou proporção. Era uma trabalho limpo, puro, inteligente, feito para ele. Prometeu-se, enquanto ia de bicicleta para a faculdade na manhã em que completou 19 anos, que queria ser — que seria — um designer com seu próprio estúdio. Ia provar isso para si mesmo. Ia provar para o pai.

Levantou-se do banquinho e pegou a cesta de lixo. Era sua última tarefa do dia, outro motivo de gozação para Titus e Justine, pegar as cestas de lixo e esvaziar seu conteúdo no triturador: "O triturador de Steve."

— Kim não pode se ocupar disso? — perguntou Titus, apoiando-se na mesa de Steve.

Kim chegava às nove horas para fazer a limpeza três vezes por semana.

— Não — disse Steve.

— Assuntos confidenciais?

— Uh-uh — fez Steve.

— Como Kim provavelmente se interessa tanto pelo conteúdo das cestas de lixo quanto pela impressão do índice Hang Seng da Bolsa de Hong Kong — disse Titus cruzando os braços —, será que realmente não se pode confiar nela com o *triturador*?

— Não enche — disse Steve.

Virou o conteúdo de sua cesta de lixo no triturador. Era decerto só papel. A de Meera também. Mas as de Titus e de Justine tinham cascas de banana, papel de bala e esparadrapos usados. A de Titus também tinha um envelope de camisinha, para ver se Steve notava. A vida sexual de Titus aparentemente era divertida; suas namoradas em geral eram bem mais altas que ele. Às vezes Steve se perguntava se Justine gostaria de ser uma delas.

Colocou a cesta de lixo vazia debaixo da mesa e aprumou o corpo. A foto de Polly estava bem à sua frente, seus olhos desafiadores no mesmo nível que os dele. Ela parecia feliz na escola, não se abalava com coisa alguma. Talvez fosse tranqüila assim, dissera com toda a gentileza sua professora, por ter certa dificuldade de concentração, quem sabe devido a algum problema de audição. Steve tocou seu próprio ouvido sem notar. Não havia nada de errado com a audição dele, nunca houvera.

Lá embaixo, na área da recepção, a porta da rua bateu com força.

— Sou eu — gritou Titus.

Steve foi até a escada que descia para o andar térreo.

— Esqueceu alguma coisa?

— Estou acompanhado — disse ele.

Steve ouviu uns passos atravessando a área da recepção e subindo as escadas.

— Como é *legal* aqui — disse uma voz de mulher.

— Steve vai adorar ouvir isso — falou Titus. — Não é, Steve? Você vai adorar saber que Sasha achou o lugar legal.

Titus entrou no estúdio com as bochechas rosadas do frio lá de fora. Usava um cachecol grande enrolado no pescoço e nos ouvidos, como se fosse um estudante.

— Desculpe ter voltado — disse rindo. — Sei que você não gosta que a gente volte aqui.

Uma mulher apareceu na escada por trás de Titus. Era inevitavelmente muito mais alta que ele — e mais velha —, parecia ter bem mais de 30 anos e o cabelo claro e espesso cortado bem rente. Levantou a mão para cumprimentar Steve.

— Meu nome é Sasha.

— Oi — disse Steve.

Titus pôs as mãos nos bolsos.

— Viemos aqui em uma espécie de missão. Tivemos um impulso...

— Eu tive — disse Sasha, sorrindo para Steve. — O impulso foi meu.

— Pode nos dar cinco minutos? — perguntou Titus.

— Eu estava indo para casa ler para Polly — respondeu Steve.

— Polly?

— Minha filha — disse Steve, mostrando a foto. — Ela tem 5 anos.

Sasha examinou a foto.

— Adorável. Cinco anos. Então é fã da Barbie e da Angelina Bailarina.

Steve sorriu para ela.

— Qualquer coisa rosa.

— Eu adoro rosa — disse Titus com voz forte. Desenrolou o cachecol e jogou-o sobre a borda da mesa de Justine. — Explique para ele, Sasha.

Ela hesitou.

— É uma coisa meio impertinente...

— Titus *é* impertinente — replicou Steve.

— Só que a impertinência não é de Titus, é minha.

— Bem, então...

— Estou fazendo um projeto. Estou fazendo um curso, um curso de apoio psicológico, uma tese sobre identidade, identidade pessoal, de onde nos originamos, como nos definimos. Esse tipo de coisa.

Steve pensou rapidamente no Royal Oak e olhou para as mãos de Sasha. Eram longas e esguias, com um anel simples de prata em cada polegar.

— O problema é que... — continuou Sasha, mas então parou e olhou para Titus.

— O projeto é seu — disse ele.

— Titus me falou da sua mulher.

— Sócia — corrigiu Steve.

Sasha olhou para a foto de Polly.

— Desculpe...

— O que isso tem a ver com Nathalie?

— Eu soube que ela foi adotada — disse Sasha.

Steve olhou para Titus.

— *Eu* lhe disse isso? — perguntou Steve

— Disse.

— Não sei por quê. Em geral não faço esse tipo de comentário. Nem penso nisso.

— Não? — perguntou Sasha.

Ele olhou para ela. Era muito atraente magra e confiante, com aquele cabelo original muito espesso e quase branco. Steve sorriu para ela.

— Não — disse gentilmente. — Não preciso falar sobre isso. *Ela* não precisa. Não é importante.

— Mas...

— Desculpe — disse Steve —, mas Nathalie não tem qualquer trauma por causa disso. Sempre disse que foi bom ser adotada, que teve chance de escolher quem gostaria de ser.

— Nunca me senti assim — falou Titus, pondo as mãos nos bolsos. — Sei exatamente de onde vim e quase *nada* é como eu teria escolhido.

Sasha inclinou-se para a frente.

— Eu realmente não pretendia invadir...

— Você não invadiu.

— Mas é fascinante ela não se importar — continuou Sasha.

— Ela costumava brincar comigo — disse Steve — sobre o que chamava de minhas brigas com meus pais biológicos. Ela nunca teve essas brigas.

Sasha olhou de novo para a foto de Polly.

— Não queremos tomar mais seu tempo.

— Não.

— Mas... será que ela conversaria comigo?

— Como? — perguntou Steve. — Nathalie conversar com você sobre adoção?

Sasha fez um gesto com as mãos grandes e flexíveis. Os anéis deixavam seus dedos estranhamente truncados.

— Seria muito interessante. Seria um contraste, uma visão completamente diferente do conceito aceito, uma *mudança* refrescante...

— De quê?

— Da violência reconhecida da ruptura primal.

— *O quê?*
— Não comece com isso — interferiu Titus.
Sasha falou claramente, como se fosse uma citação:
— O bebê abandonado vive eternamente dentro de todas as pessoas adotadas.
Steve sorriu.
— Não dentro de Nathalie.
— É fascinante — disse Sasha de novo. Parou um instante, depois acrescentou. — Você acha que ela conversaria comigo?
Steve afastou-se um pouco do painel da parede que controlava a iluminação.
— Posso perguntar.
— Pode *mesmo*?
— É claro — falou Steve. — Mas agora preciso ir embora.
Titus passou por ele e desceu a escada na velocidade de sempre. Sasha parou um instante antes de seguir atrás. Ela era quase tão alta quanto Steve, tinha quase um metro e oitenta.
— Obrigada — disse.
Steve apertou o interruptor, e o estúdio mergulhou numa escuridão silenciosa.
— Não posso prometer nada.
— Não, mas obrigada por tentar.
Ele lhe deu uma olhada ligeira e fez sinal para que ela descesse na sua frente.
— Eu aviso o Titus.

Steve voltou para casa de bicicleta. Ele havia tido bicicletas a vida toda — a primeira fora presente de um cliente de seu pai quando tinha 4 anos para ele brincar no quintal de Royal Oak e a mountain bike de 28 marchas ele havia encontrado nos fundos do cinema, sem selim. Na parte traseira ele prendera uma cadeirinha para Polly, e ela andava por todo lado com um capacete azul-claro de ciclista decorado com desenhos do ursinho Puff. Os dois iam de bicicleta nadar juntos, comprar material para fazer consertos nos fins de semana e tomar chá com os avós de Polly no Royal Oak. A expressão de Polly ali atrás na bicicleta era superior e impassível, como um paxá em um palanquim, dizia Nathalie.

A rua onde moravam ficava, como o estúdio, na saída de uma das melhores áreas de Westerham. As casas tinham fachadas uniformes de pó de pedra clara, muito comum no local, e pequenos lances de escada entre a porta e a calçada. Steve e Nathalie encontraram o apartamento cinco meses antes de Polly nascer, um apartamento térreo comprido com um pequeno jardim nos fundos, que tinha uma ameixeira e um alpendre.

— Todo homem se amarra em um alpendre, não é? — disse Nathalie. Ela se interessara muito mais pelo apartamento do que Steve, porque tinha um jardim e porque ela estava grávida. — Achei que você ia adorar o alpendre.

Steve tinha outra coisa em mente. Sua idéia era um apartamento no primeiro andar com janelas grandes e cornijas moldadas, o mais diferente possível dos quartos escuros e baixos do Royal Oak.

— Eu poderia colocar um varal para secar roupa — disse Nathalie, com uma das mãos na barriga e a outra na ameixeira. — E o bebê poderia dormir aqui.

— É — falou Steve.

— A cozinha é boa. E tem uma porta independente dando para fora.

Steve olhou para ela. Pensou no estúdio e nas suas ambições, depois pensou no que tudo isso significaria para ele sem Nathalie.

— Vamos fazer um trato? A gente mora cinco anos aqui depois pensa de novo, está bem?

Cinco anos se passaram. Polly já tinha cinco anos e um mês, e suas roupinhas secavam em um varal pendurado entre a cerca e a ameixeira. Nathalie deixara o apartamento muito — bonito era a palavra que Steve escolheria — charmoso e confortável. Todas as habilidades que ela demonstrara na escola de artes — no final ela se especializara em tecidos — eram evidentes na casa que arrumara para Steve e Polly. Era um lar, sem dúvida. Se a definição de lar fosse o reflexo de toda uma vida doméstica, com todos os vínculos emocionais e práticos necessários, era isso que Nathalie criara.

Ao subir a rua de bicicleta, Steve viu sua janela ovalada cor de açafrão iluminada e a janela da cozinha conjugada, onde Polly teria terminado de jantar na mesa de pinho e talvez feito para ele um desenho de si mesma muito grande, dos pais um pouco menores e do cachorro em roxo ou rosa — suas cores favoritas — que tanto queria ter. Ela sempre gostara de cachorros, mesmo depois de ter sido derrubada por um pastor-alemão quando tinha 2 anos de idade.

— Que estranho — dizia Nathalie —, eu não gosto de cachorros.

Steve desmontou da bicicleta e empurrou-a para a úmida área coberta entre a casa deles e a do vizinho. Planejava colocar um portão de treliça nessa passagem e pintar com cor clara, mas esses planos se perderam como tantos outros, perderam-se no estúdio, na vida familiar, no seguimento inexorável das horas, dos dias e das semanas. Às vezes ele pensava no seu *tempo* de criança, em toda aquela extensão de tempo passando silenciosamente à sua volta, muitas vezes sem que ele soubesse como deveria preencher. Enquanto agora... Bem, agora o tempo parecia empurrá-lo para a frente, como alguém conduzindo, impaciente, uma bola de futebol.

Entrou no jardim escuro. Uma luz na parede externa iluminava a bicicleta Barbie de Polly, que estava jogada no chão, e uma fileira irrepreensível de vasos de plantas debaixo de uma cobertura de plástico, onde Nathalie tentava cultivar aurículas. Enfiou a chave na fechadura e entrou no cômodo, iluminado apenas pela luz que vinha da passagem.

— Cheguei! — gritou ele.

Ouviu uns passos. Polly veio correndo pela passagem e parou a poucos metros dele, como sempre fazia.

— Eu estava quase dormindo — disse ela.

— Mas não está com muita cara de sono.

— Já ia apagar a luz. Ia mesmo.

Ele se abaixou para beijar a filha. Ela cheirava a xampu e patê vegetariano.

— Mas não apagou. E agora estou aqui.

Polly deu meia-volta e foi andando pelo corredor. O pijama era grande demais, dando-lhe um ar de cantor de rap em miniatura. Nathalie apareceu na porta do quarto da filha.

— Ele chegou — disse Polly.

— Desculpe — falou Steve —, eu me atrasei porque Titus voltou lá no estúdio.

Nathalie gostava de Titus. Às vezes ele jantava com eles e desenhava cachorros para Polly.

— Tudo bem.

Steve inclinou-se e deu um beijo no rosto de Nathalie.

— Quero ouvir a história do Miffy — disse Polly.

— *Tem* de ser o Miffy?

— Tem — respondeu Polly.

Nathalie passou por Steve e foi para a cozinha.

— Nós fomos ao especialista de ouvido — disse, ao passar por ele.

— O quê? — perguntou Steve, olhando-a irritado. Ela tinha esse hábito de andar enquanto falava uma coisa que ele precisava ouvir.

Steve seguiu-a.

— O quê?

Nathalie não se virou.

— Polly e eu fomos ao especialista de ouvido. Você sabia que íamos.

— Sabia?

— Sabia, sim. Falamos sobre isso.

— Não falamos, não.

— Na verdade, você tem razão. Não falamos. Eu falei e você não escutou.

Steve respirou fundo e olhou em volta para ver onde Polly estava. Respirou de novo e falou com uma voz amistosa.

— E o que ele disse?

— Disse que ela tem uma malformação. Uma espécie de obstrução. Alguma coisa obstruindo o ouvido médio.

Ele falou mais alto:

— Uma malformação no ouvido de Polly?

— O médico quis examinar meu ouvido. Quis ver se eu tinha alguma coisa semelhante. Disse que era uma coisa hereditária, uma espécie de chanfradura, como um dedo dobrado.

— E encontrou alguma coisa?

Nathalie sacudiu a cabeça.

— Não.

Polly entrou na cozinha segurando o livro do Miffy.

— Miffy! — disse em tom de comando para o pai.

Steve olhou para ela.

— Você não está ficando um pouco grandinha para o Miffy, querida? — Steve foi para o outro lado da mesa para poder ver o rosto de Nathalie, que olhava para a mesa, o cabelo caído no rosto.

— Nat. É alguma coisa séria?

— Ele disse que a cirurgia é bem simples. Na verdade, é só a retirada de uma pequena cartilagem. Mas é preciso muito cuidado depois, porque o ouvido é um órgão complicado.

— E é doloroso?

Nathalie fez que sim. Ele se inclinou e tocou no braço dela por cima da mesa.

— Eles dão um jeito nisso. Não vão deixar Polly sofrer. Hoje em dia fazem maravilhas para controlar a dor — falou, num tom confortante.

— Miffy! — gritou Polly.

— Dois minutos, querida. Nat?

— Não é isso — disse ela, cruzando os braços sobre o peito como se estivesse com frio. — É uma cirurgia simples e tudo. Eu sei.

— Então o que é? A audição dela? A audição dela foi afetada?

— Está afetada *agora* — respondeu Nathalie.

— Eu sei, eu sei. Mas com a cirurgia não vai melhorar? Com certeza vai, não é isso que vão fazer, desobstruir?

— Eu me senti mal a tarde toda.

Steve esperou. Polly veio para perto dele, segurando o livro.

— Só um segundo, Poll...

— Sem um segundo. *Agora*.

Steve abaixou-se e levantou-a. Segurou o livro com as duas mãos bem próximo do rosto.

— Miffy.

— É. Miffy. Estou vendo.

— Nunca me senti assim — disse Nathalie. — Nunca pensei nisso. É uma pequena obstrução no ouvido de Polly, não é nada comparado ao que muitos pais têm de enfrentar, uma coisa à-toa, uma questão de mecânica, na realidade. Mas... mas no consultório do médico hoje, me senti péssima, perdida. E pensei, o que mais não sei?

Steve empurrou delicadamente o livro com uma das mãos para ver o outro lado da mesa.

— Como assim?

Nathalie levantou a cabeça.

— O que mais não sei sobre a origem de Polly?

Steve olhou para Polly e deu um grande sorriso.

— É claro que sabemos de onde Polly veio. Não é, Poll? Você veio da mamãe e do papai.

Polly bateu no livro e disse em tom ameaçador:

— Vou ficar zangada.

— É antes disso — continuou Nathalie. — Além disso. De repente me senti no espaço. No vácuo.

Steve foi soltando a filha.

— Você nunca falou assim.

— Eu nunca me *senti* assim.

— Não acredito que por causa de um probleminha com o ouvido de Polly, um problema que parece ser facilmente contornável, você de repente perca toda a sua confiança.

Nathalie olhou para ele.

— Por que não?

— Porque... bom, porque não é razoável.

— Não se trata de ser razoável.

Ela virou de lado e disse alguma coisa numa voz abafada.

— O quê?

— Eu disse que não se trata de ser razoável. Trata-se de sentimento. E os sentimentos têm... os sentimentos têm *memória*.

Steve engoliu em seco e olhou para Polly. Ela o olhava fixamente, indicando que ia forçá-lo a ler o livro que os dois sabiam ser indicado para uma criança de 3 anos. Steve sorriu para Polly e ficou imaginando se aquele sorriso era apaziguador.

— Sabe de uma coisa? — disse, olhando para Nathalie. — Polly e eu vamos ler o Miffy e você vai telefonar para sua mãe.

— Pensei em fazer isso...

— Então faça.

— Mas acho que seria melhor telefonar para David.
— O que adianta telefonar para o seu irmão? — disse Steve, com uma voz que denotava o esforço para se controlar.
— Ele vai entender.
— Quero descer — disse Polly. — Me solta.

Steve pôs a menina no chão e ficou agachado ao lado dela, com o braço à sua volta.

— Mas, Nat, ele não é seu irmão de verdade, não tem o ouvido igual ao seu nem ao de Polly. Você só cresceu ao lado dele...

Nathalie foi andando, e Steve virou-se para Polly. Seus olhos estavam a centímetros dos dele.

— Que ouvido, Poll?

Ela mostrou um ouvido, depois o outro, e deu de ombros.

— Miffy — disse, com voz de bebê. — Agora, agora, *agora*.
— Está bem.
— Duas histórias — disse ela, sentindo-se vitoriosa.
— Está bem.
— Duas histórias e a música do apito do trem.
— Está bem.

Steve levantou-se, e Polly agarrou sua mão com força. Ele olhou para Nathalie.

— Você vai mesmo telefonar para David?
— Vou.

Steve fez um enorme esforço.

— Mande lembranças a ele.

Capítulo Dois

Nathalie tinha 4 anos quando David foi morar na casa dos seus pais. Ela havia pensado em um bebê de berço, não em um bebê já maior, calado, de cabeça grande e mãos grandes e macias, que queria pegar tudo o que era dela. Pela forma como todos tratavam David, havia uma pena e uma extrema condescendência implícitas, e o fato de ele ainda não saber falar e ser muito determinado em certas horas e completamente esquivo em outras era aceito e até mesmo admirado.

— Não se zangue com ele, Nathalie — diziam Lynne e Ralph. — Ele ainda é pequeno. Não tem culpa de nada.

Na opinião de Nathalie, *eles* podiam ter feito alguma coisa. Para começar, podiam não ter levado aquela criança para morar lá. A vida era bem boa sem David, não havia necessidade dele. Levá-lo para a casa da Ashmore Road parecia particularmente desnecessário, uma decisão arbitrária. Um bebê teria sido ótimo, um bebê em um berço ou em um carrinho; um bebê não seria um desafio nem iria se meter na vida que Nathalie, Ralph e Lynne tinham construído juntos. Nathalie percebia, mesmo aos 4 anos de idade, que teria se adaptado a um bebê.

Ela fechava a porta do quarto por causa de David. Colocava os brinquedos em lugares mais altos, embora ele estivesse aprendendo a escalar os móveis. Comia sem olhar para o garoto, e quando ele se comportava mal à mesa — o que em geral ocorria —, jogando o prato no chão ou cuspindo a comida que tinha na boca, ela fixava a atenção em alguma outra coisa e olhava fixo sem piscar até seus olhos se encherem de lágrimas. Quando David fazia Lynne chorar de aflição, Nathalie chorava também para mostrar-lhe que tinha razão de estar chorando. Reagia a Ralph quando ele ia vesti-la para a creche, e quando Ralph protestava, ela ficava muda, como David.

Nathalie sabia que detestava aquela criança. Sabia também que não era permitido dizer isso; aliás, era absolutamente proibido. Embora ninguém tivesse dito nada, alguma coisa na pena quase reverencial que sentiam por David fazia Nathalie perceber que algumas áreas da conduta humana eram tão protegidas contra ofensas que penetrar nelas corresponderia a uma penalidade pessoal para o resto da vida. Sabia que se chegasse a *dizer* que detestava David, não poderia voltar atrás jamais. Podia dizer que detestava sua cabeça grande, sua falta de modos, suas fraldas sujas e sua persistência, mas não podia dizer que detestava *David*. E o pior, muito pior, é que ele gostava dela. Desde o primeiro dia em que chegou gostou dela. Quando se fechava dentro de si mesmo e se sentava todo enroscado, sem responder a nada, só Nathalie conseguia fazer com que ele voltasse à vida. Não que ela quisesse — preferiria que ele ficasse enroscado assim para sempre —, mas *ele* queria responder a *ela*. Quando ela se aproximava, os olhos dele se iluminavam e suas mãos se abriam. Ela detestava aquelas mãos. Estavam sempre pegajosas.

David levou anos para conquistar Nathalie. Lynne dizia às amigas que era de cortar o coração vê-lo lutando pela atenção da irmã sem qualquer reação da parte dela. É claro que não se podia esperar que uma menininha entendesse a dupla privação sofrida por David — primeiro a perda da mãe biológica no momento da adoção, depois a morte dos pais adotivos em um desastre de avião numas férias na França —, mas era como se ela tivesse trancado o coração para David sem sequer pensar, sem nem mesmo olhar para ele.

— E ele gosta tanto dela — dizia Lynne, os olhos rasos d'água ao lembrar-se da emoção não correspondida da criança.
— Dá para ver no seu rosto. Ele *ama* a Nathalie.

Mesmo naquela época Nathalie suspeitava da palavra amor. Lynne usava aquela palavra a toda hora. Ela e Ralph diziam que amavam Nathalie e que a amavam especialmente porque a tinham *escolhido* para ser filha deles. Quando você é escolhida, dizia Lynne, torna-se especial. Mas Nathalie suspeitava tanto da idéia de ser especial quanto da palavra amor. Quando se sentava de pijama nos joelhos de Lynne (pijama amarelo-claro estampado com coelhinhos), tinha a impressão de que Lynne falava sobre amor e sobre ser especial porque queria alguma coisa em troca. Queria que Nathalie juntasse tudo isso, e um pouco mais, e lhe desse de volta como um presente, um presente que de alguma forma obscura faria Lynne se sentir melhor. E Lynne sempre precisava sentir-se melhor. Alguma coisa no seu rosto fino, bondoso e angustiado mostrava que ela tinha sempre consigo algum tipo de dor e que achava que a menininha de pijama amarelo podia aliviar aquela dor e confortá-la.

Mas Nathalie não conseguia fazer isso. Ela gostava de Lynne. Gostava de Ralph. Gostava de sua vida na casa da Ashmore Road, do seu quarto, de quase tudo que lhe ofereciam para comer e da escola. Mas não conseguia ir além disso. Não conseguia se atirar nos braços de Ralph e Lynne e se entregar a eles, em parte porque não sentia que fosse necessário, e em parte porque não conseguia dar a Lynne o que ela parecia querer cada vez mais, até sugá-la inteiramente como um fiapo de tapete sugado para o tubo do aspirador de pó.

— Sempre sonhei em ter uma menina como você — dizia Lynne. — Então eu a escolhi!

Foi David, no final, quem salvou Nathalie. Ele se recusava a comer se ela não lhe desse na boca, e ela se recusava a lhe dar na boca se ele espernasse. Olhava para ele, com uma colher de purê de cenoura na mão.

— Pare de espernear — dizia.

David continuava a espernear, e ela punha a colher na mesa. Ele fazia um esforço enorme, abria a boca e sujava o queixo com as mãos. Ela pegava a colher de novo e punha a comida na sua boca sem dar uma palavra. Lynne ficava enlevada. As crianças não lhe prestavam atenção.

— É adorável, ele faz qualquer coisa para ela — dizia a Ralph.

Menos pedir, pensava Nathalie. Quando ela tinha 6 anos e David 3, compreendeu de forma vaga que ele nunca pedia nada. Podia mostrar, de forma incoerente, que queria que ela lhe desse comida na boca, insistir em sentar-se ao seu lado ou tapar sua linha de visão, mas Nathalie via com clareza que ele não queria nada em troca, a não ser ficar com ela para sua própria satisfação. E como ele não falava — não sabia mesmo falar? —, Lynne se preocupava e pensava se algum dia falaria. David não articulava nenhuma palavra que mostrasse necessidade ou desejo de reciprocidade; queria apenas que Nathalie estivesse ali. Assim como ela, talvez ele tivesse sido escolhido, mas o próprio David não tivera nenhuma escolha. Assim como ela, recebera uma coisa que merecia agradecimento, ganhara um prêmio na loteria e tinham lhe dito que era muita sorte sua. Mas ao contrário dela, decidira que em toda essa avalanche de falta de escolha iria selecionar uma coisa de que gostasse, uma coisa que não exigisse resposta nem gratidão. E essa coisa era Nathalie.

David cresceu e ficou bonito. Para surpresa e alegria de Lynne, aquela criança gordinha e desproporcional, quase careca, tornou-se um menino lindo, o tipo de menino que chamava a atenção pela beleza até de insensíveis caixas de banco e de supermercados. Levar David para passear tornou-se uma questão de intenso orgulho e não de desculpa defensiva, uma questão quase de competição entre Ralph e Lynne. Ralph levava David até para o clube de xadrez, onde ele se sentava no colo do melhor jogador do clube — que escrevera um aclamado livro sobre os desafios estratégicos do jogo e deixava que ele segurasse o rei e a rainha. Ralph voltava para casa todo orgulhoso e punha David no chão como se ele fosse uma estátua.

— Ele chama a atenção de todo o mundo — dizia Ralph.

O charme de David estava na sua beleza e na sua passividade. A obtusidade que parecia demonstrar quando bebê podia agora ser vista, mais aceitavelmente, como obediência. Ele ficava brincando horas com dois carrinhos no tapete, cujas listas formavam estradas; sentava-se no cavalinho de pau que Ralph fizera para ele e ficava se balançando um tempão, com uma atitude absorta que Lynne considerava boa. Especialmente boa, comparada com as atitudes de Nathalie. Quanto mais ela crescia, mais precisava fazer o que a amiga americana de Lynne chamava de "atuação". Ela era provocativa, irritável e imprevisível, às vezes aceitando e às vezes rejeitando os carinhos de Lynne. Fazia ótimas amizades no colégio, depois as destruía gratuitamente e soluçava por suas perdas.

— Não gosto disso — disse Lynne. — Não gosto da criança que ela está se tornando.

Ralph estava consertando um brinquedo que David quebrara por acaso e não olhou para ela.

— O que você não gosta, querida — disse ele lentamente —, é da dor que vai sentir a vida inteira e que não pode ser aliviada.

Lynne ficou congelada. Olhou para Ralph de cabeça baixa, para aquelas mãos hábeis entre os pedaços de plástico brilhante. Depois entrou em casa e foi até a máquina de lavar, os punhos cerrados debaixo do queixo para dar vazão a uma raiva terrível e de breve intensidade. Como ele podia dizer isso? Como *ousava* dizer isso? Como ousava lembrá-la do grande desapontamento dela — *dela* — por ele ser estéril?

Naquela noite ela gritou com Nathalie por uma coisa trivial — ela não escovara os dentes ou o cabelo — e ficou horrorizada consigo mesma. Desesperada, esperou que Nathalie se horrorizasse também, chorasse e tremesse para conseguir uma reconciliação. Mas tal não ocorreu. Nathalie olhou para ela com uma expressão de triunfo e alívio, depois entrou no quarto de David e enfiou-se na cama dele. Lynne viu David virar-se e olhar para a irmã, espantado e contente, e achou que não devia olhar mais, devia deixar os dois lado a lado, sem dizer nada.

— Pelo menos... — disse para Ralph mais tarde, exausta de emoção e com a sensação de que falhara com todos, inclusive consigo própria — pelo menos eles têm um ao outro.

Lynne ainda dizia isso, o que deixava Nathalie irritada porque sabia que a mãe esperava reconhecimento e agradecimento. Embora a amasse, embora reconhecesse que a mãe fizera muito por ela e sempre estivera ao seu lado, não conseguia se habituar com a idéia de que lhe devia alguma coisa.

O problema do ouvido de Polly era um bom exemplo disso. Como Polly era sua neta, Lynne esperava ser sempre incluída em qualquer problemática da menina, fosse grande ou pequena. Seria uma prova da intimidade entre Nathalie e Lynne — prova de que o relacionamento delas não era *diferente* do relacionamento entre uma mãe biológica e a filha. Nathalie devia lhe contar todas as suas preocupações de mãe, tudo que tivesse a ver com a ligação tão apropriada entre ela e Polly.

Mas David, com seu silêncio, lhe ensinara o contrário. Observando-o à medida que ele ia chegando à adolescência, Nathalie notara que ele agia com rodeios, não impunha sua vontade diretamente. Deixava bem claro que se Nathalie precisasse impor sua vontade e criar um caso, ele ficaria do seu lado, mas que não era necessário agir assim para conseguir o que ela queria. Com o passar do tempo, apoiada na fidelidade e no desprendimento do irmão, ela começou a abrir mão do seu poder sobre ele, começou até mesmo a procurá-lo para sentir a satisfação silenciosa da sua presença como ele sempre sentira da presença dela. Encostada na parede da cozinha agora, prestes a ligar para David, Nathalie de repente lembrou-se dela agachada do lado de fora da porta do banheiro em Ashmore Road. David estava lá dentro, cantando. Tinha uns 15 anos e sua idéia fixa era ser cantor de blues. Falava de rios e peixes, da sua insatisfação e dizia que estava economizando para comprar uma guitarra. Agachada no tapete cinza, ela o ouvia cantar "The Train", imaginando-o imerso na banheira só com o nariz e a boca de fora, preparando-se para morrer.

Nathalie sorriu ao lembrar-se disso, ao lembrar-se dele compondo músicas com títulos como "Não há saída", ao lembrar-se dele antes de conhecer Marnie e se tornar um executivo e pai de três filhos. Ainda sorria quando pegou o fone e ligou o número de David.

— Você parece feliz — disse Marnie.

— Eu estava rindo de uma coisa quando peguei o telefone... — replicou Nathalie.

— Sobre Polly? — perguntou Marnie. Na sua vida equilibrada, prática e confortável, as maiores fontes de prazer e humor eram os filhos.

— Não. — Nathalie começou a torcer o cabelo atrás da cabeça como sempre fazia quando não estava relaxada. — Nada disso. Eu me lembrei de uma coisa sobre David quando éramos crianças. Ele está?

— Não — respondeu Marnie.
— Deixe ver se sei onde ele está.
— Quarta-feira à noite, Nathalie...
— Está no clube de xadrez. É claro. Devia ter me lembrado. Por que os homens gostam tanto de xadrez?
— Só alguns homens.
— Meu pai — disse Nathalie —, Dave...
— David quer que Daniel jogue. Mas Daniel não quer.
— Por quê?
— Diz que não está interessado.
— Talvez não esteja mesmo...
— É exatamente o que eu digo. Aos 10 anos, ele sabe o que lhe interessa. É claro que essa recusa fez com que Ellen resolvesse jogar, e David ensinou a ela, mas dá para ver que não ensinou do fundo do coração. Ellen não é um menino.

Nathalie ficou imaginando Marnie no corredor, olhando-se no espelho ao lado do telefone. Estaria se olhando com o tipo de aceitação fácil com que olhava a maioria das coisas, mexendo na trança loura e grossa que usava sobre o ombro. Às vezes Nathalie imaginava como essa trança ficaria quando Marnie fosse mais velha, enrolada num basto coque como uma ilustração de *Heidi*. Quando David conheceu Marnie — uma diretora muito capaz de um pequeno jardim-de-infância particular —, ela às vezes soltava o cabelo, uma cortina pesada cor de milho, ondulada de tanto ser trançada.

— Posso ajudar em alguma coisa? — perguntou Marnie.
— Hum. — Parou um instante e resolveu pregar uma mentira. — É um assunto relacionado à mamãe.

Marnie não disse nada. A seu ver, David e Nathalie tinham sorte de ter Lynne, sorte de ter uma mãe que morava perto deles e era entusiasmada o suficiente para ser uma excelente avó. Sua mãe morava em Winnipeg, onde Marnie tinha sido criada, e dava aula de direito empresarial na universidade. Todo verão — com ou sem David — Marnie pegava o avião com as três crianças e ia passar um mês em Winnipeg. Todo verão as crianças voltavam dizendo em alto e bom som que preferiam muito, mas *muito* mesmo, morar no Canadá. A avó os levava para sua cabana em um lago próximo, onde todas as refeições eram servidas ao ar livre.

— Qualquer um agüenta por um mês — dizia Marnie para Lynne. — A rotina diária de segunda a sexta é que é difícil. É essa rotina que *eu* valorizo.

— Nós todos gostaríamos de ter a mãe do outro — disse Nathalie.

— Eu gosto da minha. Só que não gosto que ela more lá longe em Winnipeg.

Nathalie deixou o cabelo cair. Ela gostava de Marnie, gostava muito mesmo por ela ter proporcionado a David uma vida tão estável e tranqüila, mas de vez em quando se irritava com uma certa complacência da parte dela, que parecia ficar entre a aceitação e a presunção, e implicava julgamento.

— Não é nada de mais — disse Nathalie. — Eu só queria me lamentar um pouco.

— Por que não se lamenta comigo? Tenho tempo. O jantar das crianças vai ser tarde hoje. Ellen tem um ensaio.

— Porque — disse Nathalie, irritada de repente com a comparação da ocupação e da ordem doméstica evocada pela última frase de Marnie — fica parecendo que me queixo da minha mãe o tempo todo.

— Ela é uma boa mulher — disse Marnie. — E uma boa mãe.

— Lá vem você! — gritou Nathalie. — Ouça o que está dizendo! Qualquer um teria dito: "Eu não faço isso, faço? Meu Deus, que horror, eu não tinha essa intenção, quer saber o que me dá raiva na *minha* mãe?"

— Não penso assim — disse Marnie calmamente.

— Não, eu sei que não.

— Vou dizer a David que você telefonou. Quer que ele ligue quando voltar à noite?

— Não — disse Nathalie, num tom de infelicidade. — O momento já passou. O fogo já se extinguiu.

— Que bom que pude ajudar...

— Era um fogo *real*, Marnie. *Significava* uma coisa.

— Tenho certeza de que David vai telefonar para você amanhã do trabalho.

Nathalie fechou os olhos.

— Dê lembranças às crianças.

— Pode deixar que dou — disse Marnie num tom confortante, controlado e canadense.

— Até logo.

Nathalie pôs o fone no gancho e encostou-se na parede. Do quarto de Polly podia ouvir a voz de Steve lendo as cadências espirituosas e elegantes de Beatrix Potter. Ele saíra vitorioso com relação ao Miffy, mas só depois que Polly havia restabelecido seu domínio sobre ele é que ela o deixara triunfar. Ela também preferia abertamente Beatrix Potter. Adorava a forma como os animais tiravam as roupas quando voltavam a se comportar como animais, adorava a linguagem. Estava lendo agora com Steve, a voz ligeiramente estridente para evitar que ele comesse uma sílaba.

— "Eu fui insultada" — gritou Polly. — "Eu fui *insultada*, disse a Sra. Tabitha Twitchett."

Nathalie afastou os ombros da parede e sentou-se na cadeira mais próxima. Do outro lado da superfície brilhante da mesa ela viu umas migalhas de pão e uma mancha de leite ou iogurte do jantar de Polly. Esticou os dedos e passou-os sobre as migalhas.

— Isso é real — disse a si mesma. — *Real*. Está *aqui*. E Polly também. E Steve também. Eles são reais como eram ontem, como serão amanhã. Nada mudou. Nada vai mudar.

O telefone tocou. Girando a cadeira, Nathalie tirou o fone do gancho.

— Estou interrompendo seu jantar? — perguntou Lynne.

Ela sempre dizia alguma coisa como: "Vou falar só um instante" ou "É uma boa hora para telefonar?"

— Não comecei a jantar. Na verdade, ainda nem pensei no jantar.

Lynne riu. Ela admirava isso em Nathalie, essa despreocupação moderna feminina com o horário regular das refeições. Ralph não era exigente, graças a Deus, mas ainda assim Lynne se sentia na obrigação de pôr a mesa às sete da manhã e às sete da noite e servir — eram verdadeiras ofertas, ofertas de afeição e de dever. E de apaziguamento. Por mais que tentasse, Lynne não poderia jamais eximir a conciliação de qualquer relacionamento.

— Telefonei para saber de Polly. Estive pensando em você. A tarde toda.

Nathalie olhou para o relógio. A consulta com o otorrino tinha sido às três e meia. E agora já eram oito horas. Ela encostou a cabeça na parede.

— O médico é muito gentil...
— É mesmo?
— Tem oito filhos. Isso faz diferença, não acha?
— Faz *sim* — disse Lynne com veemência.

Nathalie sabia que ela queria ouvir mais.

— Ele foi muito cuidadoso com Polly. Muito minucioso.

Parou de falar, e Lynne ficou esperando.

— Levou um tempão examinando Polly. Examinou os dois ouvidos. Disse a ela para levantar a mão se doesse, e ela perguntou se podia gritar.

— Coitadinha! — disse Lynne.

— Ele disse: "Se gritar, você vai fazer meu instrumento oscilar." Polly achou uma graça louca nisso. Ela adora palavras como oscilar.

— Nathalie — disse Lynne, cheia de dedos. — O que ele falou sobre o problema?

— Que problema?

Lynne respirou fundo, com um ruído quase imperceptível. Ela sempre fazia isso quando sua paciência era testada: inspirava depressa para demonstrar fisicamente seu crescente mau humor. Nathalie brincava com ela quando era adolescente, provocava-a até Lynne conceder uma vitória de nervos e respirar normalmente.

— O problema de audição de Polly, querida. A razão de ela estar tendo dificuldade na escola...

— Ela não está tendo *dificuldade*...

— Então a razão de não parecer capaz de se concentrar muito bem.

Nathalie disse calmamente:

— É uma coisinha de nada.

— *É mesmo?* — A voz de Lynne parecia aliviada.

— É, sim. Uma coisinha de nada.

— Que tipo de coisinha?

— Uma pontinha extra de cartilagem obstruindo o ouvido. Como um pequeno esporão.

— E ele pode... pode tirar isso?

— Pode, sim — respondeu Nathalie, em tom quase indiferente.

— Mas que maravilha. Que alívio. Ele falou por que ela tem isso?

— Tem o quê?

— Essa pontinha extra de cartilagem. Pode ser hereditário? Ele examinou você?

Nathalie olhou para o teto.

— Não. Por que iria me examinar?

Lynne disse, cansada:

— Deixa pra lá.

— Mãe, ele examinou Polly e descobriu que ela tem uma malformação mínima que terá de ser corrigida.

— Sei.

— Nada importante.

— Não. Ele vai fazer a cirurgia logo?

— Nos próximos três meses.

— Estou feliz, querida. Estou realmente...

— Eu também.

— Estava preocupada — disse Lynne. — Pensei muito em você. — E continuou, depois de uma pequena pausa: — Vai querer que eu cuide da Polly no fim de semana?

Do quarto, ouvia-se a voz alta de Polly:

— "... que atrapalhou muito a dignidade e o repouso da HORA DO CHÁ!"

— Ainda não sei o que vamos fazer — respondeu Nathalie. — Mas, mesmo assim, obrigada. Eu aviso.

— Dê um beijo em Polly por mim...

— Eu dou. Mamãe, obrigada por ter telefonado.

— Que bom que está tudo bem...

— É.

— Até amanhã, querida.

Nathalie bateu o fone no gancho. Depois foi à geladeira, tirou uma caixa de plástico de massa fresca, um prato com meia cebola e um pouco de carne picadinha fechada num saco plástico grosso e jogou tudo na mesa. Foi para o outro lado da cozinha, pegou a bolsa e começou a procurar seu celular.

— A mamãe já vem — disse Steve do corredor —, mas só se você *não* sair da cama.

Polly resmungou alguma coisa.

— Você *já* bebeu água. *E* está com seu coelhinho azul. E a Barbie está calçada com os dois sapatos, eles *não* estão perdidos.

Nathalie apertou os botões do celular para enviar uma mensagem de texto.

"Telefone para mim o mais depressa possível." O número de David apareceu na telinha. Steve apareceu na porta.

— Você vai dar boa-noite para ela?

— É claro...

— O telefone tocou...

— Era a mamãe. Queria saber o resultado da consulta dessa tarde.

— E aí?

— Eu disse que era uma coisinha de nada, que seria necessária uma pequena cirurgia.

Steve olhou para o telefone na mão dela.

— Verdade ou mentira?

— Literalmente verdade.

— Mamãe, vem *aqui*...

— Nathalie, pensei que você tivesse dito...

— *Imediatamente* — gritou Polly.

Nathalie cruzou com Steve no corredor. Estava escuro, como no quarto de Polly, a não ser por uma lâmpada com o formato de um ursinho brilhante ligada na tomada ao lado da cama.

— O papai só leu uma história pequena...

— Não. Eu ouvi. Ele leu todo o Tom Kitten.

— Mas eu queria a Sra. Tiggywinkle — disse Polly. — Queria *tanto!*

— Amanhã — falou Nathalie, inclinando-se para beijar a filha.

— Vou precisar usar uma atadura?

— Quando?

— Quando o homem oscilante cuidar do meu ouvido. Vou ter de usar uma atadura? Vou ficar com a cabeça toda enrolada e precisar comer com um canudinho?

— Não, querida. É um corte pequeno por dentro. Não vai nem dar para ver.

— Eu *quero* ver.

— Polly, está na hora de dormir. Amanhã pode falar o que quiser sobre isso, mas agora basta.

— Blablablá — disse Polly, virando-se de costas para Nathalie. — Blablablá.

— O mesmo para você — falou Nathalie, beijando-a nas duas bochechas. — Durma bem.

— Só se eu não *oscilar* — disse Polly com os olhos fechados.

Na cozinha, Steve estava fatiando a cebola. Cortava rápido como um *chef*, com uma faca grande, em movimentos experientes e precisos. Havia um copo de vinho ao seu lado e outro copo na mesa, já sem as migalhas de pão.

— Titus está de namorada nova — disse ele.

— É?

— Muito linda, mas um pouco estranha. Do tipo Jamie Lee Curtis. Uns trinta centímetros mais alta que ele, como sempre.

— É difícil ser trinta centímetros *mais baixa*.

— Ele não tem problema para arranjar namorada, não é?

Nathalie abriu um armário na altura do joelho de Steve e tirou uma frigideira.

— Ele é muito atraente. Como pessoa, quero dizer. Engraçado e solidário.

— Você gosta de qualquer pessoa que seja gentil com Polly — disse Steve, pegando a frigideira da mão dela.

— É claro. E quando são gentis comigo também, eu os adoro

— Como eu.

Steve jogou azeite na frigideira e colocou-a no fogo.

— Titus me pediu para lhe perguntar uma coisa. Ou pelo menos pediu para eu perguntar em nome de Sasha.

— Sasha é a nova namorada?

— É.

Nathalie rasgou o saco de carne picadinha.

— Ela está fazendo um curso de aconselhamento psicológico. Está preparando um trabalho sobre identidade... como nós nos identificamos, se precisamos ou não saber de onde viemos... — Steve levantou a tábua onde tinha picado a cebola e despejou tudo na frigideira. — Ela... queria saber se pode conversar com você.

Nathalie levou o saco de carne picadinha para a frigideira.

— Por quê?

— Porque Titus contou a ela que você foi adotada e eu falei que isso nunca tinha te incomodado.

Nathalie jogou a carne sobre a cebola.

— Como Titus sabe que fui adotada?

— Devo ter dito a ele.

— A quantas *outras* pessoas você contou?

— A ninguém. Ninguém mesmo. Na verdade, não me lembro de ter contado para o Titus, mas ele disse que contei...

— E *importa* eu ser adotada? Faz alguma *diferença?* — perguntou Nathalie.

Steve começou a mexer no picadinho com uma espátula de madeira.

— Para mim não, Nat. Pensei que para você também não.

— Certamente para mim não — disse ela de forma enfática.

— Então é *isso* que torna você diferente. Evidentemente. Não se sentir à parte. É por isso que Sasha gostaria de conversar com você.

Nathalie virou as costas para a mesa e pegou seu copo de vinho.

— Ela pode vir.

Steve virou-se.

— Pode mesmo?

— E por que não?

— Eu pensei... bem, depois que você disse agora há pouco que se sentia perdida, que estava aflita por não saber de toda a origem de Polly, pensei que... não quisesse conversar com ninguém. Perguntei porque disse a Titus que perguntaria, mas pensei que você não fosse concordar.

Nathalie falou com calma:

— Mas eu concordei.

— Você falou com Dave?

— Não, ele estava no clube de xadrez. Tinha me esquecido.

— Mas...

— Não importa agora — disse Nathalie. — Desculpe o meu nervosismo. Qualquer coisa referente a Polly...

— Nem precisa dizer.

— Eu sei. Desculpe.

— Então digo a Titus que sua namorada Sasha pode pelo menos telefonar para você?

— É claro — respondeu Nathalie.

Ela levantou o cabelo e começou a torcê-lo atrás da cabeça.

— Não me importo de dizer a ela como me sinto.

Steve observou-a, a espátula na mão. Atrás dele as cebolas e a carne fritavam.

— Como se sente?

— Quem é adotada pode escolher ser a pessoa que quer ser. Eu posso embaralhar as cartas do meu passado à vontade. — Deu um sorriso para ele e continuou: — Você não pode. Nem ela.

Capítulo Três

Quando David Dexter tinha 18 anos, disse aos pais, Lynne e Ralph, que não ia usar a bolsa de estudo que ganhara para estudar administração de empresas. Com a voz inexpressiva que aprendera a usar quando dizia alguma coisa que pudesse causar uma reação mais forte que o normal, disse que queria ir para a faculdade de agronomia em West Midlands, estudar horticultura. Pretendia, provavelmente, ser paisagista ou coisa parecida. Não tinha certeza. Só sabia que não queria ir para Leicester estudar administração de empresas.

Ralph pensou em todos aqueles fins de semana em que adulara David para ajudá-lo no jardim.

— Mas você nem ao menos *gosta* de jardim, David.

— Talvez — disse Lynne depressa, pronta como sempre para apoiar qualquer aparente entusiasmo dos filhos, por mais difícil que fosse de entender — ele não goste *deste* jardim.

— Eu só quero estudar sobre uma coisa viva. Só isso — disse David.

Ralph, que tivera sua própria firma de engenharia até ela ser comprada por uma concorrente, mexeu nas moedas do bolso da calça.

— Acho que você vai descobrir que há alguma coisa bem *viva* no mundo dos negócios...

— Vida *direta* — falou David. — Cíclica. Orgânica. Uma coisa que eu possa *tocar.*

Eles deixaram o filho fazer o que queria. Tiveram de deixar, assim como o próprio pai de Ralph — que ele detestara — tivera de reconhecer que Ralph não ia seguir a carreira de contador que ele seguira. O pai de Ralph expressara seu ressentimento deixando sua pequena propriedade para a filha, decisão essa que Ralph suspeitava que sem dúvida lhe dera uma considerável sensação de vingança. David foi para a faculdade de horticultura com a bênção calorosa de todos, formou-se e abriu um pequeno negócio de cortar grama e aparar sebes, que floresceu e passou a ser uma empresa de manutenção de jardins com três veículos com seu nome estampado nas portas e uma equipe de dez pessoas.

Ele começou cortando as longas sebes de alfenas de uma fileira de casas vitorianas, numa das quais funcionava um jardim-de-infância no porão, onde Marnie trabalhava. Ouvira a voz dela — pensou que fosse americana — conversando com as criancinhas de uma forma que o encantara. Ela parecia alegre, interessada e carinhosa, como se soubesse o que as crianças deviam fazer e que o fariam, sem discussão. David fizera uma espécie de brincadeira consigo mesmo: levou o cortador de grama elétrico para longe da dona daquela voz interessante e imaginou como ela seria. Devia ter uns 30 anos, ser alta e esguia, talvez com o colorido de Nathalie, pele branca, cabelo escuro e olhos muito claros, com o olhar particularmente intenso de quem tem esse tipo de olhos.

Quando finalmente passou com a máquina barulhenta em volta da sebe e em frente à janela dos fundos da escola, descobriu, para sua alegria, que só acertara uma coisa. Marnie era alta, quase tão alta quanto ele, e até mais alta se não estivesse com aquela sandália de lona. Mas era jovem, não tinha mais que 22 ou 23 anos, e sólida, com a graça sutil de meninas que praticam esporte. E era loura como as escandinavas, muito loura, com o cabelo puxado para trás, preso num rabo-de-cavalo trançado. No final da trança ela não usava fita, só um elástico simples de escritório.

Três dias depois de observá-la às escondidas enquanto ela ia e vinha da escola a pé, carregando uma mochila nas costas e não uma bolsa, David decidiu esperá-la. Estava de macacão, as mãos e os braços manchados do verde das sebes, mas não pensou na impressão que poderia causar porque estava totalmente tomado pela impressão que Marnie causara nele.

— Ergui os olhos — Marnie disse mais tarde para Nathalie — e lá estava aquele homem *fabuloso*.

David perguntou se ela gostaria de sair com ele para beber alguma coisa. Disse que a voz dela é que chamara sua atenção, e a maneira como lidava com as crianças. Disse também que nunca tinha saído com uma americana antes.

— Canadense — corrigiu Marnie. — De Winnipeg. Preste atenção nos meus erres.

Eles tomaram sidra sentados do lado de fora de um pub, na beira do canal. Marnie disse que tinha feito curso de formação pré-escolar no Canadá e que fora para a Inglaterra porque queria sair de Winnipeg e Toronto não era longe o suficiente. Conseguira quase imediatamente um emprego de professora em uma creche em West London, onde havia impressionado tanto uma das mães do colégio — "Ela tem sido muito boa para mim, mas quer tomar conta da minha vida e vivê-la também" — que recebera ajuda, dois anos mais tarde, para abrir sua própria escola na cidade natal da sua benfeitora. Tinha 24 anos.

— Também tenho 24 anos — disse David. — Você joga tênis?

— É claro — respondeu Marnie.

E jogava golfe também, nadava, esquiava e estava fazendo aula de alpinismo no centro esportivo local. Parecia não ter nenhum dos misteriosos complexos e estratagemas das meninas com quem David se envolvera antes; ele não sentia, como tantas vezes sentira, que teria de sair abruptamente da auto-estrada e embrenhar-se em um labirinto sombrio para seguir uma menina que desaparecera de repente da sua vista deixando-o frustrado. Ali estava ele, irresistivelmente atraído por aquela menina inusitada, quase exótica, bastante diferente das meninas inglesas que conhecia... e nem remotamente parecida com Nathalie. David sempre havia suposto, e esperado, que quando encontrasse a mulher com quem gostaria de dividir a vida ela seria tão parecida com Nathalie que ele não sentiria uma perda a mais na vida. Afinal, esta era a perda que ele temia, a perda contra a qual reagira quando Nathalie conheceu Steve Ross na escola de artes e começou a se afastar dele, assim como faz o girassol quando se vira para o sol. Ele sempre imaginou, depois disso, que se sentiria consolado se conhecesse uma mulher como

Nathalie. Mas Marnie não era igual a nenhuma mulher que ele conhecesse, a ponto de, oito meses depois, dirigir-lhe um olhar caloroso e sugerir que se casassem.

David ficou atônito; atônito e aliviado.

Debruçou-se sobre o prato que estavam dividindo em um pub fora de Westerham e disse com firmeza:

— É claro.

Marnie sorriu.

— Quando está tudo certo, mergulhe de cabeça.

Foi tudo muito fácil. Ele mal podia acreditar. Lynne e Ralph ficaram encantados, e quando Nathalie se surpreendeu por Marnie não representar um desafio para ela de forma alguma, acabou fazendo eco com todos. Marnie levou David a Winnipeg e apresentou-o à família, pais acadêmicos sérios e um bando de irmãos boas-praças e comunicativos, e David teve uma sensação estranha de que tudo aquilo fora de certa forma guiado por mão invisível, e que o caminho que havia sido tão traiçoeiro e difícil no início da sua vida lhe era agora incrivelmente facilitado, quase como uma compensação sobrenatural. Considerou sua nova família canadense e sua família inglesa, e de repente pareceu-lhe que todo tipo de lutas interiores perturbadoras haviam sido ganhas e simplesmente desaparecido, sem qualquer sinal de violência. Disse a Marnie que a amava com uma voz que até para ela, deslumbrada como estava, soou cheia de gratidão. Uma voz emocionada, profunda e maravilhosa.

Eles se casaram na Inglaterra (por escolha de Marnie), passaram a lua-de-mel fazendo longas caminhadas nos Pireneus da França à Espanha e foram morar em uma casa a dez minutos a pé do jardim-de-infância de Marnie. Ellen — nome recebido em homenagem à avó materna canadense — nasceu 18 meses depois do casamento, e Daniel, dois anos mais tarde. O negócio de jardinagem expandiu-se e também a creche, que teve de mudar para um local maior, a fim de acomodar cinqüenta crianças. Eles se mudaram para uma casa com um grande jardim — grande o suficiente para se poder jogar críquete ou bater uma bola de tênis — junto da sebe do campo de golfe de Westerham. Nos fins de semana, Daniel catava bolas perdidas nos arbustos e entre os galhos da sebe e as vendia para os membros do clube por cinco ou dez centavos, dependendo do que achava que podia pedir. Do gramado do grande jardim, Ellen observava essa pequena transação comercial com desprezo; seu sonho era ser famosa, ser atriz ou jogadora de tênis, ainda não sabia bem.

Depois de quase 14 anos de casamento, Marnie engravidou novamente. Com Petey seus instintos domésticos vieram à tona, e ela desistiu da escola, sob protestos veementes dos pais dos alunos, para dedicar-se à maternidade e à casa. Afinal, disse a David, ela nunca tivera chance de dedicar o dia todo à família e queria fazer isso enquanto Petey fosse pequeno.

— É claro — disse David. Ele dissera "É claro" muitas vezes nos 15 anos em que estavam juntos e quase sempre com sinceridade. Mas essa mudança na vida de Marnie era muito desconcertante, e seu "É claro" não soou convincente como sempre.

Ao olhar as faturas referentes à taxa de valor agregado no seu computador — ele preferia fazer esses pagamentos trimestrais pessoalmente —, perguntou-se o que o alarmava mais no plano de Marnie. Não era realmente o dinheiro, pois em primeiro lugar ele ganhava o suficiente para sustentar a família com conforto e até mesmo com luxo, e em segundo lugar o jardim-de-infância nunca tivera fins lucrativos. Era mais, pensou ele, a idéia de como seria a vida deles quando as fantásticas energias de Marnie se concentrassem só numa área, em vez de em duas.

Não se podia chamar Marnie exatamente de mandona. Ela não era dominadora, insistente ou ranheta sem uma boa razão. Mas tinha uma visão clara e certa de como os seres humanos deviam se portar, tanto individualmente quanto, mais importante ainda, uns com os outros. Marnie via as pessoas em termos de comunidade, falava em termos de grupos, equipes e famílias. Isso funcionava maravilhosamente no jardim-de-infância, onde esses princípios eram práticos e também saudáveis. Mas na vida familiar não parecia funcionar com tanta naturalidade. Marnie deixou muito claro para David, quando as crianças nasceram, que ele não era mais uma prioridade para si próprio nem para ela, mas sim um líder de equipe desse novo grupo, e o novo grupo era mais importante que tudo. *Tudo*. A família, tornou-se óbvio, era a religião de Marnie.

Em parte David gostava disso, adorava, acreditava que isso o ajudava a restaurar com profundidade as grandes cicatrizes deixadas quando sua família biológica lhe foi tirada. Quando via os filhos dormindo, tinha uma intensa sensação de posse, uma coisa mais visceral que apenas amor paternal. Mas apesar de toda essa sensação selvagem de entrosamento físico, ele em parte ainda se perdia em si próprio, em parte ainda se engajava na luta eterna — para ele todo ser humano era igualmente engajado — de descobrir exatamente quem era e como conviver com sua pessoa. Essa luta, que parecia quase sempre preocupar o lado menos consciente do seu espírito, não era de forma alguma atenuada por seu amor inquestionável por Marnie ou pelas crianças. Só duas coisas atenuavam isso, duas coisas que ele sabia que, para Marnie, se não eram desleais à família, pelo menos não contribuíam para o seu bem-estar. Ela nunca o impediria de fazer isso, mas deixava implícito que o tempo e a energia dedicados a essas buscas era tempo e energia que a família merecia e que podia lhe trazer benefício. As duas buscas eram o jogo de xadrez e sua relação com a irmã Nathalie.

Ralph ensinara David a jogar xadrez quando ele tinha sete anos, e mesmo nessa idade David percebera que havia um tipo de rivalidade que o excitava. Ralph era um jogador bom e estável, membro do clube local, e dissera a Lynne que queria ensinar a David várias práticas e jogos que os dois pudessem compartilhar quando conversar fosse muito difícil. Lynne achou a idéia maravilhosa. Seus olhos brilharam. Brilharam de gratidão a Ralph, gratidão que sempre ficava feliz por sentir, pois diminuía sua sensação permanente de mágoa por Ralph não poder lhe dar filhos.

Ralph tinha um tabuleiro de xadrez de pedra-sabão que Lynne lhe dera e peças esculpidas em madeira que tinham pertencido ao seu avô. Um dia colocou David em frente ao tabuleiro, sentado em um tamborete.

— Antes de explicar o jogo, quero lhe dizer duas coisas. Uma é que como todos os movimentos do xadrez dependem de você, você logo descobrirá suas limitações. A segunda coisa é que... você pode me vencer.

David levantou a cabeça. Seus olhos brilharam.

— *Vencer* você?

— O único objetivo do xadrez é dar xeque-mate. Você pode comer todas as outras peças do tabuleiro e mesmo assim perder. Mas se der xeque-mate, vence. Por isso um menino pode vencer um homem.

Ficou logo evidente que David seria bom, muito bom, melhor do que Ralph esperava. Quando ele tinha 12 anos, Ralph, dizendo frases de efeito como "Eu sempre disse que o jogo era maior que os jogadores", parou de jogar com ele. David notou, mas não levou em consideração, de tão obcecado que estava com essa atividade hipnotizante, na qual o pensamento parecia substituir a ação, na qual ele podia se movimentar sem realmente se expor, na qual sentia suas defesas emocionais e intelectuais a salvo.

— Por que você joga? — perguntou Nathalie, não aceitando seu convite para ensiná-la. — Por que *vive* jogando?

Ele estava rasgando um envelope em pequenos quadradinhos.

— Porque posso controlar o jogo.

— Não, não pode. Você nem sempre ganha. Quando perde, perdeu o controle.

— Mas posso jogar de novo — retrucou David. — Há sempre um outro jogo. Toda vez que perco, fico esperando ansioso a hora de vencer de novo. Isso mantém minha esperança. E não posso me sentir perdido.

— *O quê?*

— Há sempre um jogo final. Há sempre uma resolução. Se você joga xadrez, não pode se sentir perdido.

— É — disse Nathalie.

— Está vendo?

— É — disse Nathalie de novo.

— Não tenho de me render...

— Está bem, está bem — disse Nathalie —, já entendi. Já *entendi*. Mas mesmo assim não quero jogar.

David criou um clube de xadrez no colégio e outro na faculdade de horticultura. Quando conheceu Marnie, quis ensinar-lhe, mas ela já estava bastante segura com ele para não ter de aprender. De qualquer forma, o xadrez lhe parecia irrelevante; era um jogo estrangeiro, um jogo originário dos labirintos de Bizâncio, de todas as civilizações antigas, sofisticadas e decadentes do passado. Que David jogasse lhe parecia excêntrico, mas também refinado, atividade própria de um *gentleman*. Só com o passar do tempo, quando ela percebeu que ele era atraído pelo xadrez o tempo todo como se fosse um cachimbo de ópio, é que começou a sentir que aquilo representava alguma coisa mais que apenas um jogo para David, que havia algumas elaborações atávicas abaixo da superfície em preto-e-branco enganosamente civilizada. Mas, disse a si mesma, não é uma loucura suspeitar — ou até mesmo ter ciúmes — de um *jogo*? E se ele jogasse golfe todo fim de semana, gastasse todo o seu dinheiro com barcos ou carros da moda ou vivesse voando pelo mundo para apoiar um time de futebol? O xadrez, dizia a si mesma, não era um inimigo, não podia ser. O xadrez era como palavras cruzadas, um exercício intelectual desafiador de grande beleza e história. O xadrez não era arbitrário, exigente, emocional ou vulnerável. O xadrez não era como Nathalie.

Marnie gostava de Nathalie. Tinha certeza de que gostava. Desde o primeiro encontro Nathalie lhe mostrara afeição e aceitação, e mesmo que essa afeição e aceitação denotassem uma enorme confiança em termos do que ela própria significava para David, Marnie sabia que eram sentimentos autênticos. Não eram? Afinal, tudo no passado de David e Nathalie justificava a ligação entre eles — puro acaso, Nathalie lhe dissera, porque eles poderiam simplesmente ter se detestado desde o início. Mas o fato de eles *não* terem ligação sangüínea era algo que não podia ser ignorado, sendo Marnie tão intimamente ligada a eles.

Marnie era a favor de amizades, não particularmente de amigas. Tentou, da sua forma confiante de sempre, fazer amizade com Nathalie, estabelecer um relacionamento com ela que não envolvesse David. Mas Nathalie esquivou-se. Era uma cunhada agradável, uma excelente tia, não exigia tempo nem atenção, mas inspirava alguma coisa em David, qualquer que fosse o seu humor, que o deixava ligeiramente fora do alcance de Marnie. E quando ele estava fora de alcance, ela se sentia inaudível e invisível de uma forma que ninguém na sua vida a fizera sentir. E nesses momentos também se sentia muito longe do Canadá.

Agora, ao lado do telefone do corredor, com Petey dormindo no seu berço lá em cima — ela sabia que já era hora de passá-lo para uma cama — e os legumes prontos para serem cozidos para o jantar, Marnie pensou muito em Nathalie. Ela não telefonara para se queixar de Lynne. Isso estava bem claro. Telefonara por algum outro motivo, alguma coisa que não estava preparada para lhe dizer, alguma coisa relacionada àquele lugar onde ela e David tinham se ligado depois do naufrágio inicial na vida de ambos. Marnie olhou para si própria, para a regularidade de suas feições e dentes, para sua camisa listrada de algodão, passada à perfeição. Foi tomada de uma pontada de raiva inconfundível. Ao que parece, disse a si mesma, eu fiz o bastante, não fiz? Dar a um homem as três primeiras ligações sangüíneas da sua vida deve ser o máximo que qualquer mulher *pode* fazer, não é?

Nathalie saiu de Westerham na chuva. Havia alguma coisa oleosa e pegajosa no pára-brisa, e uma mancha comprida e irritante se formava quando as pás do limpador passavam de um lado para o outro. Ela se debruçou para a frente e esticou o pescoço para olhar em volta da mancha e decidir se parava e saía na chuva para limpar o vidro com uma folha do jornal da semana anterior, debaixo do banco do passageiro, ou se deixava a mancha irritante secar. Decidiu-se pela segunda opção e seguiu em frente.

David lhe telefonara pedindo que ela se encontrasse com ele no lugar em que ele estava trabalhando, a dez quilômetros de Westerham. Era uma área enorme junto a uma impressionante casa de aspecto medieval, cujos novos donos tinham encomendado a David o projeto básico do jardim e sua execução, o que o havia deixado muito contente. Era o trabalho mais criativo da sua carreira, e ele estava se divertindo. Queria que Nathalie visse o lugar no pior estado, a área ainda bem crua, antes de começar a executar os trabalhos do jardim; podia lhe mostrar tudo enquanto ela dizia o que precisava dizer.

Na entrada da casa estava um pequeno Mercedes compacto, um grande 4X4 e duas caminhonetes verdes com o logotipo "David Dexter — Jardins" pintado nas portas em creme. Nathalie parou ao lado de uma delas, pegou no banco traseiro do seu carro o guarda-chuva da Minnie com as grandes orelhas pretas que Lynne dera a Polly e saiu na chuva. Estava apenas garoando agora. Ela olhou para o céu e abriu o guarda-chuva, contornou a casa e foi para os jardins, onde David dissera que estaria.

A área toda parecia um mar de lama com ilhas de materiais de construção empilhados aqui e ali. Uma pequena escavadeira carregava e descarregava terra, e em um canto, aglomeradas como que para conforto mútuo, via-se um triste conjunto de árvores altas com as raízes enroladas em sacos. No meio desse cenário desencorajador, estava David, segurando uma planta encapada com plástico. Nathalie o chamou.

— Dave!

Ele se virou e acenou para ela. Depois gritou alguma coisa para o rapaz da escavadeira e foi até ela patinando na lama.

— Desculpe — disse Nathalie, gesticulando e olhando em volta daquele lugar desolado —, mas não consigo imaginar como vai ficar isso aqui...

David inclinou-se para beijá-la, ajeitou o corpo e levantou o braço direito.

— Um longo terraço lá, um terraço gramado daquele lado, degraus de pedra em curva, um gramado, um bosque, espaço para a piscina, um jardim formal e caminhos de tijolo.

— Agora estou imaginando — disse Nathalie.

David olhou para o guarda-chuva dela.

— Gostei das orelhas...

— É coisa da Polly — explicou Nathalie desnecessariamente.

— Ali vai ficar uma espécie de pavilhão. Uma espécie de gazebo. Nós podemos conversar lá por cinco minutos. Você está bem?

Pôs a mão debaixo do cotovelo dobrado de Nathalie.

— Em geral não telefono quando estou bem, não é?

David pôs a planta do jardim no bolso e começou a guiá-la pela borda da lama.

— Gosto de pensar que *percebo* quando você não está bem...

Nathalie acharia opressiva uma observação assim se viesse de Steve.

— E percebeu. Você não teria telefonado de volta se não tivesse percebido. Teria me testado perguntando "O que houve?"

— É. E o que *houve?*

Nathalie não disse nada. Concentrou-se em pisar com cuidado no chão para não ter de pensar como iria dizer o que queria dizer. Deixou David levá-la por uns degraus de pedra desmoronados até uma pequena plataforma gramada, onde havia uma construção de madeira esverdeada com a forma de pagode chinês. Deu uma olhada rápida em volta.

— Isso vai ficar?

— É claro que não. É uma imitação pretensiosa que não vale a pena manter.

— Mas seca...

— Certamente seca — concordou David, abrindo uma porta semi-envidraçada.

Ela entrou. O interior estava vazio e malcuidado, tinha só uma cadeira de plástico quebrada e uma pilha de folhas secas.

— Charmoso...

— Estou substituindo isso por pedra. Circular como um pequeno pombal.

— Dave — disse Nathalie abruptamente —, você sabe que sempre fomos...

— Como?

— Nunca olhamos para trás, nunca dissemos "se ao menos..." nunca desejamos ter o que não tínhamos...

Ele fechou a porta e ficou olhando para fora, admirando a chuva fraca.

— E daí?

Nathalie olhou para as costas dele.

— Bem, aconteceu uma coisa.

Fez-se uma pausa, depois ele disse:

— Conte o que foi.

Ela olhou para as costas dele de novo. Por cima do macacão, David usava uma jaqueta impermeável gasta em alguns pontos, através dos quais ela podia ver as marcas escuras onde a umidade se infiltrara até o algodão.

— Quero que me ajude a fazer uma coisa — disse Nathalie.

Ele se virou e disse, sorrindo:

— Nat, é só pedir...

— Mas você não vai gostar.

— Não?

— Não. Porque acho que transgredi umas regras.

— Que regras?

— Do pacto que fizemos. Sobre considerar o fato de sermos adotados uma vantagem e não uma desvantagem.

— É...

— Bem, vou desfazer esse pacto.

Ele esperou. Nathalie percebeu que o guarda-chuva da Minnie continuava aberto, embora aquele lugar fosse coberto. Baixou o guarda-chuva com cuidado, amassando as orelhas.

— Dave...

— O quê?

— Quero conhecer minha mãe.

David deu uma respirada rápida. Esticou as mãos para ela, mas puxou-as abruptamente para trás e enfiou-as nos bolsos da jaqueta.

— Você... você *não pode.*

— Por que não?

— Vai perturbar tudo. E todos. Mamãe, Steve, Polly e você própria. Não faz sentido.

— Eu preciso — disse Nathalie.

David olhou para ela com um ar triste.

— Mas por quê? Você nunca...

Ela levantou a mão para ele parar de falar.

— Não, nunca. Eu nunca quis isso antes. Ou pelo menos nunca me permiti querer. Disse a mim mesma que não seria aquele tipo de pessoa adotada que mantém um ressentimento e quer que os outros lhe façam concessões. Mas de repente... — Inclinou-se para a frente e olhou muito séria nos olhos dele.

— *De repente* senti que preciso disso. Preciso por Polly, mas preciso por mim também. Preciso parar de ser essa pessoa da minha própria criação e descobrir o que realmente aconteceu. Preciso parar de me sentir tão à parte.

— Você tem a mim — ele disse, num tom de desesperança.

— Você também é à parte.

— *Por favor,* Nathalie.

Ela sacudiu a cabeça.

— Desculpe, não posso. A coisa começou com o problema no ouvido da Polly, depois tive um encontro com a namorada de Titus e me ouvi falando essa baboseira de que sou uma loteria determinada por ninguém a não ser por mim mesma, só com mais números que a maioria das pessoas. De repente achei que não agüento mais essa besteira, não agüento mais me ouvir dizer que gosto da história da minha vida que começa comigo, não agüento mais fingir, não agüento mais não admitir que tenho de enfrentar o que for, o que *ela* for... e me sair bem disso.

— Mas *tem sido* bom. É bom — disse ele, quase sussurrando.

Ela agarrou as dobras úmidas da jaqueta dele.

— Mas não é mais, Dave. Alguma coisa mudou, foi desbloqueada ou liberada. Eu costumava falar sobre o processo de adoção, lembra? Quando estávamos tendo problema para ter Polly, lembra que eu mesma falei em adotar uma criança porque tinha sido muito feliz? Não acredito mais nisso agora. E me pergunto se lá no fundo acreditei nisso um dia. Quero ser como os outros que conhecem suas origens. Quero que Polly conheça. Quero ver a verdade de frente, mesmo que não me agrade. — Parou e olhou para a jaqueta dele. — Quero encontrar minha *mãe*.

— Você tem uma mãe...

— Cale a boca.

— Você vai partir o coração dela.

— Possivelmente. E o coração do papai também. Não vou fazer nada sem falar com ela.

David estremeceu.

— Suponho que você queira que eu a ajude a falar com ela.

— É.

Ele fechou os olhos.

— Preciso parar e pensar um pouco...

— E tem mais uma coisa.

David abriu os olhos de novo. Nathalie continuava agarrada à jaqueta dele com o rosto muito perto do seu.

— Pode dizer.

— Quero que você faça uma coisa também.

Ele arregalou os olhos.

— Eu...

— Quero que você procure sua mãe também. Quero que a gente faça isso junto.

Ele deu um passo atrás, puxando a jaqueta das mãos dela.

— Não — disse. — Desculpe.

— Dave, por favor, você não vê...

Ele tapou os ouvidos com as mãos.

— Não, Nathalie. Isso não. Eu não quero, não preciso, não posso nem *pensar* nisso.

Ela permaneceu em silêncio, observando-o. Ele tirou as mãos do ouvido.

— Desculpe, Nat. Não. Nem agora nem nunca.

— Dave...

De repente, sua expressão tornou-se desolada, como se tivessem lhe dito que um dos seus filhos estava ferido.

— Ela me deu para adoção! — gritou ele. — Ela *me deu para adoção*.

Nathalie chegou mais perto e passou a mão no rosto dele. Ele pôs a própria mão em cima da dela. Estava tremendo.

— Não me peça isso.

— Não. Desculpe.

— Vou ajudá-la — disse David —, se é isso que você quer, se é isso que realmente quer, mas não me peça para seguir seus passos.

— Você não está controlando as coisas com essa passividade — disse Nathalie com suavidade.

— Não estamos falando de controle.

— Não? Eu não estou tentando controlar a situação?

— Não faça isso, Nat, não faça isso comigo.

— Desculpe...

David tirou a mão que cobria a dela e passou os braços à sua volta.

— Vou ter de contar isso para Marnie.

— É claro. Você não conta quase tudo para ela?

— Quase tudo. — Tirou o braço do seu ombro e falou com uma voz diferente, olhando para a frente. — Nunca falei a ela dos meus cortes.

— Isso aconteceu há anos. Você tinha 15 anos e eu 16...

— Ninguém, a não ser você, sabe dos meus cortes. Ela pensa que as cicatrizes foram causadas por uma espécie de alergia.

Nathalie levantou os olhos para ele. Lembrou-se de que ficava de guarda do lado de fora do banheiro enquanto as sessões organizadas meticulosamente com gilete, papel higiênico, creme desinfetante e emplastros eram executadas em silêncio, e como ele parecia aliviado depois, como se tivesse tirado férias de si próprio.

— Os cortes acabaram. Jamais vou contar para ninguém — disse ela em tom confortante.

— Não...

— Por que... por que mencionou isso?

— Porque quando você disse o que queria fazer, de repente senti como me sentia quando precisava me cortar, de repente senti que tudo estava fugindo ao controle, que eu não conseguia manter o domínio das coisas, que não conseguia manter o domínio sobre você...

— Você sempre manteve o domínio sobre mim — disse Nathalie.

Ele deu um sorriso forçado.

— Só não me peça para fazer mais do que posso... agüentar.

— Deixa pra lá.

— Vou ajudar você...

— Dave, por favor não se preocupe. Eu não devia ter pedido isso. Sou uma idiota egoísta.

Ele deu outro sorriso duvidoso, depois abriu a porta do gazebo e respirou um pouco do ar úmido.

— Não. Você é valente.

Ela esticou a mão e tocou na manga dele.

— Eu posso ser valente por nós dois?

Ele não olhou para Nathalie. Tirou do bolso a planta encapada com plástico e saiu na chuva.

— Não — respondeu por cima do ombro. — *Não*.

Capítulo Quatro

O café era mobiliado com mesas chiques de metal e cadeiras importadas do continente. Nos fundos, ao lado de uma janela dando para um jardim pavimentado, havia dois sofás de couro preto para os clientes otimistas de verão que desafiavam o clima. Sasha estava sentada em um deles, o braço passado nas costas do sofá e as pernas esguias cruzadas. Usava calça preta, jaqueta creme curta e botas pesadas de amarrar, que Steve associava aos Mods e Rockers de antigamente. Ele também notou pela primeira vez que Sasha usava um piercing mínimo no nariz, que brilhava quando ela virava a cabeça, um brilho azul-esverdeado como um martim-pescador.

Sentou-se à frente dela no outro sofá, com os cotovelos nos joelhos. Tinha pedido dois expressos com creme — o dela com uma dose extra de café —, que estavam na mesinha de centro, servidos em canecas brancas pesadas. Quando Sasha telefonara para agradecer calorosamente por ele ter pedido a Nathalie para encontrar-se com ela, seu primeiro impulso fora dizer: "Sem problema, que bom que deu certo", e desligar o telefone. Mas alguma coisa havia intervindo, um certo desconforto com relação ao comportamento de Nathalie naqueles dias, a tensão indefinível no ambiente que deixava Polly e Steve tensos também.

Então, em vez de desligar o telefone, ele se pegara convidando Sasha para tomar um café — e ficou bem contente quando ela não se mostrou surpresa e disse que adoraria ir.

— Uma espécie de interrogatório — disse ela.

Ele deu uma risadinha aflita.

— Tudo às claras...

— Muito bem — disse Sasha, com um tom tranqüilizador, mas ao mesmo tempo receoso de que aquele encontro pudesse significar uma deslealdade a Nathalie. Agora ali estava ela, quase deitada no sofá preto, dizendo-lhe muito à vontade todas as coisas que ele achava que precisava saber para se sentir bem.

— Ela foi muito direta comigo e disse logo "Nem pensar em uma terapia, entendeu?" — explicou Sasha.

— Ela detesta isso...

— É claro. Pode ser um tratamento muito invasivo. De qualquer forma, eu estava ali para perguntar, não para falar, graças a você.

Os olhos de Steve passaram do seu rosto para as suas botas, com ilhoses de borda vermelha e cordões vermelhos. Eram nitidamente pouco femininas e, portanto... Ele engoliu em seco.

— Não me agradeça. Ela não teria concordado se não quisesse vê-la.

— Nathalie me falou da teoria do pai dela. Muito interessante. Ele costumava dizer a ela e ao irmão que os pais adotivos não se sentem tão culpados com a personalidade dos filhos quanto os pais biológicos e que isso os exime de responsabilidades que estimulam ressentimentos. Não sei como é a sua família, Steve, mas a minha é *impregnada* de ressentimentos, e nós todos nos envolvemos *demais* uns com os outros. Nathalie disse que sempre teve espaço, que seus pais sempre lhe deram espaço.

Steve pensou em Lynne, em suas necessidades e seus desejos mudos e persistentes, nas súplicas silenciosas para recuperar a esperança. Pegou a caneca de café e disse:

— É claro que falamos sobre isso quando nos conhecemos. Falamos muito sobre isso na época. Mas ela realmente não se mostrava preocupada; portanto, não era eu que iria pressioná-la.

— Você não precisaria pressioná-la — disse Sasha. — Ela foi perfeitamente clara. Disse que dava graças a Deus de não ter toda essa claustrofobia genética. Disse que sabia tudo que precisava saber sobre sua origem através da certidão de nascimento, mas que preferia a liberdade de se construir e construir seu próprio caminho que ter um caminho já pronto para ela, que é o que aconteceria se soubesse mais. Disse que nunca duvidou de que fora amada.

Steve tomou um gole do café, depois sorriu.

— Oh, não.

— Tenho muitas amigas que não podem dizer isso dos pais *biológicos*.

Steve lembrou-se do seu pai. Pensou em mencioná-lo, mas, depois de certa relutância, decidiu-se em contrário e falou:

— Não sei por que as pessoas ainda têm reservas com relação à adoção.

— É apenas uma questão de números — disse Sasha. — A adoção é menos comum, só isso. Há hoje fertilização *in vitro*, aborto legal, menos estigma sobre ilegitimidade. Li em um estudo que hoje há cerca de um quarto das adoções que havia trinta anos atrás. — Descruzou as pernas e inclinou-se para pegar seu café. — As atitudes sociais são diferentes. Quer dizer, na época de Nathalie, havia duas instâncias sociais: a mãe biológica não era casada e era fértil demais e a mãe adotiva era casada e *infértil.* Tudo isso acabou, graças a Deus.

— Acabou mesmo?

— Ah, sim — disse Sasha, confiante. Sorriu para Steve por cima da borda da caneca, e o piercing do nariz brilhou com um tom turquesa. — Hoje em dia, na sociedade, nós falamos sobre *tudo*, não é? Quer dizer, você pode imaginar a mãe de Nathalie e a minha tendo a conversa que Nathalie e eu tivemos?

— Não...

— Ela é uma mulher fantástica — disse Sasha. — Você tem sorte. Uma mulher fantástica e sem complexos.

Steve disse, meio sem graça:

— Tive a sensação de que talvez não estivesse fazendo o suficiente, não estivesse colaborando o suficiente. Que talvez toda essa coisa de adoção *fosse* de certa forma um problema para ela, e que eu não estivesse ajudando fazendo apenas conjecturas... — Parou um instante, depois disse: — Sou muito grato.

Sasha arregalou os olhos.

— A quem?

— A você. Você... me tranqüilizou.

— Que bom — falou Sasha, sorrindo de novo. — Mas pense nos procedimentos de seleção pelos quais os pais de Nathalie passaram para poder adotá-la. Eles deviam querer muito essa filha.

Steve olhou para seu café de novo e fez que sim.

— Pode imaginar querer uma coisa tanto assim? — disse Sasha.

Ele deu de ombros.

— Talvez coisas relacionadas com minha carreira. Eu queria ter uma filha, mas gostei muito mais da idéia depois que ela nasceu.

— É claro — disse Sasha, recostando-se de novo no sofá e soltando os braços de lado. — Em geral é muito difícil *visualizar* o que queremos, não é mesmo?

Steve deu um riso forçado.

— Você visualizou o Titus?

Sasha riu. Jogou a cabeça para trás, deixando à mostra todo o pescoço fora da gola da jaqueta.

— A gente não pode visualizar o Titus, não é? Quer dizer, não pode exatamente *inventar* o Titus.

— Ele é um rapaz inteligente.

— É sim, e muito divertido — disse ela. — Nós nos conhecemos fazendo ioga.

— Titus faz ioga?

— É claro que não. Ele apareceu na aula com um amigo, com o propósito único de caçoar de nós todos.

— O Titus esotérico...

— Ele só foi a uma aula. Um desastre, é claro, mas muito divertido.

— Vou me lembrar disso. Vai me ser muito útil — falou, pondo as mãos nos joelhos. — Sinto muito, mas agora preciso voltar para o escritório.

Ela sorriu, mas não se moveu.

— É claro...

Ele se levantou.

— Obrigado por vir conversar comigo. E... pelo que falou...

Ela continuou a sorrir.

— O prazer foi meu, Steve. Obrigada pelo café. Vou ficar aqui e terminar o meu.

Ele se afastou um pouco e acenou.

— Até logo, Sasha.

Ela esperou até Steve dar uns doze passos e então falou:

— Até breve, Steve — e riu quando ele foi embora.

Quando Steve chegou ao escritório, Meera estava com os fones de ouvido transcrevendo as fitas ditadas por ele, Justine falava ao telefone e Titus jogava bolinhas de papel na cesta de lixo com um elástico.

Steve passou por ele e disse:

— Eu não te pago para fazer isso.

— Estou pensando — replicou Titus. — Não consigo pensar sem fazer alguma outra coisa. — Levantou-se do tamborete e foi andando atrás de Steve pelas tábuas corridas antigas e enceradas. — Divertiu-se?

Steve parou e virou-se para fitá-lo.

— O que deu em você?

Titus riu.

— Ela me conta tudo.

— Muita imprudência.

— Na verdade, obrigado por pedir a Nathalie... que aceitasse falar com Sasha. Isso significou muito para ela.

— Que bom — disse Steve, meio sentado no tamborete e inclinado para a frente para mexer no mouse do computador.
— Uma moça interessante — disse, sem olhar para Titus.
— É. — Titus pôs as mãos nos bolsos e bocejou. — Mas estou sem saber o que fazer.
— Por quê? Ela está grávida?
— Não — respondeu ele morosamente. — É que realmente gosto dela.
— E daí?
— Bom, isso não *acontece* comigo — disse Titus. — São as *mulheres* que realmente gostam de *mim*. Lembra da Vannie?
— Lembro, sim — disse Steve.
Vannie tinha um corpo e uma presença física impossíveis de esquecer, mas mesmo assim quando Titus deu o fora nela sem mais nem menos, ela ficou sentada na sala de recepção do andar térreo, encolhida e fungando — horrível de ver —, pedindo que ele voltasse. Steve olhou de esguelha para Titus.
— Por que você tem de se preocupar? É claro que ela gosta de você.
— Será que gosta *mesmo*?
— Titus — disse Steve —, preciso planejar uma reunião e você tem de terminar o logotipo da Gower.
— Está quase terminado.
— Vá embora. Fale com Justine sobre seus sentimentos.
— Ela não está interessada. Acha que sou um boboca de classe alta, com idade emocional de sete anos.
Steve não olhou para ele.
— E então?

— Eu posso ser um boboca — disse Titus —, mas acho que ficar apaixonado é uma *merda*. As pessoas apaixonadas não devem se sentir no topo do mundo?

Steve disse, resignadamente:

— Sasha está no Café Roma terminando de tomar um expresso. Por que não vai até lá falar com ela?

— Obrigado — disse Titus.

— Depois volte e fique aqui até terminar o logotipo.

— Combinado.

— Eu não acho que você seja um boboca — falou Steve —, mas *é* um chato de primeira.

— Eu sei — falou Titus todo alegre, jogando um beijo para Steve.

Steve ficou vendo-o desaparecer pela porta e descer a escada. Justine tirou o fone de ouvido e olhou para Steve.

— Amor! — disse Steve num tom irônico.

Justine fez uma careta. Steve olhou as fotos na parede ao seu lado, Nathalie rindo, com sua camisa azul, e Polly *observando* por baixo do chapéu. Pensou em Sasha, reclinada no sofá do café, dizendo todas as coisas que ele precisava saber, todas as coisas que ele sabia que fazem dele um tonto por se preocupar, mas que mesmo assim queria ouvir para se sentir tranqüilo. Sorriu para as fotos e sentiu, ao mesmo tempo, um pouco de pena de Titus pela sua ansiedade. Ele voltaria para casa de bicicleta, disse a si mesmo, passaria pela florista da Union Street e compraria uma flor para Nathalie. Íris, se encontrasse.

— Não era preciso falar com ele assim — disse Marnie com calma.

Ela estava em pé atrás de David no quartinho que ele usava como escritório, no final do corredor. Desde que ela parara de trabalhar, seu escritório estava muito mais organizado, com uma inovação — caixas com arquivos e um organizador anual pendurado na parede acima da mesa dele, inquestionavelmente um aprimoramento, mas também um ligeira repreensão.

David não tirou os olhos da tela do computador.

— Eu já falei para ele sobre as bolas de golfe um milhão de vezes. Já falei que ele pode treinar golfe o quanto quiser, mas não no *jardim*.

— Não foi o que você falou — retrucou Marnie no mesmo tom razoável —, foi a *forma* como falou.

— Marnie, será que você pode se limitar a educar apenas as crianças e deixar de me incluir nisso?

Fez-se silêncio. David, de costas para Marnie, podia sentir que ela estava remoendo sua observação. No início do relacionamento, ela teria simplesmente rido ou jogado alguma coisa em cima dele — com muita precisão. Mas ao longo dos anos, ela havia se tornado menos capaz de aceitar qualquer crítica, qualquer coisa que implicasse que poderia haver defeitos ou falhas na forma palpavelmente justa com que tentava lidar com a vida familiar, com David. Por vezes David fazia uma imagem na sua cabeça daquela menina de constituição atlética de sandália azul de lona, movimentando-se pela creche com toda a calma e tranqüilidade de alguém que compreende o tipo de vida que eles têm e que sabe como lidar com ela. Essa imagem, quando ele estava cansado ou desanimado por alguma razão, podia lhe trazer muita nostalgia.

David respirou fundo e disse, ainda olhando para a tela do computador:

— Desculpe.

— Tudo bem — disse Marnie. Depois falou em um tom mais suave: — O que está havendo?

Ele deu de ombros.

— É o trabalho...

— Mas está tudo indo bem...

— Está.

Marnie foi para junto dele. Esticou a mão e pegou o *mouse*, quase como se pretendesse desligar a máquina, mas colocou-o de volta no lugar.

— Quer conversar?

David suspirou.

— Vá para a cozinha — disse Marnie. — Vou fazer um café.

Marnie sempre fazia café. Na cozinha da sua avó — a avó escandinava, de quem puxara aquele colorido — o café era o grande totem doméstico: ficava o dia inteiro em cima do fogão, forte, amargo e familiar.

— Não quero café.

— Mas quer conversar.

— Não quero...

— David, quando é que queremos fazer as coisas que precisam ser feitas?

Ele se levantou devagar.

— Vou fazer um pouco de café — disse Marnie. — Não importa se você vai tomar ou não. O importante é você falar.

Saiu do escritório, atravessou o corredor e foi para a cozinha. David olhou pela janela a sebe que tinha plantado e que não estava indo adiante, fechou os olhos, contou até dez, abriu os olhos de novo e foi atrás de Marnie.

Ela estava na cozinha, medindo o café em um jarro vermelho de esmalte. David ficou na porta observando-a. Ela usava jeans e um suéter azul-marinho com decote em V, com o rabo-de-cavalo puxado sobre um ombro e preso na ponta com um prendedor decorado com uma fileira de joaninhas. Ellen lhe dera de presente. Ellen sabia que não adiantava dar para sua mãe nada remotamente diferente, mas joaninhas eram aceitáveis e sóbrias.

— Desculpe — disse David.

Marnie levantou os olhos e sorriu.

— Não tenho intenção de mandar em você...

Ele entrou na cozinha, puxou uma cadeira e ficou vendo Marnie despejar água fervendo na jarra de esmalte.

— E não tenho intenção de gritar com Daniel.

— Você não acha — disse Marnie com sua voz de professora de jardim-de-infância, enfiando uma colher comprida no café e mexendo — que fazemos coisas que não temos intenção de fazer por causa de uma outra coisa? Como se estivéssemos com medo ou preocupados?

— É claro — respondeu David com irritação. — Isso não é nenhuma novidade.

— Não tem de ser novidade. Tem certeza de que não quer café?

Ele se recostou na cadeira e suspirou.

— Está bem, está bem, vou tomar um pouco.

Marnie tirou duas canecas de cima do balcão.

— Vou ajudar você — disse ela. — Meu instinto me diz que você está se sentindo assim por causa de Nathalie.

David resmungou. Marnie pôs um coador sobre uma das canecas e começou a despejar o café.

— Ela telefonou para cá outro dia. Disse que queria conversar com você. Queria discutir alguma coisa que tinha a ver com sua mãe. Mas senti que não era realmente por isso que estava telefonando. Muito justo que ela não quisesse me dizer o que era, mas aposto como o assunto não tinha nada a ver com sua mãe.

— Não — disse David.

Marnie virou-se e colocou as canecas na mesa. Depois sentou-se diante de David e passou uma caneca para ele.

— Então eu estava certa. Ela telefonou para você e falou alguma coisa que o está encucando.

David olhou para Marnie e depois para fora da janela atrás dela, onde viu Daniel praticando umas jogadas erráticas com um taco de golfe.

— Eu disse que ia contar para você...

— Certo — falou Marnie.

— Não é um segredo, não é nem especialmente particular, pelo menos não vai ser segredo por muito tempo, não pode ser... — David parou de falar.

Marnie esperou. Pôs as mãos em volta da caneca de café e esperou, com os olhos na mesa.

— Nathalie quer procurar a mãe dela.

Marnie ergueu a cabeça.

— Caramba!

David repetiu a frase, dessa vez com um tom resignado.

— Nathalie quer procurar a mãe dela.

Marnie soltou a caneca e pôs as mãos na mesa.

— O que causou isso?

— Não sei exatamente. Ela me deu umas razões, mas me pareceram muito superficiais. Talvez já venha pensando nisso há muito tempo, não sei... — Desviou o olhar da janela e olhou para Marnie. — Isso me faz imaginar muita coisa.

Marnie sacudiu a cabeça.

— Ela parecia tão certa de que não precisava...

— Eu sei.

— Talvez ela dissesse uma coisa e pensasse outra.

David teve um ligeiro arrepio.

— Não sei — disse ele devagar.

Marnie debruçou-se sobre a mesa.

— E ela pretende envolver você nisso?

Ele fez que sim.

— Como?

— Ela quer que eu a ajude a falar com a mamãe.

— Vai ser uma morte para a sua mãe — disse ela.

— Ela sabe disso.

— Ela *sabe* disso?

— Ela precisa muito fazer isso. Precisa desesperadamente. Falei que ela vai magoar um bando de gente, e ela disse que sabia de tudo isso e que talvez fosse egoísmo seu, mas não conseguia mais fingir.

— Fingir?

— Fingir que não se importava de não ser como os outros que sabem quem são seus pais.

Marnie inclinou-se sobre a mesa, riscou a superfície com a unha e, num tom quase impessoal, disse:

— Isso se chama girar em círculos.

David olhou para ela.

— O quê?

— O que Nathalie está fazendo. O que aconteceu com Nathalie. — Marnie levantou a mão e falou com precisão: — Levar as mágoas não resolvidas da infância para a vida adulta é chamado girar em círculos.

— Como você sabe disso?

— Eu procurei.

— Procurou?

— Na internet — disse ela. — Há muita coisa sobre adoção na internet.

— Por que foi procurar isso na internet? — perguntou David com raiva.

— Eu estava só olhando...

— Quer dizer, espionando...

— Eu não espiono. Teria conversado sobre isso quando você quisesse. *Se* um dia tivesse desejado conversar.

David empurrou sua cadeira para trás.

— Conversar não resolve nada.

— Não. Mas talvez *explique* alguma coisa.

— Que tipo de coisa?

— Explique por que a decisão de Nathalie derrubou você.

— É a mamãe — disse David. — E o papai. E Steve e Polly...

— E você também, não é?

Ele se levantou e fez que sim.

— David, você pode ver o lado positivo das coisas? Pode refletir sobre sua educação, sua vida atual e sua situação familiar? Pode considerar que, quaisquer que tenham sido as circunstâncias e as tragédias do início da sua vida, escolhi ficar na Inglaterra e me casar com você e ter filhos seus? Eu *escolhi* isso.

David olhou para ela. Fez-se silêncio por um instante, então ele se inclinou para Marnie e disse com raiva:

— Só fui escolhido por você depois de ter sido rejeitado por *ela*.

Marnie olhou para trás.

— Ela?

— É — disse David. — *Ela*.

— Não... não a Nathalie?

— Não.

Marnie engoliu em seco.

— Está se referindo à sua mãe biológica.

— É — disse David num tom enfático.

Marnie virou-se de lado e segurou a ponta da sua trança.

— Nós parecemos... estar com um grande problema aqui...

David não disse nada.

— Nathalie mexeu em umas feridas abertas, não é? Mesmo que não tivesse intenção de fazer isso...

— Nathalie me pediu para ir com ela.

— Ir aonde?

— Fazer essa busca. Procurar... procurar nossas mães.

Marnie soltou a trança e sentou-se em postura ereta.

— Ela pediu para você procurar sua mãe também?

— Pediu.

— Alguma outra coisa que eu deva saber?

— Não! — gritou David, fechando os olhos e virando o rosto para o teto.

— E você vai?

— Não! — gritou ele de novo.

Marnie esperou um instante, depois disse:

— E por que não?

— Porque não *quero*! Não preciso! Não quero nada com ela, *nunca.*

— Olhe para mim — disse Marnie.

David baixou a cabeça aos poucos até seu olhar pousar em Marnie. Ela estava sentada com as mãos sobre a mesa. Não usava anel algum. Marnie nunca usava anéis, nem mesmo a aliança. "Por quê?", costumava dizer. "Por que um anel faz com que duas pessoas sejam mais casadas?"

— O quê? — perguntou ele.

— Preste atenção...

— Olhe aqui — interrompeu David —, não quero saber de merda nenhuma da internet...

Ela o ignorou.

— Nathalie decide, por razões que não conhecemos, ou não entendemos, que quer encontrar a mãe dela. E diz isso para você. Ela nunca lhe deu nenhuma razão para desejar fazer isso, então foi um choque para você. Porém é mais que isso. Alguma coisa o está perturbando, alguma coisa perdida no passado que você pensou que tivesse enterrado, talvez enterrado com a ajuda de Nathalie. A meu ver, só há uma única solução. — Ela parou e juntou as mãos, como que para se impedir de gesticular, tornando assim o clima mais emocional do que já estava. Depois disse: — Você tem de concordar.

— Eu *concordei* — respondeu David. — Disse que vou ajudá-la a explicar tudo para a mamãe.

— Não.

Marnie olhou fixo para David, e ele teve uma lembrança longínqua, uma lembrança daquelas crianças do jardim-de-infância fazendo o que Marnie as mandava fazer porque, no final, ela sabia o que era melhor para elas.

— Não — repetiu ele, com uma voz distante e fina.

— Nathalie tem razão — disse Marnie. — Se ela vai procurar a mãe dela, você deve procurar a sua também...

— Marnie...

— Deve, sim. Do contrário, nunca mais vai ter paz. Não depois disso.

Capítulo Cinco

A sala de visita do andar de cima de Royal Oak tinha sido decorada por Evelyn Ross para dar um contraste distinto das salas públicas de baixo. O Royal Oak — afora as árvores verdes da placa — aparentemente sempre fora pintado de preto e vermelho com letras douradas, e nada mudaria a convicção de Ray Ross de que essa tradição era de certa forma histórica e ele tinha o dever de mantê-la. Quando tirara a licença para o pub, há muitos anos, Evelyn lhe pedira para no mínimo trocar o preto por creme ou usar alguma cor dentro, pintar as janelas e portas em um tom menos forte que o castanho-escuro de sempre, e encontrara uma absoluta resistência. O pub seria repintado a cada dez anos nas cores tradicionais, dissera Ray, e se ela quisesse exibir seu senso artístico, deveria fazer isso longe da dignidade do seu negócio.

— Isso aqui não é a porra de um café — dissera ele. — Você pode aplicar suas idéias absurdas lá em cima, Evie. Onde os clientes não possam ver.

Assim, ela pintou a sala de visita de lilás e as portas e janelas de branco e estofou o sofá de um couro creme que encontrou numa loja em liquidação. Comprou também nessa loja as mesas com pernas de bronze e abajures imitando ônix com cúpulas pregueadas. Ray nunca se sentou no sofá, dizia que era impossível ficar sentado ali. Preferia uma espreguiçadeira do pai de Evie, que ela mantinha coberta com um tecido grosso porque as roupas de Ray cheiravam a cerveja e fritura.

— Você devia agradecer — dizia ele a toda hora — por eu não ser a porra de um peixeiro.

A sala de visitas era o pequeno refúgio de Evie. Nas raras ocasiões em que não tinha de ficar na cozinha ou atrás do bar, instalava-se — com dificuldade — no sofá de couro e ficava vendo filmes antigos na televisão, muito contente por não estar participando do barulho, da atividade e dos cheiros do pub lá embaixo. Por vezes, em momentos monótonos dos filmes, ela pensava como a vida seria dentro de dois anos, quando Ray se aposentasse e eles comprassem a casa em Ferndown como planejavam havia anos, e Ray não tivesse uma ocupação oficial. Não podia imaginar o que ela poderia fazer então para escapar às exigências e à presença pesada dele. Sua filha, Verena, a irmã mais velha de Steve, que morava na ilha de Man e só aparecia em Westerham uma vez por ano, dizia que ela podia arranjar um emprego quando Ray se aposentasse.

— Um empreguinho, mamãe. Alguma coisa para você sair de casa um pouco. Senão, o papai vai deixar você maluca.

Evie achava que Ray não gostaria que ela tivesse uma atividade, mesmo que fosse um empreguinho. Consideraria isso uma afronta, se sentiria insultado. Trabalhar para ele no Royal Oak era uma coisa — para Ray, afinal de contas, taverneiro como seu pai, o Royal Oak era quase uma vocação —, mas sair de casa para ganhar dinheiro de outra fonte era diferente. Seria visto como uma deslealdade. Ela poderia fazer um trabalho voluntário em um hospital, uma biblioteca ou uma casa de idosos, mas não achava possível ter um trabalho remunerado. Isso servia para Verena, casada com um homem de uma geração completamente diferente da de Ray, um homem que quase *esperava* que sua mulher tivesse vida própria, e também servia para a nora de Evie, Nathalie. Steve sempre havia sido muito bom para Nathalie. Para ele, Nathalie era uma pessoa com direitos próprios, de uma forma que Evie sabia que Ray nunca faria, uma forma que ele consideraria indigna de um homem. Evie nunca dissera a Steve — aliás, nem a ninguém no mundo — "Eu gostaria que seu pai fosse mais como você", mas às vezes, sentada no seu sofá de couro com os pés no banquinho combinando, queria tanto que isso fosse verdade que quase chegava a chorar.

Ela gostava quando Steve levava Polly para visitá-los. Polly era uma fonte de alegria e fascínio para os avós do Royal Oak — era a única pessoa no mundo que fazia Ray Ross parar de fazer o que estava fazendo — e vivia ganhando presentes deles. Evie sabia que Steve não gostava do tipo de coisas que ela comprava para Polly, mas Polly gostava. Ela e a avó tinham grande tendência a coisas excessivamente femininas, a brilhos, flores e bolsas Hello Kitty. Evie guardava as coisas que comprava para Polly em uma arca forrada de veludo — na verdade, uma banqueta de penteadeira — que ficava atrás do sofá creme. Polly chamava essa arca de caixa do tesouro. Ela também compreendia que a maioria dos presentes da caixa do tesouro pertencia ao Royal Oak e não poderia ser levada para o apartamento de Steve e Nathalie, constituindo, portanto, um segredo com a avó que deixava Evie muito feliz. Só alguns presentes, como a bicicleta da Barbie que ela ganhara ao completar 4 anos, faziam com que ela insistisse com tanta veemência para levar para casa, então Steve sentia que seria uma maldade e um excesso de pedantismo não lhe dar esse prazer. Em algumas tardes, antes de escurecer, Evie abria a caixa do tesouro e mexia naqueles objetos brilhantes, imaginando a carinha de Polly — em geral profundamente séria quando estava de fato afetada — quando visse o que havia de novo ali, o esmalte brilhante para as unhas dos pés, os adesivos com tatuagens de borboleta, as travessas de cabelo com pedrinhas. Embora sempre gostasse de ver Steve, ficava muito desapontada quando ele chegava em Royal Oak sozinho. Quando avistava a bicicleta dele presa lá fora com a cadeirinha de Polly na traseira, sentia o mesmo prazer que sentia ao ver a motocicleta de Ray Ross mais de 45 anos antes.

Evie falava sobre Polly com a filha Verena, e a filha suspirava. Verena tinha dois meninos que os avós consideravam nada mais que visitas anuais no Royal nas férias, a quem serviam batatas fritas num ambiente de tensão. "Ela é uma menina maravilhosa", dizia a Verena, "maravilhosa. E tem uma imaginação muito rica", achando que Verena telefonaria para o irmão assim que ela desligasse o telefone.

"Muito obrigada", Verena planejava dizer a Steve. "Muito obrigada por impor Polly à mamãe, muito obrigada por não deixar que ela dê a menor atenção a Jake e Stuart, obrigada por ser o filho perfeito que lhe dá uma maldita atenção e me deixa fora da jogada."

Na verdade, ela nunca chegou a dar esses telefonemas. Nunca telefonava para Steve, a não ser no Natal, e se ele pensava nela, dava pouco sinal disso. Dizia a Nathalie que sua família era assim, que sempre tinham sido assim, que não se importavam muito uns com os outros, não precisavam uns dos outros. Nathalie sempre sorria quando ele dizia isso, como se soubesse, como se ele estivesse demonstrando de novo que as famílias biológicas não podiam se comparar às famílias escolhidas, que a vida da família verdadeira era uma questão de livre-arbítrio e amor, não de sangue. Por isso foi uma surpresa para Steve se ver subindo as escadas dos fundos do Royal Oak para ir ver a mãe na sala de visitas, impelido por uma inquietude que não conseguia definir nem agüentar sozinho.

Evie estava no sofá com os joelhos cobertos por um cobertor de lã que tinha tricotado, com quadrados malva e roxo. Ela levou um susto quando viu Steve entrar e apontou o controle remoto da televisão para ele sem notar, como se fosse algum tipo de arma de defesa.

— Oh, pensei que fosse seu pai...

— Ele está lá embaixo — disse Steve.

Evie lutou para sair debaixo do cobertor.

— Polly não veio? Onde ela está?

Steve inclinou-se e deu um beijo no rosto da mãe. Nathalie o ensinara a fazer isso, coisa que não lhe passava pela cabeça antes de conhecê-la.

— Está no colégio, mamãe. Nathalie vai buscá-la.

Evie jogou o cobertor no chão.

— Por que você não esperou para ela poder vir também? Tenho uma coisa para ela.

Steve fez uma pausa, depois falou, meio sem jeito:

— Hoje é um pouco diferente, mamãe.

Evie olhou para ele, parou de tentar se levantar e ficou onde estava, na borda do sofá.

— O que aconteceu?

— Ninguém se machucou, mamãe. Estão todos bem.

— O que aconteceu?

Steve sentou-se na espreguiçadeira que seu pai usava, debruçado para a frente, olhando para o tapete.

— Não é nada de ruim, mamãe.

— Então por que você está aqui? Por que está aqui sem Polly?

— Eu queria lhe perguntar uma coisa.

Uma expressão de súbita prudência passou pelo rosto de Evie. Uma expressão muito familiar a Steve, uma expressão que ele vira durante anos quando Evie não conseguia decidir fazer alguma coisa para os filhos contra a vontade do marido.

— Não se preocupe, mamãe. Você não vai precisar agir. Só me dar uma opinião.

— Eu nunca tive medo de agir, tive? — perguntou Evie, subindo o tom de voz para demonstrar ressentimento.

— Não, nunca teve.

— E não teria agora. Especialmente se fosse por Polly.

— Isso não diz respeito a Polly, e sim a Nathalie. A Nathalie e a mim...

Evie olhou fixo para ele.

— Você nunca....

— Não — disse Steve, fazendo um gesto com ambas as mãos, como que para afastar a idéia de que houvesse alguma coisa errada entre Nathalie e ele.

— Eu sempre disse que vocês deviam se casar — declarou Evie. — Não é justo com Polly. Sempre achei isso.

— Eu sei — falou Steve, fechando os olhos um instante. Estava sem energia para defender mais uma vez o desejo expresso enfaticamente por Nathalie de viver com ele, porém sem se casar.

— Não tem nada a ver com isso — disse ele com firmeza.

Evie inclinou-se de lado para pegar o cobertor do chão e começou a dobrá-lo.

— O que é então?

Steve falou com cuidado:

— Você sempre soube a opinião de Nat sobre adoção e esse tipo de coisa, como ela sempre disse que não se importava de não conhecer sua mãe verdadeira, de não ter uma família biológica, não é?

Evie alisou o cobertor dobrado no joelho como se fosse um gato.

— Ela sempre se deu bem com isso — disse placidamente.

— É, mas tudo isso mudou.

Evie parou de alisar o cobertor.

— O que mudou?

— Tudo. Como ela se sente, o que ela quer. Tudo. Quase que da noite para o dia ela deixou de achar que estava tudo bem e passou a dizer que não está nada bem e que quer encontrar sua mãe verdadeira. Sua... mãe biológica.

Evie sacudiu a cabeça.

— O que provocou isso? — perguntou, olhando zangada para Steve. — O que você fez?

Ele deu de ombros. Sentiu a raiva que sempre sentia quando sua mãe usava aquele tom de voz com ele, quando o imprensava na porta do porão, ou saindo do banheiro, ou na porta do seu quarto, e dizia: "O que você fez para aborrecer seu pai?"

— Nada — resmungou, como sempre costumava fazer.

— Se não é nada, por que está tão abalado?

— Não estou abalado.

— Então por que está aqui? Por que não trouxe Polly?

Steve olhou de novo para o tapete entre seus pés. Era um tapete bege, riscado de bege mais escuro com flores rosa estilizadas em várias formas de diamantes. Tentou lembrar do que Nathalie dissera, lembrar que Nathalie explicara que a mãe dele só usava aquele tom ríspido com ele porque não ousava usar com o marido.

Então falou da forma mais paciente possível, com os olhos ainda pregados no tapete.

— Mamãe, não sei onde fico nisso.

— Bem, você saberia se fosse marido dela — disse Evie.

Steve sacudiu a cabeça.

— Eu sou o marido dela! Em todos os sentidos importantes!

Evie deu um pulinho. Colocou o cobertor dobrado ao seu lado e levantou-se do sofá. Depois puxou o banquinho pelo tapete até ficar perto da cadeira de Steve e sentou-se nele.

— Desculpe, querido.

— Isso não tem nada a ver com fazer a coisa respeitável Não tem nada a ver com o que os vizinhos vão pensar.

— Não, querido.

Steve olhou para a mãe com um ar triste.

— Foi um choque, mamãe.

Evie esticou as duas mãos e pegou a mão de Steve. As mãos dela lhe eram familiares, largas, quentes e incrivelmente macias mesmo depois de todos aqueles anos na cozinha.

— Há dez dias ela até disse a uma pessoa que conhecemos que não se importava de jeito algum de ser adotada. Quando o ouvido de Polly foi examinado, ela disse que ficou um pouco apreensiva, mas só por um instante. Ela conversou com Dave e achei que a coisa estava resolvida. Mas não estava. O resultado foi oposto. Ela agora está absolutamente decidida a encontrar a mãe. Resolveu de repente. Levei Polly para a cama, comemos alguma coisa, estávamos sentados ali conversando calmamente e de repente ela veio com isso. Disse que já se decidiu, que isso lhe fez falta durante muito tempo, que nada que eu pudesse dizer a demoveria, de modo que era melhor eu ajudar em tudo que pudesse. — Ele olhou para Evie e continuou. — Ela está procurando um serviço especializado em buscas.

Evie apertou as mãos de Steve. Ele sentiu seus anéis de ouro cravejados de brilhantes, agora usados no dia-a-dia, apertando os dedos dele.

— Por que está tão abalado então? O que o está incomodando?

Ele olhou para o chão de novo e falou com rispidez:

— Porque ela só me contou. Não me pediu, não me... consultou. — Fez uma pausa e depois disse: — E... tive a sensação de que não basto. Não basto para ela.

— Bem, querido, você nunca vai ser a mãe dela.

— Ela já tem mãe.

Evie considerou a idéia. Ela nunca tivera dificuldade, ao que se lembrasse, em lidar com Lynne. Elas se davam bem, as duas avós, a superioridade de Lynne de ser a primeira avó por ser mãe de Nathalie contrabalançava com a tranqüilidade e complacência de Evie de saber que era avó de sangue de Polly. Essa superioridade não era uma coisa que a incomodava, Evie descobriu. Soltou as mãos das mãos de Steve e cruzou-as no colo. A imagem súbita de uma nova avó rival, uma avó com *todas* as cartas, era desconcertante e desagradável.

Olhou para as mãos e ajeitou os anéis.

— Lynne já sabe?

— Ainda não.

— Não vai ser fácil. Não para ela.

— Eu sei. Disse isso a Nathalie.

— E David?

— Ela o está forçando a fazer isso também.

Evie arregalou os olhos.

— *Forçando?*

— Ele não quer. Mas Nathalie e Marnie o persuadiram.

Evie olhou pela sala para a fotografia colorida do lago Ullswater ao pôr-do-sol que Ray lhe dera há alguns anos no Natal.

— Suponha que a mãe dela não queria ser encontrada... — sugeriu ela.

— Por que não iria querer?

— Oh, por *muitas* razões.

— Bom, acho que Nathalie vai arriscar isso.

— Ela está arriscando muito, não é?

Steve suspirou.

— Ela disse que estará se arriscando mais se não procurar a mãe. — Steve pôs os cotovelos nos joelhos e entrelaçou os dedos. — Disse que nunca se sentiu mais decidida a respeito de alguma coisa, exceto quando teve Polly.

Evie falou, bem devagar:

— Bom, você vai ter de deixar a Nathalie fazer isso, querido.

— Não é uma questão de deixar.

— Então vai ter de ajudá-la.

— Eu sei. Já disse isso, não é?

— Eu não gostava do meu pai — falou Evie de repente. — Às vezes até o detestava. Ele era um grosso com a minha mãe. Provavelmente é por isso que eu... — Parou e respirou fundo, depois disse: — Mas pelo menos sei de quem eu não gostava.

— O mesmo com papai e eu — disse Steve.

— Não diga isso...

— É verdade. — Olhou para ela de novo. — Você pode contar tudo isso para ele?

— Ele não vai gostar. Não gosta de ver as coisas de cabeça para baixo.

— Nem eu.

Evie deu um tapinha na mão dele.

— Talvez isso vá consertar as coisas...

— As coisas não estavam mal, mamãe!

Evie aprumou o corpo. Olhou de novo para o lago Ullswater e disse:

— Então por que ela está fazendo isso?

Titus estava esperando junto às balaustradas que circundavam os dois lados da Igreja de St. Margaret. Sasha tinha dito que o encontraria ali às seis e meia, e ele chegou 12 minutos depois com uma calma estudada e viu que ela estava ainda mais atrasada. Na verdade, eram dez para as sete agora. Titus leu a placa pintada com o nome do vigário, os horários dos serviços religiosos e o elogio orgulhoso de que aquela igreja tinha o melhor Movimento de Artes e Artesanatos da região. Examinou também a fachada (não era do seu período arquitetônico preferido), contou o número de balaustradas (muito sólidas, certamente do século XIX) e prometeu a si mesmo esperar só mais dois minutos, porém quebrou essa promessa várias vezes. As moças, disse Titus a si mesmo, se importavam tanto com a pontualidade quanto com xícaras e copos limpos e com o lugar onde guardavam as chaves do carro. Gostavam de planos e preparativos: queriam sempre saber a que horas e onde iriam para poder decidir o que iam vestir e se deviam usar alguma maquiagem. Assim eram elas, lembrou-se Titus, prometendo que não olharia de novo o relógio da torre da igreja. Ficavam ansiosas com a impressão que causavam em um relacionamento, raramente tinham o controle, sentiam uma agradável necessidade de ser tolerantes e compreensivas. Pelo menos era assim que elas sempre haviam lhe parecido, pensou Titus irritado, chutando o meio-fio de pedra onde as balaustradas eram assentadas. Ele sabia que era baixinho. Tinha percebido, aos 15 anos, que seria da altura da mãe e não do pai e fizera seus planos de acordo com isso. Pelo menos ele era corpulento, mesmo sendo baixo, e não havia nada de errado com seu rosto, sua língua, seu cabelo ou sua vivacidade de espírito. Também ficou logo claro que não tinha dificuldade alguma com as meninas. Aos 20 anos já tivera tantas namoradas que seus irmãos eram forçados a ocultar a inveja que sentiam com tristes tentativas de caçoadas e escárnio. Titus fingia ignorá-los. Em vez de morder a isca, simplesmente roubava as namoradas dos irmãos na cara deles. E assim foi vivendo até que conheceu Sasha.

Titus tirou o cachecol e enrolou-o com força nos diversos suportes da balaustrada. Sasha. O que ela tinha de especial? Bem, ela era maravilhosa, mas incrivelmente alta, o que fazia com que ele parecesse um idiota, podia ser espantosamente honesta e ter um estilo *New Age* e vestia-se de uma forma meio masculinizada que ele não suportava. Ele detestava as botas dela, detestava intensamente, e ela as usava o tempo todo. Quando não estavam nos seus pés, quando estavam ao lado das botas dele na sala ou no quarto, ele dizia: "Olhe essas botas! Parecem pertencer a algum maldito *marinheiro*", e ela sorria e dizia: "Elas te incomodam, não é?" E ele tinha de lhe mostrar que era homem o bastante para se abstrair de todas as botas do mundo. Uma vez ele tentara comprar para ela umas botas sexy, de salto alto e apertadas nos tornozelos, mas ela rira na cara dele. Só rira. Depois se virara e fora embora, dando umas passadas enormes com as malditas botas de marinheiro. Titus puxou o cachecol com tanta força que a lã esgarçou. O relógio da igreja bateu sete horas.

— Nossa! Você é pontual — disse Sasha.

Ela estava ao seu lado, com o sobretudo naval comprido que tinha comprado em uma loja de uniformes usados. Ele começou a desenrolar o cachecol.

E disse, sem se virar:

— Você está meia hora atrasada.

— Estou bem na hora.

— Você marcou às seis e meia.

— Eu marquei às sete.

— Droga — disse Titus. — Merda.

— Você usa uma linguagem esquisita — falou Sasha. — Onde foi educado?

— Você sabe perfeitamente bem.

— Se vai ficar emburrado assim, vou procurar outra pessoa para se divertir comigo.

Titus virou-se e olhou para ela.

— Não estou emburrado.

Sasha inclinou-se um pouco e lhe deu um beijo na boca. Ele sentiu a breve umidade da sua língua. Tirou o cachecol da balaustrada e pôs em volta do pescoço dela com um só movimento.

— Te peguei.

Sasha esperou um instante, depois soltou a cabeça.

— Estou aqui há *meia* hora — repetiu Titus.

Sasha deu um suspiro.

— Já falamos sobre isso.

— Mas não terminamos.

— Eu terminei — disse Sasha. — Você vai parar de falar nisso ou eu vou embora?

Titus hesitou um instante, depois jogou os ombros para trás, passou o cachecol em cima do ombro e pegou na mão de Sasha com determinação.

— Desculpe — disse, com um riso forçado. — Meu dia hoje foi uma merda.

— Ah — falou Sasha, andando e puxando-o.

— O que quer dizer "ah"?

— Quer dizer "Eu tive um dia de merda, então vou proporcionar uma noite de merda para ela", não é isso?

— Não — disse Titus. — Nada disso.

— Que tipo de merda?

— Steve...

— Ah — disse Sasha de novo, balançando a mão de Titus. — Eu gosto do Steve.

Titus fez um esforço enorme para não dizer "Ele é casado" e falou com uma voz simpática que nunca teria sonhado em usar na frente dos irmãos:

— Também gosto dele.

— Então?

— Ele estava de mau humor. De *péssimo* humor.

— Nós todos temos mau humor.

— Mas o dele era um mau humor emocional. Isso não acontece com ele. Steve fica irritado se você deixa uma caneta na sua mesa fora do alinhamento, mas é um processo mental, não emocional. Ele não tem prática com problemas emocionais e quando fica perturbado, parece uma pessoa que foi jogada em uma piscina pela primeira vez e precisa nadar. Fica se debatendo. E *obcecado* com o alinhamento das canetas.

Dois adolescentes de skate passaram por eles, rindo da discrepância de altura de Sasha e Titus.

Sasha olhou para eles um instante, depois perguntou casualmente:

— Por que ele estava perturbado?

Os dois pararam para atravessar a rua.

— Não sei...

— Você deve saber. É impossível trabalhar o dia inteiro ao lado de alguém num lugar daquele tamanho e não ter algum tipo de pista.

Titus olhou para ela sério.

— Por que você se importa? Por que está tão interessada?

Sasha foi atravessando a rua, puxando Titus.

— Por que será? Por causa de Nathalie, é claro. Pelo que vi nela.

— Bem — disse Titus, irritado —, você viu tudo errado, não foi?

Sasha parou de andar. Ficou quieta na calçada e largou a mão dele.

— Não, Titus — replicou, com a voz que usava para lhe explicar uma teoria psicológica. — Não, eu não vi tudo errado em Nathalie.

Ele sorriu e disse com um pequeno ar de triunfo:

— Então por que ela está tentando encontrar um serviço de busca para procurar sua mãe biológica?

Sasha não falou nada. Afastou-se de Titus e ficou debaixo do quadrado iluminado que vinha da janela de uma loja de revistas. Titus seguiu-a e puxou-a pela manga.

— Desculpe.

Sasha fez uma pausa depois disse:

— O que aconteceu?

— Ele só me contou isso. Quando as meninas foram almoçar, perguntei o que o estava perturbando, e ele me contou tudo.

— O que ele disse exatamente?

Titus levantou a cabeça. As feições de Sasha estavam em relevo pelas sombras vindas da janela da loja e ela parecia uma Valquíria maravilhosa e perigosa. Ele engoliu em seco.

— Bem, parece que ela não lhe disse a verdade, ou coisa assim. Está decidida a encontrar sua mãe biológica e está forçando o irmão a procurar a mãe dele também.

— O irmão?

— Irmão adotivo. Dave, o cavador. Ele faz jardins. — Olhou para Sasha de esguelha e perguntou: — Você não ficou aborrecida?

Ela sorriu para Titus.

— Não, por que ficaria?

— Bem, você entendeu mal a coisa. Ela a enganou.

— Ou enganou a si própria. Isso é que é interessante.

— *Interessante?*

— Prova a teoria de que *todos* os filhos adotivos têm interesse em saber de onde vêm. No fundo têm. A falta de interesse é uma mera defesa.

— Mas você acreditou nela.

— Não sei, *não sei* se acreditei.

— Ah, essa não...

— Eu perguntei se ela trabalhava, perguntei o que ela fazia com todo o seu talento artístico, e ela foi muito evasiva. Não achei que ela fizesse muita coisa com isso, só umas bobagenzinhas para as amigas, umas coisas esquisitas, pequenos trabalhos. E isso é clássico, naturalmente.

— Clássico?

— A rejeição que os filhos adotivos sofrem não afeta apenas seus relacionamentos, afeta também o trabalho. Eles ficam paralisados de medo de serem rejeitados, então nem tentam. Parece preguiça, mas não é. Em geral eles querem ser melhores que todos, mas não conseguem.

Titus pegou na mão dela de novo.

— Uma *chatice* — disse ele, rindo.

— Não é uma chatice para Nathalie...

— Mas é para mim...

— Não — disse ela, sorrindo —, é uma chatice para Steve.

— Quero tomar um drinque — falou Titus alto.

— Quer?

— Quero tomar um drinque com você, e mais outro e possivelmente outro, depois comer uma salada tailandesa com *curry* e depois...

Sasha inclinou-se e beijou-o de novo. Sua língua demorou-se ali um pouco dessa vez, e Titus se surpreendeu ao perceber que estava arfando. Sasha afastou os lábios da boca de Titus.

— Vamos ver — disse ela. — Mas primeiro vamos tomar o drinque.

Capítulo Seis

Daniel ficou na cama. Ou melhor, ficou atravessado na cama com a cabeça pendurada para fora e os pés encostados na parede do lado oposto. Passou os pés em volta dos pôsteres pendurados de desportistas, com cuidado para não cobrir uma das orelhas de Ian Thorpe ou o nariz de Andrew Flintoff. Daniel não era um grande nadador, mas tinha paixão por críquete, podia dizer com exatidão — se alguém por perto se importasse com essas coisas — os nomes de todos os times de críquete dos principais condados e do mundo, inclusive de Bangladesh e Sri Lanka.

Mexeu um pouco com os pés, batendo no queixo de Thorpe.
— Attapattu, Sangakkara, Jayawardene... — disse baixinho.

Tirou os pés da parede e levou os joelhos ao peito, empurrando-os com força, puxando as coxas contra si com as mãos para apagar toda a consciência daquela tarde interminável, daqueles feriados indesejáveis e infindáveis e da insistência da mãe para ele planejar seus próprios divertimentos. Ela era perita nisso, perita em fazer com que Daniel e Ellen aprendessem a ser proativos e não meramente reativos nas horas de lazer. Explicava, com seu jeito moderado e para evitar uma torrente de queixas sobre injustiça, que aquela exigência não se aplicava a Petey, porque ele era muito pequeno para compreender o valor de uma diversão construtiva e pequeno demais — sorte do Petey, como sempre — para saber o que era tédio. Quando Petey crescesse, dizia ela, também precisaria aprender a se interessar, como Daniel e Ellen aprendiam agora.

Daniel puxou bem os joelhos e os afastou para poderem passar ao lado de seu rosto, encostando nas orelhas. Em razão dessa teoria de sua mãe, ele possivelmente era o único menino de todo o universo que não tinha um computador no quarto. O único computador da casa, exceto o que seu pai usava para trabalhar, era um computador velho da família, que ficava lá embaixo, na sala da televisão, e tinha a mesma rigorosa racionalização de uso. Daniel levantou os joelhos e tentou encaixá-los nos globos oculares. Às vezes parecia que seus pais tinham algum tipo de amnésia que os impedia de lembrar do que gostavam de fazer quando não eram velhos e chatos.

Sua mãe passara a infância no Canadá. Isso, considerava Daniel, lhe dava uma vantagem imensa e injusta, sem nenhuma desculpa para impor aquelas quantidades inacreditáveis de tédio aos próprios filhos. Sua mãe obviamente passara toda a infância no Canadá como Daniel passava as preciosas semanas de férias: pescando no lago, fazendo fogueiras, construindo tendas e jogando tênis com os irmãos dela, aqueles tios maravilhosos que representavam todas as glórias da façanha masculina, com exceção da glória da equipe de críquete da Inglaterra na

Copa Mundial. Os tios canadenses de Daniel faziam proezas com uma vara, um bastão, uma arma ou uma caminhonete e, para ser justo, sua mãe não ficava muito atrás. Mas quando ela ia embora do Canadá e chegava a Westerham, voltava a todas as suas restrições de novo, perdia todo o senso de proporção e não reconhecia que o treinamento extra de críquete era infinitamente mais valioso para Daniel que ler um livro, fazer um modelo ou, que horror, *cozinhar.* Cozinhar estava acima da compreensão dele não por ser uma atividade de meninas, mas porque não fazia sentido ficar horas cortando, misturando e mexendo, se uns paladares mais satisfatórios podiam ser encontrados em pacotes de comidas prontas, potes plásticos e bandejas de alumínio. Quando certa vez lhe perguntaram que comida do mundo ele mais gostaria de comer, respondeu que gostaria de um cheeseburguer com batatas fritas, sentado em uma cadeira bem boa no Lord's durante um *Test Match,* depois acrescentou que o cheeseburguer e as fritas na verdade nem importavam muito.

Daniel pôs os pés na parede abaixo dos pôsteres e empurrou para levantar os ombros da cama e colocar as mãos no chão. Ellen sabia dar cambalhotas apoiada nas mãos. Sabia também andar com as mãos no chão e as pernas para o alto e era excepcionalmente boa no tênis para uma menina de 12 anos. Naquele momento, ela devia estar no Tênis Clube de Westerham praticando saque, com um balde cheio de bolas no chão. Tinha ido de bicicleta até lá e, quando terminasse o treino, voltaria de bicicleta e entraria na cozinha com um ar vitorioso esperando aprovação, e Daniel sentiria vontade de bater nela. Desde que se entendia por gente, Ellen tinha aquela capacidade de fazer com que ele achasse que ser um menino pequeno era uma verdadeira infelicidade.

Pensou em sair da cama rolando de costas, mas acabou deslizando sem jeito e batendo com o cóccix no chão. Levantou-se e foi até a janela. Quatro pessoas saíam do campo de golfe que ficava próximo ao fundo do jardim, puxando seus carrinhos, o vento cortante de primavera inflando seus anoraques e criando pequenos balões cômicos. Daniel tinha sido proibido de caçar bolas de golfe perdidas e vendê-las aos jogadores, mas no fundo do coração não considerara essa proibição definitiva. Achou melhor considerá-la como algo que seus pais prefeririam não saber do que algo que causaria uma punição.

Atravessou o quarto e abriu a porta em profundo silêncio. Sabia que sua mãe tinha levado Petey para um grupo de natação de crianças pequenas e que seu pai estava trabalhando com seus papéis, o que significava que, embora ele estivesse tecnicamente cuidando de Daniel, não tomava conhecimento da sua presença, muito menos de suas necessidades. A porta que dava para o escritório do pai estava entreaberta e Daniel viu as costas dele e o brilho da tela do computador. A coisa a fazer era descer de mansinho, atravessar o corredor, dizer com voz distante "Papai, vou até o jardim" e sumir, sem interromper a concentração de David nos seus números.

Daniel chegou ao final da escada em grande velocidade, portanto, fazendo mais barulho do que pretendia.

— É você? — perguntou David sem se virar.
— Hã-hã — disse Daniel.
— O que estava fazendo?

Daniel suspirou.

— Nada.
— Nada como?
Daniel suspirou de novo. Passou relutante pelo corredor até poder ver o interior do escritório. Na tela do computador não havia números, mas um tabuleiro de xadrez. As peças pretas estavam agrupadas no canto superior esquerdo e as peças brancas espalhadas no resto do tabuleiro. Ele chegou mais perto.
— O que está fazendo?
— Jogando xadrez — respondeu David, mexendo em alguma coisa. — Muito mal. Olhe. A torre da rainha está parada onde começou. Não vale a pena se esquivar no meio do jogo.
Daniel passou o peso do corpo de um pé para o outro. O xadrez o deixava pouco à vontade. Fazia três anos que seu pai queria ensiná-lo a jogar, desde os seus sete anos, mas ele não queria aprender. Não era indiferente, era absolutamente contra aprender, e seu pai ficou magoado. Daniel pôde ver o olhar de mágoa nos olhos de David. Não queria magoá-lo assim, mas não pudera evitar. Alguma coisa dentro dele o afastava do xadrez, afastava porque não desejava ser escravizado como seu pai, que não pensava em outra coisa e se ausentava até mesmo da família: a regularidade daquelas noites de xadrez, os preparativos com os amigos do xadrez, a... a *ausência* daquele espírito de equipe que parecia a Daniel tão maravilhoso. Não lhe ocorreu, parado pouco à vontade atrás de seu pai, olhando as pecinhas de xadrez na tela, perguntar por que o pai estava jogando em vez de organizar seus papéis, mas imaginou por que seu pai jogava. Foi arrastando os pés no chão e perguntou:
— Por quê?
— Por que o quê?

— Por que está jogando xadrez?

Fez-se uma pausa, depois David mexeu no mouse e a tela ficou toda branca.

— Porque isso me conforta — ele disse, ainda olhando para a tela branca.

Daniel sabia que devia perguntar "O que aconteceu?", mas era uma pergunta difícil. Às vezes o outro precisa muito que lhe perguntem e às vezes detesta ser perguntado, e então quem pergunta pode ter de ouvir um turbilhão de coisas e acabar com a sensação de que tentou tirar uma toalha do armário mas a pilha toda de toalhas veio junto e criou uma enorme confusão.

Daniel arrastou os pés de novo e disse quase automaticamente:

— Desculpe.

David deu uma risada abrupta, virou-se e olhou para o filho.

— Por que está pedindo desculpa?

Daniel deu de ombros.

— Por nada.

Fez-se silêncio um instante e então David falou:

— Gostaria que eu atirasse a bola para você no críquete?

Daniel balançou a cabeça com veemência. O escritório monótono do pai parecia ter se abrilhantado de repente. David levantou-se e se espreguiçou.

— Seria bom...

Daniel desanimou um pouco.

— Você não se importa?

— Não — respondeu David. — Não, eu não me importo. Vai me fazer bem. Assim eu paro de pensar.

*

Nathalie levou uma semana criando coragem para telefonar para o serviço de adoção. O nome da organização era FamilyFind, e o número do telefone lhe fora dado de má vontade pela mulher do serviço social, que sugerira que Nathalie usasse uma agência oficial do governo ou pelo menos de categoria nacional. Nathalie achou que a mulher a olhara com um ar antipático, como se ela fosse uma ingrata e mal-agradecida devido à sua atitude. A mulher havia feito Nathalie se lembrar de sua primeira professora primária, que não conseguira disfarçar seu desagrado quando ela dera um ataque por não ter sido escolhida para ser Maria no auto de Natal. Lynne a consolara, mas em troca de todo esse doce consolo recebera uma mordida com força na mão a ponto de sair sangue. Chegaram à conclusão de que Nathalie tinha mordido a mão que a alimentava, e a situação agora não era muito diferente. Nathalie olhou para a mulher do serviço social e disse que seu caso era especial e precisava de um tratamento especial.

— Em que sentido?

— Nós somos dois — disse Nathalie.

— *Dois?*

— Meu irmão e eu.

— Da *mesma* mãe?

— Ah, não.

— Bom, então...

— É uma busca dupla. Precisaremos de um tratamento específico se não nos sentirmos da mesma forma.

— E certamente não vão se sentir — disse a mulher, abrindo uma gaveta e tirando um maço de folhetos azuis presos com um elástico. — Vocês podem tentar essas pessoas — disse com um tom desagradável.

Nathalie olhou o folheto azul com um desenho na capa, uma fileira de figuras em silhueta, dois homens e duas crianças e no meio uma mulher que parecia não saber para que lado olhar. Acima do desenho vinha escrito "FamilyFind" e embaixo: "Oferecemos um completo serviço de busca para qualquer pessoa adotada e seus parentes biológicos." Nathalie virou o folheto e viu o e-mail e um número de telefone em Londres.

— É só eu telefonar? — perguntou hesitante.

— É claro — respondeu a mulher. — *Se* você quiser.

Ao chegar em casa, Nathalie guardou o folheto na gaveta da cozinha não exatamente escondido, mas casualmente no meio de guardanapos de papel e pratos de papelão que tinham sobrado do último aniversário de Polly. Antes leu o folheto às pressas e descobriu que aquilo tudo era mais complicado do que imaginara, mais constrangedor, como se fosse a chave de todo tipo de possibilidades pouco benignas. Ela não tinha uma razão coerente para aquela mudança radical, aquele desejo súbito de fazer aquilo que sempre dissera resolutamente que não a interessava. Havia dito a Steve e a Lynne que tudo começara com o problema do ouvido de Polly, mas sabia que aquele era o início mínimo e insignificante dos inícios. Afinal, o ouvido de Polly apresentava uma anomalia pequena; não era nada hereditário nem realmente preocupante, como tímpanos danificados que exigiam implantes. Fora se encontrar com a namorada de Titus muito animada, sentindo que podia pôr de lado todas as questões familiares, todas as suposições exaustivas e condescendentes que quem não era adotado fazia prontamente com relação aos que eram. Mas ao voltar daquele encontro sentiu alguma coisa, não exatamente raiva, nem mesmo a sensação de perda que tentara explicar a Steve, mas uma sensação de vergonha. Ficou na calçada a 20 metros do café onde ela e Sasha tinham se encontrado, sentindo uma grande onda de vergonha dominá-la, uma vergonha ardente associada a uma humilhação pública inquestionavelmente merecida. Como podia ter feito aquilo, perguntava-se agora, como podia ter fantasiado ser — de forma eloqüente, freqüente e confidencial — um tipo de pessoa durante todos aqueles anos quando na verdade era outra bem diferente? Como podia ter fingido — mentido era a palavra que *devia* usar, não era? — para todas aquelas pessoas, para Lynne, Ralph e Steve, que a amavam e tinham acreditado nela? Como podia ter insistido que não se importava de ser adotada, que realmente *preferia*, quando sabia todo o tempo que estava trilhando um caminho diferente, frágil e infeliz, que a chegada tão desejada de Polly só fizera de certa forma acentuar?

Ou não era bem assim que as coisas tinham ocorrido? Talvez ela acreditasse seriamente em uma coisa e agora, também seriamente, acreditasse em outra. Seus sentimentos levavam-na a não se ligar às coisas, a não seguir uma carreira, a entregar-se a vários trabalhinhos insignificantes que deixavam Steve louco porque achava que ela desperdiçava seus talentos. E como, pensou Nathalie, olhando para a frente da gaveta onde estava escondido o folheto azul, essa busca para encontrar sua mãe poderia ajudá-la com tudo isso? E se sua mãe tivesse *morrido*?

Mas ela tinha de fazer aquilo — todos os seus pensamentos em círculo chegavam sempre ao mesmo lugar. Sabia que não sossegaria enquanto não seguisse seu caminho, sabia que seria como alguém que não consegue se concentrar porque está sempre esperando um telefonema crucial, uma batida decisiva à porta. Tentara explicar isso a Lynne, tentara fazer com que Lynne visse que não era nenhuma falha dela como mãe que a fazia querer encontrar a mulher que lhe dera à luz. Lynne levara Nathalie ao jardim para ver os bulbos da primavera e ficara ali repetindo a mesma frase várias vezes: "Eu sempre pensei que você tivesse tudo o que queria!"

— Eu também — disse Nathalie.

Lynne inclinou-se para ajeitar um narciso caído de lado.

— Você sempre disse...

— Eu sei, mamãe. Eu sempre disse.

— É difícil não levar isso em termos pessoais — falou Lynne, prendendo a flor caída a uma outra em boa posição.

— Mamãe...

— Eu sempre tive a sensação — disse Lynne, ajoelhada na grama úmida — de que tinha salvado você e David. Mesmo quando lutava contra minhas próprias frustrações, dizia a mim mesma que pelo menos tinha feito uma coisa boa no mundo, que tinha ajudado duas crianças a ter uma oportunidade na vida. Sei que não se deve pensar assim, mas é difícil não pensar quando os outros ficam dizendo que você fez uma coisa boa.

— E você *fez* uma coisa boa — disse Nathalie.

— Eu costumava dizer a mim mesma: "Eu quero um filho, eu quero um filho." Seu pai falava que eu não devia dizer isso, devia dizer que queria criar um filho. — Lynne levantou os olhos para Nathalie. — Se você encontrar sua mãe, não vê como eu vou ficar?

Nathalie sacudiu a cabeça.

— Vou passar de salvadora a uma mulher que tirou o filho de outra.

Nathalie agachou-se ao lado dela.

— Você não vai mudar, mamãe.

— Não, não vou mudar. Não como pessoa. Mas vou ser vista de forma diferente. E Polly? Que tipo de avó vou ser quando Polly tiver uma nova avó?

— Talvez isso não aconteça...

— O que talvez não aconteça?

— Talvez eu não a encontre. Talvez eu não goste dela.

— Então por que vai correr esse risco?

— Ah, mamãe — disse Nathalie, segurando o braço de Lynne com força. — Porque preciso *saber*. Mesmo que não goste, preciso saber. *Você* sabe, não é? Você sabe quem foi a sua mãe.

Lynne puxou o braço e levantou-se.

— Pelo menos David... — mas parou a frase no meio.

— Pelo menos David o quê?

— Talvez ele não queira acompanhar você nisso.

Nathalie levantou-se também.

— Mamãe, ele quer.

— Não, não quer. Está sendo forçado por você.

— Eu não poderia *forçar* o David, mamãe. Não poderia nem que tentasse. Ele está com medo, como eu, mas vai me acompanhar.

Lynne deu um passo para trás e começou a mexer num pé de groselha.

— Daniel esteve aqui ontem ajudando seu pai na oficina. Ele tem habilidade manual.

— Mamãe, *nada* vai mudar entre você e seus filhos ou entre você e seus netos.

— Você não sabe isso — replicou Lynne.

Nathalie pôs as mãos no rosto.

— Por favor, confie em mim!

Lynne não falou nada.

Nathalie baixou as mãos e disse com raiva:

— Olhe aqui, eu não *tinha* de contar para você, para Steve nem para ninguém. Podia ter telefonado em segredo para essa pessoa do serviço de busca e ido procurar minha mãe... se é que ela está viva... sem nenhum de vocês saber. Mas não fiz isso. *Não fiz*, não é? Contei tudo do começo ao fim, e se isso não mostra amor e confiança e todas as coisas que você subentende que não estou demonstrando, então não sei o que mostra!

Lynne esticou a mão, e ajeitou as folhas de um arbusto. Assim que tirou a mão, o arbusto voltou à posição original.

— Não quero voltar ao passado — disse ela.

Nathalie não fez nenhum comentário. Lynne puxou as folhas do arbusto de novo.

— Não que eu não compreenda o que você quer fazer. Eu nunca tentaria impedi-la. Você sabe que eu não faria isso. Mas é muito arriscado, vai mexer com muitas coisas que achei que estivessem sanadas, todas as coisas que pensei que tivesse esquecido.

Nathalie fechou os olhos. Ela e Lynne tinham tido uma conversa longa e angustiante sobre infertilidade quando ela descobriu que estava finalmente grávida de Polly, e naquele momento não tinha vontade de voltar ao assunto. Abriu os olhos e perguntou com a voz mais neutra possível:

— Você pode contar para o papai?

Lynne soltou as folhas do arbusto.

— Ah, não.

— Quer dizer que não vai contar ou que ele não deve saber?

— É claro que ele deve saber. Mas você é quem deve contar.

— Pensei que você gostaria...

Lynne girou nos calcanhares. Ela era conhecida como alguém que nunca perdia o controle, mas naquele momento perdeu. Seu rosto ficou abatido com a concentração da sua fúria.

— Nathalie, Nathalie, não estou gostando *nada* disso.

Steve notou que Titus deixara o computador ligado. Seu descanso de tela, sem dúvida projetado por ele mesmo, era uma série de porquinhos voando serenamente, alguns usando óculos. Steve observou durante alguns minutos aquelas figuras flutuando na tela, depois desligou o computador. Em volta do teclado havia vários objetos espalhados — clipes de papel, elásticos, um dado, uma passagem de ônibus amassada, um caramelo com papel listrado em branco-e-preto — que lhe causaram irritação, mas ao mesmo tempo inveja, porque não incomodavam nem significavam nada para Titus. Debruçou-se sobre a mesa e juntou tudo aquilo com a borda da mão. Reparou que a cesta de lixo estava quase cheia e aparentemente com coisas que não tinham nada a ver com o trabalho. Respirou fundo. Havia um limite entre ser meticuloso e ser paranóico, e examinar o conteúdo da lata de lixo de alguém era definitivamente um sinal de paranóia.

"Meticulosidade não é sexy", Nathalie costumava dizer para ele. Dizia isso com carinho, rindo, nos dias em que podia falar sobre esse tipo de coisa. Isso não aconteceria agora, não adiantava fingir. Em primeiro lugar, ela não estaria rindo; em segundo lugar, não diria isso. Steve deu um chute infantil na cesta de lixo e voltou para sua mesa.

— Eu só espero — disse com raiva para o rosto sorridente de Nathalie na parede — que você saiba o que está fazendo.

— Steve — disse alguém.

Ele se virou e viu Sasha na porta que levava para a escada. Ela estava meio escondida pela porta, deixando ver só um olho, uma orelha e uma longa faixa de tecido preto.

— O que está fazendo aqui?

— Vim falar com o Titus.

— Como entrou?

Sasha saiu detrás da porta. Usava um tipo de sobretudo da marinha, com ombros e botões avantajados.

— A porta não estava trancada, só fechada. A porta da rua.

— Isso é coisa do Titus — falou Steve, olhando para ela. Sasha estava usando as botas de cordão vermelho de novo. — Eu não tenho idéia de onde ele possa estar.

— Não faz mal.

Steve não disse nada.

— Que bom ver você — disse Sasha. — Verdade.

Steve deu de ombros e falou quase com rudeza:

— Não sei por quê.

Sasha aproximou-se da mesa dele e desabotoou o casaco.

— Como?

— Bom, depois de fazer um primoroso diagnóstico do estado de espírito de Nathalie, imagino que tenha vindo se justificar.

— Ah, não — falou Sasha à vontade.

— Então não está sentindo um pouquinho de dor na consciência por estar completamente errada e querer me persuadir a pensar da mesma forma?

— É claro que não. Eu não sou uma maldita *médica*.

Steve resmungou alguma coisa.

— Acho tudo isso fascinante — disse Sasha.

— O quê? Entender mal as coisas?

Sasha encostou-se ao lado da mesa de Steve. Debaixo do casaco, usava uma camiseta vermelha e calça preta com a barra enfiada para dentro da bota.

— Acontece que depois que Nathalie se abriu comigo passou a encaixar-se perfeitamente no padrão. No padrão quase universal. Todos esses anos de negação, como se ela soubesse o que realmente sentia e não conseguisse enfrentar.

Steve chegou mais perto, perto o suficiente para ver seus cílios e os ângulos do piercing no nariz.

— Vou ter de dizer com todas as letras? — perguntou.

— O quê?

— Que estou com raiva de você. Que estou realmente com *muita* raiva.

Ela sorriu.

— Não está, não.

— Como assim?

— Steve, você está com raiva, é claro. Está com raiva, assustado e intrigado. Quem não estaria nessa situação? Mas não está com raiva *de mim*.

— Não tenha tanta certeza.

Ela sorriu de novo.

— Bom, não aceito isso. Não aceito sua raiva. Você vai ter de encontrar algum outro lugar para descarregar essa raiva.

— Mas você me fez *acreditar*...

— Não fiz nada. Simplesmente contei o que Nathalie tinha me contado. Que era, como vimos, aquilo em que ela queria acreditar e o que você queria ouvir. Na verdade, você devia me agradecer.

— Como...

— Devia me agradecer por ter causado a catarse, por ser a força para a mudança, para a verdade, finalmente.

Steve virou-se de costas e pôs as mãos nos bolsos. Depois olhou em volta do estúdio e falou:

— Isso tudo é um pouco demais para mim.

Sasha não disse nada. Apoiou-se na borda da mesa de Steve e balançou o pé.

Depois falou com uma voz diferente.

— Eu sei.

Steve piscou. Sentiu, para sua tristeza, que suas lágrimas estavam prestes a sair.

— É que... — Não conseguiu terminar a frase.

Sasha ficou observando-o e balançando o pé.

— Não é — disse ela no mesmo tom suave — como se ela tivesse encontrado outro homem.

— É pior.

— Pior?

— É outro território — disse Steve. — Sentimentos que

estavam lá antes de eu conhecer Nathalie. Sentimentos dos quais não participo...

— Mas não é uma *ameaça*.

Steve suspirou.

— O problema é David.

— David?

— Está tudo ligado com David também. Faz tudo parte dessa merda de clube ao qual não pertencemos.

— Mas eles têm mães diferentes... E a mesma situação.

— Steve — disse Sasha —, eu não conheço David, mas você sente ciúmes dele?

Steve emitiu um som próximo a uma risada.

— Sinto.

— Por quê?

— Ele sabe muitas coisas que nunca saberei. Compartilha coisas com Nathalie que nunca poderei compartilhar.

— Como ele é? — perguntou Sasha, curiosa.

Steve deu outra risada estranha.

— Grande, louro e bonito.

— Bem, você é grande e bonito.

— Estou perdendo cabelo.

— E daí?

Steve virou-se.

— O que você está querendo?

Sasha olhou para ele com calma. Ela tinha uma pedrinha vermelha pendurada no pescoço logo acima do decote da camiseta.

— Fazer você se sentir melhor.

— Por que essa preocupação?

— Porque essa situação é incomum e muito emocional e você é um sujeito legal.

— Pensei que você tivesse vindo falar com Titus — disse Steve sem jeito.

— Eu vim.

— Então...

— Mas ele não está aqui. Eu disse que chegaria às seis horas e já é muito mais que isso.

— Titus gosta de você.

— E eu gosto dele.

— Estou me referindo a mais que isso. Ele está realmente interessado em você.

— Sou apenas um desafio — disse Sasha, olhando de esguelha para David. — Nós todos gostamos de desafios.

— Eu não gosto muito do meu...

— Mas pode aprender a gostar.

Ele não falou nada.

— Posso ensinar a você — disse Sasha com uma voz fria.

— Espera seriamente que eu tenha alguma fé nos seus poderes de discernimento?

Sasha olhou para ele. A luz que vinha dos spots do teto incidiam diretamente no cabelo macio dela, com um brilho sobrenatural, como um nimbo.

— Espero.

Steve deu um riso de desdém.

Sasha inclinou-se um pouco para ele.

— Você está com raiva porque estava errado. Nós detestamos que nossos padrões seguros sejam perturbados, detestamos a desilusão.

— Quem está citando agora? — perguntou Steve com sarcasmo.

— Steinbeck.

— *Steinbeck?*

— É.

Steve afastou-se da mesa e começou a andar pelo estúdio. Sasha se manteve onde estava, observando-o até ele contornar a mesa de Justine e voltar lentamente para ela.

— Sabe de uma coisa? — perguntou.

— Diga.

— Nathalie sempre dizia que não tinha importância ser adotada, mas agora lembro que ela sempre voltava ao assunto. Sempre.

— É.

— Quando penso nisso, acho que não se passava uma semana...

— Não.

— Eu sou tão *burro*...

— Não.

Steve olhou para ela.

— Não?

— Você não está escravizado.

— A quê?

— Ao que é conhecido como primeiras figuras de ligação. Como um pai que o rejeita.

— Acho que já me cansei desse tipo de conversa — disse ele.

— Que pena. Eu gosto.

— Pode falar de outra coisa?
— Tente.

Ele sorriu, aprumou o corpo e esticou a mão para pegar a jaqueta pendurada em um gancho de aço na parede.

— Vamos tomar um drinque — sugeriu ele.

Capítulo Sete

Marnie estava preparando o banho de Petey com o tipo de ritual reconfortante que se segue quando outras áreas da vida parecem sair de controle. Sua toalha — quadrada, com capuz lateral, de quando ele era ainda um bebê — estava pronta na cadeira do banheiro e o pijama estava pendurado na barra aquecida para toalhas. Mas Petey ainda não estava no banheiro; continuava deitado no chão do quarto, tendo um dos seus intensos ataques de raiva que o acometiam desde pouco antes do seu segundo aniversário.

Em teoria, é claro que Marnie não tomava conhecimento desses ataques de raiva. Tinha pilhas de anotações da época do seu treinamento para professora de jardim-de-infância sobre a necessidade das crianças pequenas de transferirem alguns poderes de pais onipotentes para elas e a manifestação dessas necessidades por meio de ataques de raiva. Mas diante dos ataques de Petey, ela não sentia a mesma calma e segurança com que lidara com Ellen e Daniel quando eles estavam no mesmo estágio. Lembrava-se claramente da energia e firmeza de que dispunha para disciplina-los e distraí-los, da confiança que sentia ao cuidar daquelas duas criaturinhas desde o nascimento até as primeiras raivas da independência. Sabia que os dois tinham demonstrado um senso muito desenvolvido de percepção e responsabilidade na idade em que Petey estava. Lembrava-se da grande preocupação de Daniel no dia em que um brinquedo jogado sem cuidado quase atingira o olho dela. O machucado o havia deixado desesperado durante dias. Mas Petey não era como Daniel. Fora um bebê fácil e de boa paz, mas em torno de seu segundo aniversário, ao que parecia, decidira que tinha sido bonzinho demais nos primeiros meses de vida e que precisava recuperar o tempo perdido. Naquele fim de tarde, por exemplo, depois de resmungar em volta da mãe enquanto ela preparava o jantar com o maior capricho, pegara o prato de plástico que lhe fora servido, enfiara as duas mãos na comida, jogara tudo longe e ficara olhando-a com um ar inexpressivo e fixo. Ao ser repreendido, entrara no mesmo instante em um paroxismo crescente de raiva, quase silencioso. Quarenta minutos depois continuava ali, esfregando as costas no tapete ao lado do berço, o cabelo claro e sedoso balançando como os tentáculos de uma anêmona-do-mar, o rosto em um ricto de absoluto mau humor.

Marnie ajoelhou-se ao lado da banheira e experimentou a temperatura da água com a mão. Se Petey não parasse em cinco minutos, chamaria Ellen para ajudá-la. Ellen lidava bem com os acessos de Petey porque não se alarmava. Deixava bem claro que seus acessos a aborreciam, que não conseguia nem notar que ele estava atacado porque aquilo tudo era muito, muito chato. Ia ao quarto de Petey como se estivesse pensando em outra coisa, passava por cima dele como se ele fosse parte do tapete e começava a brincar calmamente com um brinquedo preferido seu ou, melhor ainda, com um brinquedo que ele usava muito ocasionalmente. Em geral Petey levava poucos segundos para acabar com a raiva, como se aquilo não tivesse significado algum, e pedia para brincar com o que Ellen estava brincando com tanto entusiasmo. Marnie sabia que podia ter chamado Ellen assim que as batatas assadas, as ervilhas e o queijo gratinado começaram a cheirar na cozinha, mas não chamou. E não chamou — fechou os olhos e enfiou a mão mais fundo na água — porque não queria que a filha tomasse as rédeas da situação, naquele momento não queria nenhuma outra comprovação, ainda que pequena, de que o controle, a competência e a satisfação doméstica que ela sempre tivera estavam de certa forma diminuindo. Com as novas preocupações de David — embora instigadas por ela, embora soubesse que estava fazendo a coisa certa, a coisa que uma esposa amorosa devia fazer —, e seu conseqüente distanciamento da família e dela, Marnie achava que não agüentaria ser ainda mais afastada do centro das coisas e do supremo papel maternal que escolhera — sim, *escolhera* — quando Petey nasceu.

Ellen apareceu na porta. Usava o short rosa com o qual jogara tênis de manhã cedo e uma blusa com a barriga de fora que valorizava seus peitinhos ainda em desenvolvimento.

— Petey está tendo um acesso.

— Eu sei.

— Não quer que eu vá ajudar?

Marnie apoiou-se na banheira e levantou-se.

— Acho melhor ele ficar sozinho lá.

— Por quê?

— Ele jogou a sopa toda no chão da cozinha.

— Pode ser que esteja com fome.

— Então vai ficar lá com fome.

— E chorando?

— Ellen — disse Marnie —, esse é o terceiro filho que estou criando.

Ellen puxou a blusa para baixo.

— Você nem sempre está certa em tudo. Ninguém está.

— Algumas coisas eu conheço.

— O que eu detesto nessa família — disse Ellen — é que todos pensam que sabem tudo sobre alguma coisa. O papai sabe tudo sobre xadrez. Daniel sabe tudo sobre críquete. Você sabe tudo sobre crianças. Quando tiver meus filhos, vou me propor a saber um pouco sobre muitas coisas... não vou ser a Sra. Opinião Suprema sobre *qualquer coisa*. Não é de admirar que Petey tenha essas crises.

Marnie abaixou-se e dobrou de novo a toalha de Petey.

— Você vai descobrir que a experiência rege seu conhecimento. E o legitima.

— Então vou precisar ter muita experiência, não é?

— Ellen, não estou com energia suficiente para esse tipo de conversa agora.

— E por que não me deixa falar com o Petey?

Marnie virou-se de costas. Ajeitou o pijama de Petey, e sua trança balançou para a frente, uma trança pesada, sólida e loura que balançava sobre seus ombros havia mais de 20 anos. Respirou fundo ao lembrar-se de sua imagem aos 20 anos, antes de ir para a Inglaterra, antes de trabalhar na escola, antes de David, antes de Petey deitar-se ali no chão do quarto com uma fúria incontrolável. E aos poucos foi aprumando o corpo.

— Pode então trazer seu irmão — disse num tom cansado.

Ouviu os pés de Ellen no patamar da escada e depois sua voz leve, indiferente, na porta do quarto de Petey.

— Oi — disse ela —, garoto chato.

Olhou-se no espelho do banheiro. Camiseta branca, pulôver de algodão escuro, pele clara, bons dentes. Talvez fosse hora de cortar o cabelo. Talvez fosse hora de esquecer as camisetas e os pulôveres e pedir para Ellen ajudá-la a fazer umas compras. Talvez fosse hora, no meio de todas aquelas passagens escuras à sua volta, de reavaliar seus sentimentos a respeito daquelas buscas de identidade, o que significavam para ela, uma garota de Winnipeg que engatara seu vagão de esperanças em um trem estrangeiro e descobrira que — por favor, meu Deus, não para sempre — o trem estava perdendo força.

Saiu do banheiro e foi até o patamar da escada. Parou na porta do quarto de Petey e olhou para dentro. No meio do quarto, olhando-se no espelho de Petey decorado com coelhinhos azuis, Ellen fazia uma bela imitação da dança de Kylie Minogue. E no chão, ao lado do berço, com o polegar na boca e as pernas cruzadas feito Buda, Petey a observava pacificamente.

Justine raramente almoçava no escritório. Não só porque gostava de dar uma caminhada, mas também porque precisava mostrar a Steve que era independente, que saía, mas voltava exatamente uma hora depois, às vezes com atraso de meros cinco minutos. Além disso, sair evitava que precisasse reconhecer que

Meera permanecia sempre no escritório na hora do almoço, comendo discretamente o lanche que vinha muito arrumadinho em uma lancheira de plástico antiquada. Era assim, pensou Justine, que Steve gostaria que todos fossem, desde que, como Meera, não deixassem nenhum resto de comida, nem migalhas, nem manchas e nem cheiro. Justine às vezes imaginava o tipo de lanche que Titus levaria — sobras nojentas cheias de alho e *chili*, nacos de queijo, mangas, laranjas — e pensava como Steve reagiria, a aversão, a desaprovação à aversão, a luta entre os dois sentimentos, e Titus no meio de tudo isso sem se dar conta, chupando os dedos e jogando cascas de frutas na cesta de lixo.

Justine tivera uma ligeira esperança de que, ao ver que eles estavam trabalhando sob pressão para terminar o trabalho para a Greig Gallery naquela semana e que ela havia se oferecido para não tirar sua hora de almoço, Titus se oferecesse para não tirar a sua também. Fizera uma ligeira fantasia dele perguntando que tipo de sanduíche ela queria, voltando com uma coisa completamente diferente, cheia de molho — como camarões recheados com molho *rosé* —, e os dois comendo os sanduíches em uma espécie de conspiração furtiva. Como era inteligente e fora educada em escola pública, a segunda pessoa de sua família a ter continuado os estudos, Justine desprezava gente como Titus. Sua confiança, o cabelo escuro e grosso, a voz, a aparente indiferença suprema aos defeitos da sua classe e à sua altura eram fortes razões para ela considerá-lo execrável, e não mais que um exemplo dos idiotas decadentes da classe alta que seu pai dizia serem alvo de chacota do Partido Conservador. Justine fora educada com uma idéia muito clara de que os grupos sociais eram abaixo da crítica, e Titus se encaixava exatamente no meio da maioria deles. Quando ela fazia comentários sobre o trabalho com a irmã, referia-se a Titus como o "Cérebro Esnobe", e a irmã, que no momento estava saindo com um ativista profissional — Justine não sabia bem qual era a causa abraçada por ele —, dizia que não sabia como Justine conseguia trabalhar com um idiota como aquele.

Às vezes — na verdade, muitas vezes — Justine também não sabia. Era indiscutível que Titus era bom no que fazia, excelente especialmente em layout, e que quando não estava no escritório, uma indefinível carga elétrica desaparecia da atmosfera, como um spot que se extinguisse. Mas ao lado de tudo isso, muita coisa nele era insuportável, em especial sua indiferença à opinião dos outros. Aliás, pensou Justine, sua indiferença aos *outros,* a forma como passava pelo escritório sem notar se alguém precisava de algo ou queria qualquer coisa. Ou estava usando um novo corte de cabelo.

Justine não tinha certeza se gostara do seu corte de cabelo. Tinha usado o cabelo até abaixo dos ombros a vida toda, às vezes displicentemente preso no alto da cabeça com um lápis. Mas resolvera cortar o cabelo bem curtinho, e não conseguia decidir se estava radicalmente melhor ou pior, embora estivesse definitivamente radical. Esperara que alguém notasse e finalmente Meera dissera: "Muito bonitinho" (o cabelo dela era preto com brilho azulado, solto até a cintura); Steve dissera: "Bravo!", e Titus não comentara nada. Tudo indicava que ele gostava de cabelo curto como o da sua namorada atual, que era de fechar o comércio, e podia-se esperar pelo menos uma piscada ou um polegar para cima, não é?

Justine terminou o sanduíche solitário — queijo com salada de repolho picado, não uma grande escolha — e olhou de novo para o logotipo da Greig Gallery. Uma versão moderna de rococó, como tinham pedido. Qualquer que fosse o significado dessa expressão. Na mesa detrás, Meera fechou a tampa da lancheira de plástico e passou rapidamente por ela na direção do lavatório no andar térreo, de onde voltou cheirando a pasta de dentes e perfume Issey. Justine suspirou. Talvez fosse hora de procurar outro emprego, procurar um lugar onde não tivesse de trabalhar com gente da inaceitável Terra da Grã-Finagem. A porta da rua bateu e a voz de Titus foi ouvida imitando um tenor de ópera cantando o tema de *Titanic*. Justine debruçou-se na tela do computador e passou os dedos nos fios de cabelo da nuca.

— Não é necessário vir aqui — disse a mulher da agência FamilyFind. — Podemos fazer tudo por telefone se você preferir. Fica inteiramente à sua escolha.

Nathalie estava sentada no chão, acocorada em um canto do outro lado da cama, como uma criança com problema, com o telefone no ouvido.

— Eu não sei...

A mulher esperou. Seu nome era Elaine, disse, Elaine Price. Parecia paciente e prática, como se espera que sejam as enfermeiras de hospital.

— Desculpe — falou Nathalie —, não estou conseguindo decidir muito bem, não estou conseguindo pensar...

— Você pode vir a Londres? — perguntou Elaine.

— Posso — respondeu ela em dúvida.
— E seu irmão?
— Talvez...
Houve outra pausa. Nathalie puxou os joelhos com força contra ao peito e pousou a testa neles.
— Nathalie — começou Elaine —, acho melhor você vir me ver. Senão, vou até aí.
— Não — disse Nathalie.
— Então venha você...
— Está bem.
— E a gente arrasta o seu irmão.
Agora ali estava ela, no café de um supermercado da zona oeste de Londres, esperando Elaine Price. Estava adiantada. Tinha chegado bem cedo e deixava o cappuccino esfriar. Pedir outro parecia inútil e forçado, como se fosse normal esperar uma completa estranha junto a uma janela de vidro que dava para a West Cromwell Road. Por que fingir normalidade? Por que se enganar que era uma coisa remotamente, concebivelmente *normal,* como dissera David na noite anterior, muito irritado, uma mulher sã entregar seu bebê para adoção? Por que se enganar que ter de procurar e *encontrar* a mulher que deu você à luz e entregou para adoção é uma coisa que gente normal faz?

Nathalie empurrou a xícara de café para longe. A espuma do café se tornara uma gosma fina. Virou na mesa o pote com vários pacotinhos de açúcar e começou a arrumá-los por categoria.

— Ninguém se arrepende de fazer essa busca — dissera Elaine no final da conversa telefônica, logo depois de falar que toda criança tem o direito de saber de onde vem, de tentar compreender a si mesma. — Posso garantir isso.

— Verdade?

— Você vai parar de se definir pela sua perda. Vai aprender a seguir em frente.

Nathalie mudou os pacotinhos de açúcar. Então era isso? Era isso que a atormentara todos aqueles anos, que fizera com que ela insistisse em que era uma forasteira, e uma forasteira por escolha? Empilhou os pacotinhos de papel azul com outros tipos, como se estivesse construindo uma fogueira em miniatura.

Uma mulher parou ao lado da mesa. Era mais moça do que Nathalie esperava, de cabelo claro comprido e jaqueta jeans.

— Oi — disse ela.

Nathalie, desajeitada, tentou levantar-se.

— Eu sou Elaine — disse ela, pondo uma sacola grande de patchwork de camurça na cadeira ao lado. — Não se levante, vou pedir mais um café para nós — disse, ao ver o cappuccino frio.

— Não, eu...

Elaine pôs a mão no ombro de Nathalie. Usava um anel no dedo anular com uma grande turquesa.

— Espere aqui.

A mulher foi até o balcão de self-service. Além da jaqueta jeans, usava bermuda feita de uma calça cortada e tênis sem meia, e seus tornozelos eram escuros. Nathalie não sabia bem o que esperava que ela usasse, talvez uma roupa mais formal, possivelmente um terninho de saia e uma pasta, não aquele tipo de sacola que ela própria usava nos fins de semana de anos atrás, quando ia ao festival de música em Glastonbury. E também não esperava aquele cabelo comprido. Imaginou que Elaine Price fosse como a mulher do serviço social, com cabelo curto que não desse trabalho nem chamasse a atenção de ninguém. A jaqueta jeans, os tornozelos sem meia e o cabelo comprido foram uma surpresa e um conforto.

— Pronto — disse Elaine.

Colocou duas xícaras grandes de café na mesa e passou a xícara usada de Nathalie para uma mesa vazia. Colocou sua sacola na cadeira ao lado de Nathalie e sentou-se.

— Cabelo escuro — disse para Nathalie. — Top branco. Jaqueta de couro. Exatamente como você disse.

Nathalie olhou em volta do café.

— Há muita gente aqui vestida assim...

— Mas não me esperando. Isso estava estampado na sua testa.

Nathalie disse, encabulada:

— Eu estou aqui há horas...

— A maior parte das pessoas faz isso. O outro hábito é chegar atrasada, realmente atrasada. Por vezes é assim que diferencio quem quer fazer essa busca de quem precisa fazê-la.

Nathalie fez um furinho na espuma do café.

— Isso faz diferença?

— Bem, é melhor *querer*, se for possível. Do contrário, parece que a pessoa deseja punir a mãe.

Nathalie olhou para seu café.

— Não posso imaginar isso — disse. — Não posso nem mesmo ver se ela é real.

Elaine pegou a xícara de café e segurou-a entre as pontas dos dedos.

— Vamos começar do princípio.

Nathalie assentiu.

— Você não vai querer saber sobre mim?

— Realmente não pensei...

— Bom, por que está aqui comigo e não com uma agência oficial?

— Porque... porque você não é oficial...

— Mas passei por um treinamento.

— Sei.

Elaine pôs a xícara de café na mesa de novo e empurrou o cabelo para trás dos ombros.

— Continue.

— Meu irmão queria saber sobre esse treinamento. Meu irmão David.

— Fiz um treinamento intensivo no Centro de Adoção. Havia especializações em busca, em infertilidade, em atração sexual genética. Preciso ser reavaliada todo ano.

— Vou dizer a ele.

— Nathalie, relaxe — disse Elaine.

Nathalie tirou uma colherada da espuma do café.

— Magoei muita gente quando resolvi fazer isso. Você nem imagina. Todos se sentiram rejeitados, como se eu estivesse fazendo uma coisa desnecessária, uma coisa deliberadamente destrutiva. Meu companheiro, minha cunhada, minha mãe...

— Sua mãe?

— É. Minha mãe.

— Acho que sua mãe adotiva terá de ficar fora disso. Essa busca não é dela — comentou Elaine.

— Verdade?

— Verdade.

— Quer dizer...

— Quer dizer — falou Elaine olhando dentro dos olhos de Nathalie — que você tem direito a isso. Os filhos adotivos são prejudicados com a adoção e procuram uma forma de se curar. Você tem direito de procurar se curar.

— Obrigada — disse Nathalie.

— Não me agradeça. Não sou uma benfeitora, sou um serviço. Você vai me pagar para encontrar sua mãe. E encontrar a mãe do seu irmão.

— É...

— Não vai levar muito tempo.

— Não...

— Você disse que tem a certidão de nascimento. Isso é um começo. Provavelmente levará menos de três semanas. E custará de 200 a 300 libras por pessoa. Vou precisar de um depósito de 150 libras de cada um.

— É claro.

— E vou precisar saber por que você quer fazer isso agora.

— Agora?

— É, agora.

— É difícil explicar...

— Para muita gente é uma coisa bem específica que aciona isso, como ter um filho.

— Polly já tem 5 anos.

— Ela se parece com você?

— Mais com o pai.

— Nathalie, também tenho alguma responsabilidade pela sua mãe biológica. Tenho de saber o que você pensa sobre algumas coisas.

Nathalie levantou os olhos para Elaine.

— Eu quero *saber*, quero saber de onde venho. Quero saber se sou como ela ou não. Quero saber sobre meu pai. Quero parar... de *não* saber. Não sei exatamente o que deu o estalo em mim, mas de repente me cansei de fingir, e agora não consigo mais deixar de saber. Mesmo... — Fez uma pausa, depois continuou: — mesmo que não goste do que vou descobrir.

— Talvez você não goste. Talvez ela não goste. Talvez a rejeite.

— Eu não quero um *encontro*...

— Não quer agora. Mas espere para ver. Talvez você queira trocar cartas e fotografias.

— Fotografias...

— Não esqueça que, em teoria, você tem uma posição em duas árvores genealógicas.

— Se você encontrar a minha mãe... — disse Nathalie lentamente.

— Quando, mais provavelmente.

— O que vai fazer?

— Dizer a você. Imediatamente.

— E depois?

— Escrever para ela.

— Escrever uma carta...

— Ela vai saber por mim. Se o serviço social lhe escrevesse, ela jogaria a carta fora. Especialmente se for casada. Se tiver outros filhos.

Nathalie levantou a cabeça.

— Outros filhos!

— Ah, sim.

— Eu não tinha...

— Talvez ela não tenha nenhum. Quarenta por cento das mulheres que entregam um bebê para adoção não concebem mais.

Nathalie pegou a xícara e deu um gole no café. Estava quente, sedoso e sintético.

— Meu pai me ensinou uma palavra um dia. Acho que era espanhol. A palavra é... não tenho certeza se vou dizer certo... *duende*. Significa uma espécie de espírito da terra, uma coisa despertada nas próprias células do sangue.

— Seu pai parece ser legal.

Nathalie fez que sim.

— É, sim. Foi o único que não criou caso sobre tudo isso.

— Não se sentiu ameaçado então.

— *Ninguém* foi ameaçado — disse Nathalie com raiva.

— Você se prende a isso. A isso e a esses instintos que está obedecendo.

— É.

— Acho — disse Elaine — que nossos instintos têm uma boa parte em tudo isso. Acho que instintivamente sabemos se fomos queridos ou não.

— Eu sei?

— Acho que sabe.

— E David...

— O que tem o David?

— Talvez — disse Nathalie — ele não tenha tanta certeza. Talvez seja disso que tem medo. O que você vai fazer agora?

— Vou procurar a certidão de nascimento da sua mãe. Consigo isso pela internet.

Nathalie engoliu em seco.

— O nome dela era Cora. Cora Wilson.
— Eu sei. Você me disse por telefone.
— E... e o que vou fazer?

Elaine sorriu. Pegou sua sacola de camurça e afofou-a no colo.

— Vai esperar notícias minhas — disse.

Na estação de Paddington, Nathalie comprou uma xícara de chá, uma barra de chocolate e uma maçã. Ao comer o chocolate, percebeu que estava se justificando em silêncio com Polly, que não queria entender que, embora o chocolate fosse um alimento nutritivo — ao contrário das balas, que eram puras misturas químicas, portanto, nocivas —, ela não podia comer sempre que quisesse, especialmente como substituto das refeições que não lhe agradavam, como o café da manhã. Depois do chocolate, a maçã lhe pareceu metálica e vazia, com um textura dura que incomodava os dentes. Bebeu metade do chá e jogou o copo plástico em uma lata de lixo. Havia momentos, pensou, em que não se devia comer nem beber, momentos de tanta agitação e preocupação na cabeça ou no espírito que as funções básicas, como a digestão, eram ignoradas. Caso contrário, poderiam causar problemas e aumentar o tumulto interior. Jogou fora o invólucro do chocolate e a meia maçã comida e foi procurar seu trem.

Esperou em uma das plataformas mais distantes o trem curto de poucos carros e assentos pouco confortáveis. Não havia quase ninguém na plataforma, a não ser um menino comendo uma baguete recheada enrolada em uma sacola de papel e duas mulheres carregando enormes sacolas de plástico. Nathalie entrou no carro e escolheu um lugar no canto ao lado da janela. A janela estava manchada de gotas de chuva secas, e na sujeira criada do lado de fora tinham escrito com o dedo a palavra "foda-se" de trás para a frente, de modo que só era legível por dentro. Nathalie sentou-se e pegou o celular.

— Oi — disse David de algum lugar onde o vento assobiava.

— Onde você está?

— Em Fernley. Vou arrancar umas raízes de árvores.

— Não pode pedir que outra pessoa faça isso?

— Gosto de fazer.

— Dave, estive com a mulher.

— Sei — disse ele, com uma voz inexpressiva.

— Ela é legal. Gostei dela. Fez parecer tudo muito fácil.

— A-hã.

— Ela vai fazer isso para nós. Vai encontrar nossas mães e escrever para elas. Disse que...

— O quê?

— Disse que ninguém se arrepende de tomar essa atitude.

— Você já me falou isso.

Nathalie virou-se de lado para não ver a palavra na janela.

— Dave, pensei que você estivesse comigo, que fosse comigo...

— Eu estou.

— Mas...

— Não é fácil. Não posso voltar atrás e é difícil continuar. Não estou achando isso nada *fácil*.

— Nem eu.

— Mas você está animada.

— E assustada.

— Ah, sim. Assustada.

— Quer que as coisas fiquem como estão? — perguntou Nathalie.

David não disse nada. Ela podia ouvir um barulhinho fino ao longe, talvez o vento ou uma serra elétrica.

— Se você continuar a se sentir assim, muito bem. Ninguém pode ajudar. Fique aí se cuidando.

Fez-se outra pausa. Nathalie tirou o fone do ouvido e o colocou de volta.

— Até logo, David.

A voz dele veio hesitante.

— Nat?

— O quê?

— Me ajude — disse David.

Capítulo Oito

Connor Latimer entrou na sala de visitas para dizer à esposa que estava indo ao Hurlingham Club jogar tênis e viu que ela dormia a sono solto. Ficou olhando para ela, pensando até que ponto o tênis perderia a graça se Carole não soubesse precisamente onde ele estava. Afinal, ela sabia de todos os seus movimentos. Os dois haviam tido negócios juntos durante trinta anos, e ao longo desse tempo haviam precisado saber o exato paradeiro um do outro, o que deixara Connor dependente disso. Ele ficava bastante inquieto quando saía do alcance do radar de Carole, pois se ela não soubesse onde ele estava e quanto tempo demoraria, como poderia pensar nele, visualizá-lo, como *gostava* que ela fizesse?

Inclinou-se um pouco para olhar melhor. Carole dormia muito serena, a cabeça apoiada em uma pequena almofada de brocado colocada na *bergère*. Suas mãos estavam dobradas no colo, os tornozelos cruzados e a boca fechada. O cabelo bem ajeitado, de tom louro-castanho, lembrava a loura que ela era quando os dois se conheceram. Ao olhar para a esposa, Connor ficou pensando se fizera menção ao seu jogo de tênis no café da manhã, e se Carole dissera: "Que bom. Com Benny?" Talvez tivesse esquecido de falar sobre isso. Talvez tivesse só pensado em falar. Carole estava lendo o *Financial Times,* que ainda lia por força do hábito, e talvez não tivesse prestado atenção quando ele mencionou o jogo de tênis. Connor inclinou-se mais um pouco e passou a mão no braço de Carole.

Ela abriu os olhos e sorriu.

— Desculpe acordar você, mas estou indo ao Hurlingham — disse Connor.

Ela continuou sorrindo.

— Eu sei, querido.

— Devo estar de volta perto das seis horas. Podemos tomar um drinque depois do jogo.

— Ótimo.

Fez um carinho no braço da esposa.

— Durma bem...

— Ahã — fez ela, fechando os olhos de novo.

— Por volta das seis horas.

Connor aprumou o corpo e tirou do bolso as chaves do carro. Ficou pensando se devia lembrar Carole, antes que ela dormisse de novo, que Martin dissera que passaria por lá mais tarde. Ia abrir a boca quando Carole falou com uma clareza surpreendente:

— Até logo, querido. Divirta-se no jogo. Dê lembranças ao Benny.

— Está bem — disse Connor, mexendo nas chaves. — Dou, sim.

Foi saindo devagarinho. O rosto de Carole estava sereno agora, os olhos bem cerrados. Connor pensou em perguntar se ela queria que ele fechasse as portas envidraçadas, mas achou melhor não. Deu mais um passo e suspirou. Sacudiu o corpo e saiu da sala, com o passo mais decidido possível.

Sua Mercedes estava estacionada no subsolo do apartamento. A garagem fora o primeiro elemento que o atraíra àquele apartamento, os outros foram sua localização na zona oeste de Londres, um ponto bastante central para a vida civilizada, e as janelas de sacada da sala e do quarto do casal, que davam para jardins comunitários espetaculares, com árvores e arbustos antigos, mantidos por uma equipe de jardineiros bem-educados de macacões verdes.

— Todos os prazeres do campo e sem as inconveniências dos trabalhadores — dizia Connor aos seus convidados, chamando a atenção para o isolamento e o charme dos jardins a apenas uns dois quilômetros de Marble Arch.

Carole criara um canto gostoso para se sentar no pátio externo das janelas da sala, rodeado de potes e urnas italianas e uma trepadeira que subia em uma treliça formando uma sombra cinza-azulada, que Connor nunca pensaria em comprar, mas que, quando viu, reconheceu que era uma verdadeira graça. Era sempre assim com Carole. Ela tomava decisões, fazia escolhas, e ele vivia cheio de dúvidas e hesitações, mas acabava reconhecendo que o instinto dela... o faro dela era justificado. Ele sempre achou que era por isso que se davam tão bem nos negócios, um contraste entre a precaução e a firmeza dele — e o que mais se esperaria de um homem que tivera ótimas notas em todas as provas de contabilidade? — e a coragem e a imaginação dela. Ao longo dos anos, o negócio de vendas dos dois passara a valer *muito*, e quando Connor completara 60 anos, declarara que merecia um pouco de descanso, um tempo para dedicar-se aos seus hobbies, ao tênis, ao veleiro e à sua coleção de gravuras. E Carole merecia também. Ele tinha consciência de quanto lhe devia, sua esposa, sua sócia nos negócios, mãe dos seus filhos. Na verdade, havia tido o cuidado de prestar homenagem a ela publicamente no jantar oferecido para celebrar o final da empresa de vendas, fazendo um discurso que enfatizava a contribuição de Carole.

"Eu gostaria de deixar claro", tinha dito, levantando-se da mesa do salão reservado no refinado restaurante de Chelsea, entre os lindos restos de um belo jantar, "que nada disso — e *nada* mesmo — teria sido possível sem Carole. Não hesito em dizer que devo tudo a ela, e a empresa também deve."

Carole chorara decorosamente na Mercedes, quando voltava para o apartamento térreo novo e maravilhoso, limpando as lágrimas no lenço do bolso do terno branco de linho dele. Naquele momento, ele se sentira altamente gratificado, convencido de que ela estava tão comovida com o reconhecimento sincero do que fizera por ele como mulher e como colega que só conseguira se expressar pelas lágrimas. Só mais tarde, quando ela começara a relutar inexplicavelmente a fazer amor com ele — e Connor estava ansioso por isso —, é que uma pequena dúvida surgiu na sua cabeça. Se ela não estava chorando por gratidão e emoção, então qual seria a causa daquelas lágrimas? Decerto não seria a empresa. Seria possível que depois de todas aquelas décadas de trabalho, sacrifício e ansiedade ela tivesse pena de ver a empresa se desfazer? Não diante da liberdade adquirida. *Decerto* não

Connor enfiou a chave na ignição e deu ré na Mercedes para subir a rampa e sair na rua. É claro que Carole não dirigia a Mercedes, tinha seu próprio carrinho compacto, que preferia porque podia estacionar em qualquer lugar. Ele fez sua vontade, como sempre fazia. Que droga, ele *gostava* de fazer suas vontades, *gostava* que ela tivesse o que quisesse. E agora ela tinha o que queria, pensou, ao virar o carro na Ladbroke Grove. Ele fazia questão de compensá-la por todas as coisas ruins que haviam lhe acontecido no início da vida, todos os problemas com homens, com insegurança. Ele a salvara, realmente, e sabia disso. Ele a salvara e lhe dera todas as coisas que uma mulher precisa para ser feliz — um bom casamento, uma vida confortável, um trabalho satisfatório (Connor orgulhava-se disso, orgulhava-se de acreditar que uma mulher inteligente precisa trabalhar) e... filhos.

Filhos. Tirou os óculos escuros da lateral da porta do carro do motorista e colocou-os, embora o sol estivesse bem fraco. Estava convencido, estava certo de que Carole precisava de filhos. Ele também queria filhos, é claro, sempre quisera, era conhecido pelo jeito que tinha para lidar com os sobrinhos, com os filhos dos amigos. Mas Carole precisava ainda mais de filhos porque era um caso especial. Quando ele a conheceu, ela era uma mulher com um passado, uma jovem quase trágica vinda de um lar conturbado, renegada pelos pais depois que um namorado irresponsável — que ela adorava como as garotas insistem em adorar uns idiotas atraentes — insistira em que ela fizesse um aborto. Os pais de Carole eram católicos, católicos fervorosos, com uma visão de sexo e de aborto que até mesmo Connor, com toda a sua ortodoxia social, considerava pré-histórica. Carole fizera o aborto para tentar aplacar o namorado, mas o namorado e seus pais lhe viraram as costas e recusaram-se a manter qualquer contato com ela. Portanto, Connor recolhera os cacos. Conhecera aquela loura maravilhosa, de ar infeliz, em uma vernissage em uma galeria da Cork Street e a havia tirado, quase literalmente, de toda a confusão, desesperança e quase pobreza em que vivia.

É claro que depois de terminadas as primeiras glórias de amor e galanteios não foi fácil. Ele achou que não se importava com o aborto, com a paixão desesperada pelo namorado, mas descobriu que tudo isso era mais difícil de aceitar do que esperava. Teve realmente de dizer a si mesmo, em tom muito severo, para se comportar de forma madura e compassiva, e ao longo dessas conversas interiores lhe ocorreu que um bebê talvez fosse, se não a resposta às dificuldades deles, pelo menos uma parte significativa da resposta. Um bebê daria a Carole um amor só dela, que substituiria — será? — o bebê abortado. Um bebê, o bebê *dele*, ligaria o casal com mais firmeza e, ao mesmo tempo, ajudaria a eliminar o doloroso ciúme que ele descobriu que ainda sentia quando pensava que outro homem tinha penetrado na mulher que era agora sua esposa.

E assim nasceu Martin. Louro, olhos azuis, o charmoso Martin, o primeiro neto dos pais de Connor, o obliterador certo e apropriado daquele bebê perdido. Só que — pensou Connor, tocando a buzina do carro com ar de comando para um rapaz preto em um Vauxhall Vectra — não foi assim que funcionou, não foi assim que aconteceu. Carole não se ligara a

Martin, não quisera amamentá-lo, mal quisera segurá-lo. Todos lhe disseram que se tratava de depressão pós-parto, mas ele não estava preparado para ouvir o choro de Carole quando a enfermeira ia embora. Connor sacudiu a cabeça como se quisesse fazer parar um zumbido nos ouvidos. Não conseguia pensar naquela época, nunca tinha conseguido. Não conseguia porque era desagradável, desconfortável e porque as coisas não haviam melhorado. Nunca. Martin tinha agora 29 anos e não dava para fingir nem por um instante que ele e a mãe se entendiam em algum ponto. Por mais que Connor admirasse Carole, por mais que lhe fosse grato, que tentasse lhe dar apoio, não podia deixar de sentir — de *saber* — que Carole era dura com Martin, chegando às vezes a ser áspera, crítica e desestimulante. E Martin não agüentava isso, sua personalidade não era fácil como a do seu irmão menor, Euan. Martin era sensível e defensivo, e toda vez que fazia alguma bobagem, o que infelizmente ocorria com freqüência, ficava violento para desviar qualquer possível crítica para centenas de quilômetros.

A coisa de cortar o coração era que Martin precisava da aprovação de Carole, ansiava por isso, ansiava que ela dissesse que sentia orgulho dele, que mesmo que ele aprontasse ela estaria ao seu lado. Mesmo agora, quase aos 30 anos de idade, Connor o pegava olhando para a mãe como um cocker spaniel, sem saber se seria chutado ou se ganharia um chocolate. E Carole estava sempre omitindo alguma coisa, tramando alguma coisa nas suas respostas, sem se dar conta, aparentemente, de que tudo que fazia era transparente como vidro. Com Euan ela era mais fácil, mas ele também era uma pessoa mais fácil, menos carente.

Connor suspirou. Tinha um mau pressentimento da visita de Martin naquela noite. A forma estouvada como o filho pedira não o enganava. Suspirou de novo e entrou no estacionamento do clube. A dez metros de distância notou imediatamente a figura volumosa e confortante de Benny Nolan, tirando a sacola de tênis do porta-malas da BMW. Seu coração ficou mais leve. O velho Benny. Aquela figura familiar, alegre e *normal*.

Quando Carole Latimer acordou, a sala estava na penumbra. Pelas portas envidraçadas podia ver o brilho do céu pálido de primavera por trás dos contornos escuros dos telhados, chaminés e árvores. Quando trabalhava, da janela do escritório via telhados, chaminés e árvores dando para oeste. Tinha apreciado milhares de vezes daquela janela o sol se pôr, milhares e milhares de vezes. Ajeitou um pouco o corpo, tirou a almofada de sob o pescoço e colocou-a no joelho. Não adiantava pensar em pôr-do-sol agora. Não adiantava pensar naquela janela, na sala ou no escritório. Não adiantava pensar no querido e abençoado trabalho. Não adiantava *pensar.*

Debruçou-se para a frente e pôs os cotovelos na almofada de brocado. Devia ter dormido mais de duas horas, quase três. Horrível. Ela não fazia isso antes, não desperdiçava tardes inteiras dormindo daquela forma depressiva. Mas para ela o sono era diferente agora, era uma forma de fugir das coisas, como vinha fazendo nas últimas semanas e meses. Era um verdadeiro refúgio.

Levantou-se lentamente e espreguiçou-se, deixando a almofada cair no chão. Diziam que quando uma pessoa estava estressada ou infeliz, se entupia de comida ou deixava de comer completamente. Presumivelmente, o mesmo podia ocorrer com o sono: a pessoa se entregava a ele ou não conseguia dormir nem um instante. Carole não se considerava uma pessoa que tivesse medo de perder o controle em possíveis momentos de autogratificação. Afora aqueles sentimentos por Rory de tempos atrás — e ela nunca mais havia tido nada na vida que se aproximasse da loucura, da intensidade e da sedução daqueles sentimentos —, ela fora capaz de se governar, fora capaz de organizar e lidar com seus desejos, necessidades e medos de forma que eles não a perseguissem, assombrassem ou esperassem em locais escuros para atacá-la. Não, sua vida com Connor, seu trabalho com Connor, tinham sido satisfatórios, controláveis e sem ameaça.

Até o dia em que parou. Carole abaixou-se, pegou a almofada e jogou-a de qualquer jeito no sofá. É claro que a vida com Connor não tinha parado, mas o trabalho, sim. Carole só compreendeu o que o trabalho significava para ela quando parou de trabalhar. Sempre pensara, sempre dissera, que os homens se identificam com o que fazem e as mulheres, com seus relacionamentos. Mas o que acontecera com ela? O trabalho parara quando Connor completou 60 anos. Ela era dois anos mais moça e passara, quase da noite para o dia, de um lugar onde se sentia muito segura para um deserto desolado, onde todos os tipos de acontecimentos e de pessoas em que ela se prometera não pensar mais — e tinha quase conseguido — tinham-na atacado como morcegos saídos de uma caverna. Foi então que o sono começou, a ânsia e a capacidade de esquecer, de libertar, de acalmar a cabeça. Alguns dias, depois de fazer meticulosamente a cama de manhã como sempre havia feito, tinha de lutar contra si própria, quase fisicamente, para não se jogar de novo no meio dos travesseiros, do edredom americano gordo e do esquecimento espesso e doce.

Afora o sono, ela esperava não dar nenhum indício dos seus sentimentos atuais, especialmente para Connor. Esperava ser plácida e agradável como ele gostava que ela fosse — como *merecia* que ela fosse. Esse era realmente o problema, pensou Carole, essa questão da sua obrigação com Connor, esse tipo evasivo de dívida emocional com ele contraída anos atrás, quase sem saber, e que ela descobrira exaustivamente que nunca seria quitada. Às vezes tinha vestígios de ressentimento, flashes de raiva pura e cega da injustiça de alguns tipos de compromisso emocional, tão fortemente condicionados pela convenção social, pela expectativa social. Às vezes pensava que seria punida para sempre, a cada dia que vivesse, por uma coisa que fora basicamente um instinto poderoso e natural do coração.

Saiu da sala, passou pelo chão polido e pelos tapetes modernos do corredor e foi para a cozinha. Pensou em pôr a chaleira no fogo. Não queria tanto tomar chá, mas sentiu que devia querer, que era respeitável querer, assim como a gratidão pelos confortos da sua vida era apenas respeitável. Colocou a mão na chaleira e levantou-a. Respeitável. A mão tremeu. Se ao menos eles soubessem, todos aqueles que reconheciam e julgavam Carole Latimer pelo que viam e ouviam. A chaleira quase caiu no chão. Se ao menos eles soubessem da carta guardada na sua gaveta de meias, debaixo do forro de papel, fora da vista, a carta que estava ali havia dez dias e que ninguém podia saber que existia.

Uma chave girou na fechadura da porta da frente. Carole segurou a chaleira com firmeza e deu dois passos até a pia.

— Oi, querido. Foi bom o jogo? — perguntou alto com uma voz alegre.

— Sou eu — disse Martin.

Carole virou-se. Martin estava vindo pelo corredor, de calça jeans e jaqueta de couro, com um cabelo que pedia um corte.

— Oi, querido...

— Desculpe, cheguei um pouco antes da hora.

— Antes da hora?

— Eu disse ao papai que estaria aqui por volta das sete.

Carole levantou o rosto para ganhar um beijo.

— Seu pai não disse nada. Não disse que você vinha...

— E isso faz diferença?

— Não — respondeu Carole. — É claro que não.

— Eu já vou, então. Vou sair e voltar mais tarde. Assim fica melhor para você?

— Deixe de bobagem — disse Carole, impaciente.

Martin pegou a chaleira da mão dela e encheu-a com água da torneira.

— Não devia fazer diferença a hora em que eu chego, devia? Afinal, aqui é a minha casa, não é?

— É claro...

— Ou será que vou ouvir outra ladainha sobre minha completa incapacidade de me organizar, sair de casa e ser independente?

— Pare com isso — pediu Carole.

Martin carregou a chaleira pela cozinha e bateu com o fundo dela no fogão.

— Eu gostaria de ter um pouco de *apoio* às vezes.

— Querido, eu fui dormir na hora errada, acabei de acordar e não estava esperando você. É só isso.

Martin resmungou.

— Não estou a fim de tomar chá — disse Carole. — Não sei por que estava enchendo a chaleira. Vamos tomar um drinque?

— Não estou bebendo.

— Que bom para você.

— O que isso quer dizer?

— Quer dizer — falou Carole tensa, abrindo o armário para procurar um copo de uísque — que eu admiro sua moderação.

— Desculpe — falou Martin, tirando o copo da mão dela. — Eu faço isso para você.

— Eu posso fazer...

— Eu *faço* — repetiu Martin, atravessando a cozinha para pegar a garrafa de uísque na bandeja de laca. Carole notou que ele despejava uísque dentro do copo e pelo lado.

— Água ou soda?

— Água, por favor — respondeu Carole, tentando sorrir. — Você já devia saber a essa altura.

Martin pegou uma garrafa de água mineral.

— Eu devia saber um monte de coisas, não é?

— Querido, por favor, tente esquecer que eu não sabia que você vinha. Por favor, me desculpe. Você sabe que é bem-vindo a qualquer hora. Senão, por que ficaria com a chave da casa?

Os ombros de Martin caíram um pouco. Ele passou o copo para a mãe sem olhar para ela.

— Desculpe.

— Tem suco na geladeira. Leve a caixa para a sala — disse, passando por Martin para puxar uma toalha de papel do rolo da parede. Martin observou-a enrolando a toalha em volta do copo.

— A que horas o papai chega?

— A qualquer minuto.

— Então é melhor eu esperar...

— Esperar para quê?

— Esperar para dizer o que tenho a dizer.

Carole olhou para ele e tomou um gole do uísque.

— Ah!

Martin deu de ombros. Foi até a geladeira e abriu a porta.

— É importante? — perguntou Carole.

Martin não se virou.

— Talvez você ache importante.

— Se é importante, querido, vai ser um pouco difícil conversar sobre qualquer outra coisa enquanto esperamos seu pai, não é?

Martin colocou a caixa de suco no balcão, levantou-a para beber diretamente da caixa, mas se lembrou a tempo e abriu o armário para pegar um copo.

— Acho que sim.

— Muito bem, então.

Ele se virou devagar e apoiou-se no balcão. Cruzou os tornozelos e olhou para os pés. Estava usando um tênis peculiar moderno, de lona preta com sola ondeada e lingüeta elástica. Carole imaginou quanto teria custado.

— Mamãe, não deu certo.

— O que não deu certo?

— A empresa de Danny.
Carole ficou muito quieta.
— Seu amigo Danny? Em quem você investiu?
— É.
— Não deu certo. Quer dizer, a empresa quebrou?
— Ele fez o melhor que pôde. Trabalhou duro. Mas houve o problema da bolsa e o 11 de Setembro e todas as conseqüências. Foi tudo contra ele.
— Então você perdeu seu investimento?
Martin fez que sim e baixou a cabeça.
— Era... era muito?
Martin fez que sim de novo.
— Quanto?
Houve uma pausa. Martin cruzou os tornozelos no outro sentido.
— Tudo.
— Como assim, tudo?
Martin suspirou. Carole pôs o copo na mesa.
— Como assim, tudo? — repetiu ela.
Ele resmungou alguma coisa.
— O quê?
— Meu apartamento. Tudo.
— Seu *apartamento?*
— Fiz uma nova hipoteca para dar o dinheiro a ele.
— Não *acredito!* — disse Carole.
Martin gritou de repente, levantando a cabeça.
— Mamãe, Danny é um *amigo!*
— Desculpe — falou Carole, virando-se e pegando o copo de novo. — Desculpe.

— Eu sei que é um choque. Foi um choque para mim.

— É.

— Soube disso há uma semana. Uma semana inteira. Soube que não me restou nada a não ser meu emprego, e você sabe o que acho *dele*.

— Sei — falou Carole, suas mãos tremendo de novo.

— Desculpe, mãe.

Ela sacudiu a cabeça e esticou a mão para ele.

— Tudo bem, querido, tudo bem. É só que...

— Eu sei.

Carole deixou a mão cair e tomou um gole de uísque.

— Que pena!

— Que desperdício, é o que realmente quer dizer — falou Martin.

— Isso também.

— Vai começar com toda aquela coisa sobre a minha educação e suas esperanças e investimento em mim?

— Não.

— Obrigado por isso.

Carole fechou os olhos.

— Você disse que foi tudo por água abaixo ou está indo, não é?

— É.

— Bem — disse ela, tomando um gole enorme e abrindo os olhos de novo. — Bem, querido, há alguma coisa que seu pai e eu possamos fazer para ajudar?

Martin disse, num tom azedo:

— Até parece que você está falando sério pela primeira vez.

— Eu *estou* falando sério.

— Na verdade... tem, sim.
Carole esperou.
— O quê?
— Você não vai gostar disso.
Ela sorriu e sentiu os lábios apertarem os dentes.
— Diga.
— Posso me mudar para cá? — perguntou ele, levantando a cabeça e olhando para ela. — Só até ajeitar um pouco as coisas, posso voltar para casa?

Através de uma fresta nas cortinas, Connor podia ver o céu avermelhado da noite de Londres. De vez em quando surgia uma luzinha, talvez uma estrela ou um avião. Ou sua imaginação. Ele não gostava dos frutos da sua imaginação quando não conseguia dormir, não gostava da sua desproporção e dos seus truques para assustá-lo. Em geral confortava-se nessas ocasiões vendo Carole dormindo ao seu lado, quente e estável, lembrando-lhe a realidade e segurança das coisas. Mas naquela noite era diferente. Era diferente porque Carole também não conseguia dormir, e como não conseguia, seu corpo exsudava tensão, infelicidade e preocupação, e não repouso e tranqüilidade, e essas silenciosas agitações transmitiam-se para Connor de uma forma quase insuportável.

A noite foi horrível. Só Deus sabia que nos últimos 28 anos eles tinham enfrentado muitas noites terríveis com Martin ou por causa dele, mas aquela foi especialmente perturbadora. E foi tão horrível porque — Connor lembrava-se bem — a própria Carole tinha perdido o controle, ficado fora de si, ou melhor, fora de *ordem*. Quando ele voltou de Hurlingham, todo satisfeito por quase ter vencido Benny Nolan em três sets, encontrou Carole e Martin na cozinha, olhando um para o outro numa atmosfera de indescritível desarmonia. Respirou fundo e levou os dois para a sala. Encheu de novo o copo de Carole, preparou um gim-tônica para si próprio e fez Martin contar toda a saga patética e inevitável do fracasso de Danny e do seu envolvimento no processo. Depois ouviu Martin desfiar os mesmos planos deploráveis para o futuro, que incluíam — até mesmo Connor ficou desesperado — a proposta de voltar a morar com eles por seis meses. Ia responder com a maior calma possível quando Carole entrou em parafuso, passou de um autocontrole inicial para 200 quilômetros por hora de pura fúria em apenas um segundo.

O marido e o filho olharam-na embasbacados. Ficaram sentados ali de olhos e bocas abertos, vendo-a gritar, gesticular e derramar seu uísque. Connor nunca vira uma cena assim na vida, nunca vira alguém perder o controle assim, muito menos Carole. E o que piorou ainda mais foi a enorme dificuldade de saber exatamente por que ela estava daquele jeito, qual era exatamente seu problema tão profundo e desesperado. É claro que era irritante pensar em Martin voltando para perturbar a ordem civilizada da vida deles, é claro que era preocupante ele ter perdido tanto dinheiro em uma aventura que qualquer um mais atilado saberia que estava perdida desde o início, mas nem sua desesperança nem sua falta de bom senso justificavam uma explosão como a que estavam presenciando. Havia alguma coisa por trás, pensou Connor, olhando pela fresta a luz avermelhada e *primitiva*.

Virou a cabeça no travesseiro para olhar apreensivo para Carole. Ela estava de barriga para cima, rígida, e ele podia ver na penumbra que seus olhos estavam abertos e piscavam. Será que tinha chorado de novo? Ela chorou amargamente naquela noite, chorou até o rosto ficar brilhante e a voz mal poder sair devido aos soluços. Depois que Martin foi embora — ele se abraçara com pai no corredor com uma força que nunca mostrara desde os sete anos de idade —, ela se fechou no banheiro e Connor, andando de um lado para outro muito aflito, ouviu-a chorar com tal intensidade que imaginou que não lhe restariam palavras para expressar a profundidade do que estava sentindo. Quando finalmente saiu do banheiro, ele não tentou falar nada, simplesmente a levou para o quarto como se ela estivesse doente, e deixou-a lá enquanto punha em ordem a sala e a própria cabeça.

Mas foi impossível pôr a cabeça em ordem. Ali estava ele, três horas e meia depois, tão acordado e agitado como quando chegou em casa. O jogo de tênis com Benny parecia ter acontecido em outra época, em outra vida. Ele respirou fundo.

— Posso perguntar uma coisa?

— É claro — disse Carole, sua voz ainda grossa de todas aquelas lágrimas.

Ele hesitou, depois disse:

— Não quero perturbá-la mais ainda e sei que Martin é um grande desapontamento para você... aliás, para mim também, de várias formas. Mas você não acha que foi um pouco dura com ele hoje à noite?

Fez-se silêncio. Depois ela disse, com uma clareza surpreendente:

— Fui.

Connor apoiou-se no cotovelo e sorriu para ela na penumbra.

— Assim é que se fala.

Carole esfregou o nariz de novo sem olhar para ele.

— Não foi por causa de Martin — disse.

— O que não foi por causa de Martin?

— O acesso que tive essa noite. Para falar francamente, não quero que ele volte para cá e acho que você também não quer, é bem típico dele arriscar tudo por alguém que não é confiável, mas isso... isso eu posso agüentar. Quer dizer, isso não é novidade, mas mesmo assim é triste.

Connor parou de sorrir.

— Bem, se o problema não é Martin, então qual é? — perguntou com uma voz tensa.

Carole deixou os braços caírem ao lado do corpo, como uma figura em um túmulo.

— O passado.

— O passado? O que pode ter havido no nosso passado...

— Não o nosso passado. O meu passado.

Connor ergueu o corpo na cama e tentou conscientemente manter a dignidade, como costumava fazer no trabalho quando era preciso repreender alguém.

— Acho melhor me contar. Acho melhor me explicar — falou, sua voz menos relaxada do que esperava.

— É. Acho melhor mesmo. Aliás, eu devia ter contado isso a você há anos.

— Mas eu pensei que tivesse contado — disse ele com a voz trêmula que denotava um certo medo. — Pensei que tivesse contado tudo, sobre Rory, sobre o aborto...

— Não foi um aborto — declarou Carole.

Connor olhou no quarto escuro para Carole, que sempre lhe dera idéia de absoluta segurança e que agora lhe dava idéia de algo que ele não queria ver. Teve vontade de dizer alguma coisa que ajeitasse as coisas, mas não conseguiu. Não conseguiu dizer uma só palavra, não conseguiu fazer nada a não ser esperar, esperar de forma indefesa e inaceitável, à mercê de Carole. Ela mexeu-se um pouco e deu um suspiro.

— Não foi um aborto — disse novamente. — O bebê nasceu.

Capítulo Nove

Betty e Don alugavam quartos em casa havia 20 anos. Começaram depois que Don sofreu um acidente na fábrica e foi aposentado por invalidez. Betty disse que se tinha de abrir mão do seu trabalho para cuidar dele, seria melhor pensarem em alguma coisa que pudessem fazer juntos, em vez de ficarem andando pela casa se lamuriando e querendo se esganar.

— Não vou deixar que a dor nas suas costas vire o assunto da família — declarou Betty. — Não vou deixar que você pense nisso e fale sobre isso o tempo todo. Já é ruim o suficiente termos de conviver com o problema.

Don sentia dores consideráveis depois que quase foi esmagado por uma empilhadeira dirigida por um rapaz tão embriagado que nem podia ver direito. Tinha vontade de explicar que o problema das costas não era culpa dele, mas achou melhor não tocar no assunto. Afinal, era difícil para Betty largar o trabalho no comércio, de que ela gostava, era difícil para ela ter de ficar em casa bancando a enfermeira. Ele apertou o cinto do colete elástico que precisava usar até mesmo na cama e disse, com um ligeiro sarcasmo, que faria o possível para lembrar que estava tão em forma como nos dias em que jogava rúgbi no clube de futebol de Northsea.

Foi Cora quem sugeriu que alugassem quartos na casa. Cora, a irmã mais moça de Betty, que ganhava a vida a duras penas ensinando cerâmica em cursos de adultos. Cora era a artista da família, com um bom olho para cor e nenhuma cabeça para números ou coisas práticas. Betty costumava se desesperar com a forma como a irmã vivia, com o orçamento apertado, sem nenhuma reserva para o futuro, sem seguro de espécie alguma e com tendência a gastar o que poderia sustentá-la por um mês com uma peça artística sem valor, que só servia para ser jogada na prateleira de uma loja de objetos usados. Mas Cora tinha idéias de vez em quando, idéias de criatividade surpreendente, e quando perguntou por que não transformar o número 9 de Woodside em uma pensão chamada Balmoral, como a casa de campo da família real, pois Betty tinha paixão pela realeza e Don era encantado com a Escócia, eles perceberam que aquilo podia dar certo.

Ao longo dos anos, Balmoral proporcionou uma renda razoável. Dava para levar uma vida modesta e, mais importante ainda, com uma ocupação. Muitos dos hóspedes, a maioria homens de negócios, eram regulares, e Betty descobriu que podia adaptar a paciência que tinha com os clientes das lojas a uma gentileza com os hóspedes, aprendendo como eles gostavam de seus ovos ou seus travesseiros. O elevador que instalaram na escada para Don provou-se inútil e uma fonte de brincadeira e zombaria. A atividade hoteleira tornou-se mais difícil, é claro, quando a mãe de Betty precisou morar lá e ser cuidada, mas foi mais uma questão de adaptação que de mudança. Sua mãe também era infinitamente mais gentil com os hóspedes do que fora com a própria família, e a seu modo tornou-se um bem da casa, uma espécie de luminária de crochê, cuja presença dava um leve ar de estabilidade ao lugar, a impressão de se estar em um lar. Quando finalmente morreu — viveu lá seis anos, com três alarmes falsos —, Betty achou difícil alugar o quarto dela, que era o menos simpático da casa, pequeno e estreito, ao lado da cozinha. Por mais que fizessem, o cheiro de fritura passava pela parede e impregnava as cortinas e o tapete. A mãe gostava disso, é claro. Era bem típico dela gostar de uma coisa, na sua condição de vida, que mais ninguém teria agüentado.

Foi tudo isso — a morte da mãe, o quarto cheio de inconvenientes e lembranças e a saudade do senso de família que a mãe imprimira — que fez com que Betty oferecesse o quarto a Cora. Ela sempre sentiu que tinha de proteger Cora, não só por ser sua irmã mais moça, mas porque a mãe implicava muito com ela, especialmente depois do bebê, e porque ela parecia não saber enfrentar a mãe e nem ninguém. Mas Cora era assim, de boa índole, suave, sempre disposta a se culpar, mesmo quando não era realmente culpada. E sempre foi solidária também, capaz de imaginar-se na situação do outro. Na verdade, se Betty não tivesse Cora, não saberia o que fazer quando percebeu, depois de quatro abortos, que não iria mesmo ter filhos. Não podia se esquecer como Cora tinha sido boa para ela, forte e compreensiva. E quando pensava em tudo que acontecera na vida da irmã, sua conduta era ainda mais extraordinária. Betty nunca se esqueceu disso. Ela herdara a língua viperina da mãe, mas não tinha o mesmo coração duro. Ia oferecer o quarto da mãe para Cora porque, apesar das suas roupas extravagantes, seus modos extravagantes, sua incapacidade de lidar com dinheiro e com os registros da pensão, ela era sua irmã, sua *família*.

No fundo, havia também uma outra coisa, uma coisa constrangedora. Betty tinha a sensação — não, mais que isso, ela tinha uma pequena percepção desagradável — de que quando Cora realmente precisara dela, no problema com o bebê, Betty não ajudara em nada. Embora tivesse cooperado, tivesse sentido pena, tivesse tentado de certa forma enfrentar a mãe a favor de Cora, no fundo sabia que não fizera o *bastante*. Só mais tarde, quando soube que nunca teria um filho, é que começou a ver como devia ter sido difícil para Cora, aos 16 anos, sentir-se dominada pelos outros, repreendida, execrada, enganada, persuadida e ameaçada, a ponto de finalmente consentir em dar seu filho. E Betty não ficara ao seu lado, não tentara realmente ficar ao seu lado. Cora havia ido para Scarborough e arranjara um lugar de arrumadeira em um hotel, e Betty nunca fora visitá-la. Durante três anos. Só tivera notícia quando Cora escreveu dizendo que estava tendo aulas de cerâmica à noite e que se sentia melhor.

Todas essas coisas pesaram em Betty ao longo dos anos. Em razão disso, nunca pediu a Cora para levantar uma palha para ajudá-la com a mãe e nunca teve um mínimo ressentimento disso. Aliás, fez o máximo para manter a mãe longe de Cora e, quando a mãe começava um dos seus discursos contra a filha, partindo do princípio de que a mulher que engravida fora do casamento é automaticamente patológica, recusava-se a ouvir. Como era impossível calar sua boca, Betty saía do quarto, às vezes batendo a porta com força. À medida que o tempo foi passando, a mãe começou a se queixar de que a filha, por uma razão ou outra, não lhe dera um neto. Quando Betty gritou que não agüentava mais aquilo, a mãe respondeu aos gritos: "As meninas devem ser boas, as mulheres devem ser esposas e as esposas devem ser *mães!*", e Betty teve vontade de lhe dar um tapa na cara.

Finalmente Cora foi para Balmoral, tímida e agradecida, pendurou contas indianas nas paredes com cheiro de *bacon* e armou um pequeno santuário em um canto, com incenso, uma luzinha fraca e um deus de pernas cruzadas e olhos fechados. Levou para lá também coisas insuportáveis para Betty: roupa de cama cor de laranja, um tapete mexicano de cores brilhantes, luminárias peculiares que ela própria fazia com pedaços de madeira tosca ou peças de carro e pinturas de nus.

— Cale a boca — disse Don. — Nem uma palavra.

Don estava muito magro, especialmente no rosto, cansado de sentir dor durante anos e anos.

— O incenso...

— Melhor que cheiro de ralo — disse ele. — Melhor que cheiro de arenque. E ela é quieta. Na maioria dos dias nem dá para perceber que está lá.

Ela era quieta. Não tocava música no quarto de decoração bizarra e quando ligava a televisão — podia-se quase cobrir a tela com a mão de tão pequena —, punha o som o mais baixo possível. Quando Betty entrava no quarto — sempre batia, mesmo se tratando de família —, encontrava a irmã bordando com lãs de cores primárias, fazendo algum desenho em bico de pena (não do gosto de Betty) ou lendo, enroscada na cama debaixo de um cobertor listrado que dava dor de cabeça só de olhar.

Quando ela saía para trabalhar — para dar aula em cursos noturnos ou em turmas suplementares de arte nas escolas da vizinhança para crianças com dificuldade de aprendizagem —, Betty mal a ouvia sair. Às vezes ouvia o trinco da porta da frente, mas a maior parte do tempo tinha apenas consciência, com o tipo de antenas que supunha que as mães têm, de que Cora não estava lá. Ela jantava com o casal, mas só porque Betty disse que ela precisava fazer uma refeição completa por dia, e uma vez por mês Don a forçava a fazer suas contas na mesa da cozinha. Ele mandou que ela comprasse um livro-caixa e fizesse uma lista do que pagava e do que recebia, e todo mês lhe explicava, com paciência, que se ela gastasse mais do que recebia, estaria contraindo dívidas. Cora queria entregar a Don tudo que ganhava para ele lhe dar de volta aos poucos, como uma mesada, mas ele não quis saber disso.

— Não vou estar aqui para sempre — disse. — Não vou estar aqui para pensar por você.

Mais tarde, disse para Betty:

— Ela parece uma criança. Em questão de dinheiro, dá para confiar mais em uma criança esperta de 5 anos de idade.

— Mas é inteligente — falou Betty, pensando nos livros do seu quarto, no modo como ela produzia e inventava coisas, no seu talento para explicar como usar as mãos para fazer um pote, costurar um botão.

— Não para números. E a gente precisa dos números.

Sob certos aspectos, Betty considerava Cora ainda uma criança, alguém que não conseguia arcar com as responsabilidades da vida adulta. Talvez naquela época traumatizante, quando ela tinha 16 anos, alguma coisa tivesse acontecido que a deixara trancada, que a tornara profundamente incapaz ou sem vontade de se desenvolver, de se aventurar mais fundo em um mundo de expectativas e sentimentos que pudessem lhe causar sofrimento. Ela nunca tivera qualquer relacionamento real, como namorados, por exemplo, nem mesmo amigos descompromissados, como as amigas de Betty tinham, que as levavam ao pub, ou ao bingo ou para um passeio fora da cidade. Não que Cora fosse contra homens, mas ela parecia não procurá-los e muito menos precisar deles. Às vezes Betty percebia um dos hóspedes olhando para Cora, especulando, intrigado mas ligeiramente excitado pela indiferença dela, por aquela graça desbotada. Então tinha vontade de dizer: "Deixe minha irmã em paz. Você só vai perturbá-la." E perturbariam mesmo se insistissem. Betty não queria que Cora se perturbasse nunca mais, e enquanto a mantivesse segura ali, entre seus deuses e cobertores, no quartinho ao lado da cozinha, não deixaria ninguém perturbá-la.

Cora sentou-se na sala de espera do médico. Era uma sala nova, um anexo da antiga cirurgia, decorada com um brilho falso e infantil, cheia de pôsteres sobre nutrição e doenças sexualmente transmissíveis. Cora não se interessou pelos pôsteres. Alimentação não a interessava, e sexo, que a arrastara para o maior buraco da sua vida, era uma coisa em que nem pensava. Por que pensaria? Aliás, as freiras decerto tampouco pensavam e nem por isso morriam, não é?

Mudou a posição das mãos no colo. Estava ali por causa das mãos, mãos e braços agora, para ser franca, e também quadris e joelhos. Seu pai tinha artrite deformante, suas pobres mãos pareciam um feixe de raízes latejantes. Sentiu suas mãos latejarem. Havia noites em que os ossos e as juntas das mãos doíam tanto que tinha vontade de puxá-las por baixo da pele e deixá-las no tapete mexicano para latejar longe. Cora não gostava de pensar — não podia pensar — no que faria se suas mãos ficassem muito enrijecidas e doloridas. Olhou para elas. Pareciam perfeitamente normais, mas ela já passara dos 50 anos, e os dedos de seu pai tinham começado a se deformar antes disso. Mas seu pai era mineiro, trabalhar anos a fio debaixo da terra era uma das formas menos naturais e mais prejudiciais para se viver. Ele sabia disso. Sempre considerou sua artrite uma punição por trabalhar nas minas como o pai dele queria, em vez de trabalhar na terra como ele próprio queria. Ele era um homem muito puritano, muito ligado a punições. Cora olhou para suas mãos. Talvez sua artrite fosse uma punição também.

Olhou o relógio. O médico já estava 20 minutos atrasado e muita gente na sala de espera chegara antes dela. Pegou uma revista velha, uma dessas revistas femininas que tentam convencer as leitoras que o coração é um assunto social importante e ao mesmo tempo enfatizam a forma das sobrancelhas e o sexo. Cora folheou a revista sem grande interesse — meninas olhando a esmo, impecáveis, meninas que não eram vistas nas ruas nem nos corredores dos supermercados. Havia um artigo sobre comida afrodisíaca, um artigo sobre iluminação sedutora, um artigo sobre saídas de fim de semana com ênfase em romances. Cora achou melhor olhar para o espaço que continuar folheando a revista. Virou mais uma página.

"Cerca de uma em cada 25 mulheres entrega seu filho para adoção", dizia o título em negrito.

"Pense", continuava o artigo, já sem o negrito, "Pense só. Não existe uma palavra para a mãe que entrega o filho para adoção, existe? Será porque se espera que ela desapareça? Mas isso nem sempre foi assim. O mundo medieval não via estigma na ilegitimidade. Foi o capitalismo que tornou a criança uma dependente, uma obrigação, porque não podia se sustentar. Só isso! Então o que deu errado?"

Cora fechou a revista. Sua boca estava seca. Na capa, em letras maiúsculas roxas, vinha o título "MÃE SOLTEIRA? — COMO VENCER!" Colocou a revista com cuidado na pilha de onde a havia tirado e levantou-se. Não podia ficar ali, não podia esperar. Naquele preciso momento, não importava se suas mãos doíam; não importaria nem se elas caíssem.

Felizmente encontrou um banco vazio no parque. O Northsea Park, instituído pelos vitorianos de espírito cívico, ficava em uma área mais alta da cidade, com vista para o mar cinzento acima das linhas desiguais dos telhados de ardósia, molhados de chuva e de uma dose saudável de ar marinho. O vento do mar virara a maioria das árvores cuidadosamente plantadas contra o morro, e elas pareciam tentar subi-lo, deixando os bancos colocados em frente completamente desprotegidos.

Cora sentou-se e encolheu-se dentro do casaco. Por que teve de escolher aquela revista entre todas as outras, por que continuou a ver aquelas reportagens idiotas? Durante grande parte da vida não permitiu que esses acidentes acontecessem, não entrou em situações que lhe causassem recordações e a levassem a um lugar que não agüentava lembrar e muito menos revisitar. Certa vez uma colega de trabalho, formada em ciências sociais, que dava aulas de cidadania, insistira com Cora para que ela desabafasse, relembrasse todas as palavras e ações daquela época negra para recomeçar realmente a viver, em vez de arrastar-se pela vida.

"A negação", disse a Cora, "é apenas um mecanismo de defesa. Não mais que isso, pode crer."

Mas Cora não estava negando. Vivia retirada, num lugar onde todas as coisas que aconteceram, que foram sentidas, que foram ditas, deviam ser preservadas e não espalhadas aos quatro ventos. Era extremamente doloroso voltar ao lugar privado — privado, não secreto — onde todas essas lembranças eram armazenadas, por essa razão pensava o mínimo possível nisso, o que não queria dizer que fingisse que os fatos não tivessem ocorrido. Não estava negando nada, disse finalmente à colega com uma energia próxima à raiva, estava preservando uma coisa que tinha todo o direito de preservar, que era dela e era preciosa, por mais que a fizesse sofrer. Além disso, acrescentou depois de pensar um pouco, seu desenvolvimento pessoal era assunto seu, e se ela decidira parar de se desenvolver era assunto seu, e só seu.

"Você não viveu a minha vida", disse Cora. "Ninguém viveu, só eu mesma."

Mas agora, enrolada no casaco e olhando por cima dos telhados cinzentos escuros e vendo mais adiante o mar cinza-claro e as gaivotas rodopiando, achou que não podia culpar sua colega por tentar ajudá-la. Afinal, ela dava aula de cidadania, sua cabeça era regida pela comunidade, pelo coletivo, incapaz de compreender a segurança de viver sozinha, sem manipulação ou perturbação. A bem da verdade, Cora sempre se sentira assim — alijada, contida —, mesmo antes do bebê e todos aqueles horrores. Talvez fosse aquele senso extremado do ego e seu distanciamento que fizeram com que ela permitisse que Craig Thomas a levasse àquela festa, onde colocaram alguma coisa no seu suco e onde o marinheiro estava. Quando sua mãe, entre todas as outras acusações, lhe dissera aos berros que ela era uma puta, que nem ao menos sabia o nome do marinheiro, Cora havia achado que isso era parte do seu estilo de vida — não pertencer, não precisar pertencer a um mundo onde tudo tinha de ter nomes e rótulos. Por que cargas-d'água deveria se preocupar em saber o nome do homem, se mal se lembrava do que ele lhe fizera ou, para ser franca — e ela queria ser franca por causa do bebê que veio depois — do que eles haviam feito juntos? Ela nunca culpara o marinheiro, nunca pretendera culpar, nunca culpara Craig Thomas nem o suco batizado. Se culpasse, o bebê saberia, não é? O bebê saberia, é claro, que não era desejado, e Cora não aceitava isso. Ah, não. Ela sempre foi — sempre havia sido — muito clara a esse respeito — quisera aquele bebê desde o momento em que soube que estava grávida — e nunca deixara de querer. Nunca.

Mas outras coisas ficaram menos claras, coisas que aconteceram depois do nascimento do bebê, coisas que foram ditas, coisas que lhe contaram. Cora se lembrava daquela gente toda falando com ela, assistentes sociais, o pessoal da agência de adoção, seus pais, todos dizendo que se ela resolvesse ficar com o bebê, mostraria que era egoísta, imatura e uma mãe inadequada. Quando ela disse que se ganhasse o suficiente poderia se ajeitar com o bebê e até mesmo terminar seus estudos, alegaram que seus sentimentos não importavam mais, que aquele departamento já fora muito condescendente com sua promiscuidade e fertilidade. Quando alegou que deu azar, que milhões de mulheres fazem sexo fora do casamento e não engravidam, disseram que se ela quisesse sair dessa sem uma marca no seu registro de saúde mental, seria melhor entender que havia um maravilhoso mecanismo social — a adoção — que daria ao seu bebê oportunidades que ela, sem marido e com muito pouca idade, na pobreza e na classe errada, seria totalmente incapaz de dar. Queria ser destrutiva a esse ponto? Se quisesse reparar o mal que fizera a um bebê inocente, devia abrir mão dele.

"Se você realmente ama esse bebê", disse a assistente social sentada ali com a sua mãe, "deve entregá-lo a pais *apropriados* para ele ter um lar."

Cora cedeu. Estava exausta, sem capacidade de lutar, impotente. Rememorando, percebeu que ninguém ficara ao seu lado para avaliar as opções, nem mesmo Betty, apesar de ouvi-la gritando na cozinha com sua mãe e ouvir seu pai tossindo e indo para o pub onde ninguém conversaria sobre problemas de mulheres. Sozinha no quarto, desesperada, culpada, suja, de coração partido, Cora disse a si mesma que nada jamais doeria tanto assim, que a fim de se manter viva para... Samantha (sussurrou o nome do bebê bem baixinho), mesmo que nunca mais a visse, precisava viver de forma a nunca mais se arriscar assim, nunca mais passar por tamanho drama e ter de ouvir os outros lhe dizerem o que fazer.

Estava ficando frio. As mãos de Cora dentro dos bolsos, tensas com aqueles pensamentos, começaram a enrijecer e a latejar. Uma colega sua de trabalho lhe dissera para abster-se de queijo e chocolate; outra, para tentar extrato de mexilhão verde da Nova Zelândia ou de algum outro lugar, que podia ser comprado na loja de alimentos naturais atrás da Parade. Parecia um horror. Cora levantou-se, mexendo com dificuldade os dedos. Marcaria outra hora no médico, passaria pelo departamento cirúrgico quando voltasse para casa e marcaria a hora logo. O que era artrite comparada a tudo aquilo? A dor física, ainda que aguda, não poderia se equiparar à dor do espírito e do coração. Porém aquela outra dor... Cora não deixaria de sentir nem por um instante. Se aquela dor fosse embora, se o seu espírito e o seu coração fossem acalmados, acharia que seu amor se esvaíra, e essa era a coisa mais impensável de todas.

— Ela nunca recebe cartas — disse Betty, colocando o envelope no armário onde ela guardava açúcar, exatamente como sua mãe sempre havia feito.

Don estava lendo o jornal, a página do editorial onde as opiniões extremadas o consolavam na sua própria moderação.

— Talvez seja uma oferta de emprego...
— Uma carta de Londres?
— E por que não? Por que não precisariam de professoras em Londres?
— Não faz a cabeça de Cora...

Don sacudiu o jornal.

— Você não sabe.
— É claro que não sei. Mas estou imaginando — disse Betty olhando o relógio. — Ela já devia estar de volta. Sua entrevista era às duas e meia.
— Eles nunca cumprem o horário...

— Isso me preocupa. Ela nunca diz que está mal. Só de olhar dá para ver que está mal, mas ela não diz. Nunca diz. Aliás, nunca diz que uma coisa vai mal, nunca.

— Então é bem diferente de nós — falou Don.

Betty pegou o envelope de novo.

— Não está datilografado. É escrito à mão.

— Namorado.

— Deixe de ser bobo.

Don levantou os olhos do jornal.

— Betty, a carta é para Cora. Qualquer que seja o assunto, não há de ser tão importante assim, certo?

Capítulo Dez

Polly decidira que quando o tio David aparecesse, como a mãe tinha dito, ia se sentar nos seus joelhos. Andava com mania de se aproximar de todos os homens que iam à sua casa — Titus do escritório do seu pai, vovô Ray do Royal Oak, e até mesmo seu pai, se estivesse com cara de quem ia dar atenção à sua mãe — e subir no colo deles para chamar a atenção. O tio David sempre dizia que gostava que ela sentasse nos seus joelhos. Dizia que Ellen estava muito grande para isso, Petey era irrequieto demais e Daniel era menino, então só lhe restava Polly. Bem segura no braço dele, Polly podia vigiar a mãe com um olhar frio e investigador, o que deixava Nathalie certa de que andava sendo pouco atuante como mãe.

— Você já está bem pesada — disse David.

Ele usava uma camisa de malha verde, e a manga da camisa estava pontilhada de pontinhas de grama presas na lã. Polly começou a puxá-las com elaborada concentração. Nathalie, do outro lado da mesa da cozinha, estava com cara de que ia pedir que Polly fosse brincar um pouco no seu quarto. Polly não queria brincar no quarto. Havia alguma coisa no ar ali na cozinha. David estava lá, e sua mãe tomava vinho antes mesmo de escurecer — os adultos, na opinião de Polly, só deviam começar a beber na hora de ir para a cama. Ela não queria sair do colo de David, não queria ser deixada de fora de nada que pudesse acontecer. Quando a mãe ficava com aquela cara, como se um segredo dentro dela fosse explodir, Polly não tinha intenção de perder a explosão. Começou a colocar as pontinhas de grama da manga do suéter do tio em cima da mesa numa pilha bem organizada.

— Polly — disse Nathalie, inclinando-se para a frente —, você não quer brincar um pouco com suas Barbies?

— Não — disse ela gentilmente, equilibrando um fragmento de grama na pilha.

— Polly...

— Estou muito confortável aqui — falou Polly, chegando mais perto da manga de David para examinar um pontinho minúsculo de grama.

— Polly — insistiu Nathalie —, quero que você vá brincar no seu quarto por cinco minutos, depois pode voltar para comer seu cereal.

— *Ou* — disse Polly — posso comer o cereal agora. Aqui.

David mexeu o braço, e ela se soltou um pouco. Sentiu a boca do tio encostar no seu cabelo, junto ao ouvido com problema.

— Polly....

Ela olhou de lado.

— Quê?

— Faça o que sua mãe pediu — disse David, perto do seu ouvido.

Ela se mexeu no joelho dele, fez um beicinho e inclinou a cabeça. Achou que ia chorar porque sentiu que perdera a vez, mas não queria desagradar seu tio David. Então fungou.

— Muito bem — disse David.

Ele soltou mais os braços e segurou-a por baixo dos braços para colocá-la no chão. Ela se encostou em David e enfiou o rosto na sua manga.

— Cinco minutos, Poll....

Ela tirou o rosto da manga de David e saiu da cozinha, batendo a porta com tanta força que o vinho pulou nos copos.

— Polly é muito esperta — disse Nathalie —, sabe que está acontecendo alguma coisa.

— Ela tem razão.

— Mas ainda não posso explicar que ela tem outra avó. Só depois de me acostumar com a idéia.

David colocou o copo de vinho um pouco à esquerda.

— De qualquer forma, não é uma outra avó...

— É!

— Não é, Nathalie. Ainda não.

— Eu sei. Realmente sei — disse Nathalie num sussurro.

David mexeu no copo de novo.

— Estou sentindo uma certa excitação. Não pensei que fosse me sentir assim, não pensei que seria... emocionante — disse ela com timidez. — E assustador.

David olhou para ela.

— É.

— Fico pensando naquele provérbio que diz que devemos ter muito cuidado com nossos desejos, pois eles podem se realizar.

David esticou a mão sobre mesa para segurar a dela.

— Não me abandone agora, Nat.

Ela sorriu.

— Isso nem me passaria pela cabeça.

— Ela se chama Carole. Eu nem sabia o seu nome — declarou ele.

— Mas ela sabia o seu.

David deu um sorriso íntimo e prazeroso.

— Foi ela que *deu* o meu nome.

Nathalie pôs a mão em cima da dele.

— É, eu sei.

— Está lá em Londres no seu apartamento elegante. E... eu tenho dois irmãos. Dois irmãos...

— Então ninguém vai substituir sua irmã...

Ele virou a mão e segurou a dela.

— Isso *nunca.*

— Cora não se casou. Nunca se casou — disse Nathalie.

— Você está contente?

Ela fez que sim e corou um pouco.

— Estou. Estou, sim. E também tinha escolhido um nome para mim.

David apertou a mão dela.

— Samantha — disse ele.

— A mamãe me chamou de Nathalie em homenagem à irmã que morreu.

— É um nome bonito.

— Sim, mas é bom saber que eu importava o suficiente...
— É claro que *importava!*
Nathalie olhou firme para ele.
— Você não pensava assim.
Ele sorriu de novo.
— Eu não sabia da existência de Carole, sabia?
Ela largou a mão dele devagarinho.
— Não se entusiasme tanto.
— Estou gostando...
— Dave, o próximo passo pode ser muito mais difícil.
— Desapontador?
— Talvez...
— Eu acho que não — disse David. — É divertido.
— Até aqui foi fácil — disse Nathalie com muito tato. — E não tivemos de fazer nada.

David pegou o copo e segurou-o para que a luz brilhasse através do vinho.

— Minha mãe tem 59 anos e foi diretora de uma empresa!

A porta se abriu, e Polly apareceu de pijama com uma expressão desafiadora.

— Meu Deus, Polly. Já vai querer dormir?

Ela olhou para a mãe com um ar ameaçador.

— Do que vocês estavam falando?

David sorriu para ela, virou-se um pouco de lado e deu um tapa no joelho.

— De mães.

Polly aproximou-se para subir no colo dele.

— Eu não quero uma mãe — disse, num tom descuidado.
— Não quer?

Polly olhou para Nathalie.

— Não *ria*.

— Por que não?

— Não é gentil rir quando não existe graça.

— Mas você é muito engraçada — falou David.

Ela considerou isso e olhou para a mãe de novo.

— Você está rindo.

— Eu estou feliz — disse Nathalie.

Polly virou os olhos para o teto.

— Não posso rir quando estou feliz? — perguntou Nathalie. — Nós não podemos rir?

— Não estou rindo — replicou Polly com uma voz dura, apontando para a boca. — Olhe só.

— Não, querida. Você não. Mas David e eu estamos rindo porque estamos felizes — disse, olhando para ele do outro lado da mesa. — Não é mesmo?

— *Estamos, sim* — respondeu ele.

Steve tentara persuadir a sogra a tomar um café depois do almoço.

— Não — disse Lynne, juntando suas sacolas e sua echarpe. — Não, querido. Obrigada. Já tomei muito do seu tempo.

— Não é verdade — observou Steve com paciência. — Não tomou meu tempo. Eu gostei de você telefonar.

Ela desviou o olhar.

— Precisei de um pouco de coragem...

— Para telefonar para seu próprio genro e se convidar para almoçar com ele?

— Você é muito ocupado...

— Não tão ocupado assim. E certamente não quando estamos no mesmo barco.

Ela pôs as sacolas no chão de novo.

— Estamos?

— Não estamos de certo modo sentindo que falhamos onde achávamos que tínhamos sido bem-sucedidos?

Lynne levantou os olhos e viu Steve olhando-a com o mesmo olhar suplicante com que Ralph a olhou uma vez, como os olhos de um cervo.

— Sempre achei que sentiam pena de mim por eu não poder ter filhos. Eu detestava isso, *detestava* que sentissem pena de mim. E não quero voltar a sentir isso, *não quero*.

— Ninguém pode esquecer o que você fez, o que eu fiz...

Lynne olhou para os restos da salada de frango na mesa.

— Não era só o fato de eu querer um filho, você sabe. Não era só querer muito isso. O problema é que eu tinha medo do futuro, tinha medo da minha vida definhar sem filhos, sem netos, definhar até não restar mais nada, apenas essa carência. — Parou de falar, recuperou o fôlego e continuou. — É terrível essa carência.

Steve pôs a mão sobre a dela por um instante.

— Mas você *tem* filhos. E netos. Você tem tudo isso.

Lynne voltou a se controlar.

— Não depois dessas... descobertas. Eu sinto... — E parou de falar de novo.

— O quê?

— Sinto que deixei de ser a boazinha e me tornei a vilã.

— Lynne...

— Nathalie me disse que isso não era assunto meu.

— Se lhe servir de consolo, ela deixou isso bem claro para mim também — disse Steve, quase com amargura.

— Por isso você falou que estamos no mesmo barco...

— É.

Lynne levantou-se finalmente, ajeitando suas sacolas.

— Ralph disse que não há nada que eu possa fazer. Ele sempre diz coisas assim. Se você lhe apresentar um problema, ele vai dizer que só se passa para o outro lado *atravessando* o problema. Isso me deixa louca.

— Ele é diferente de você. É diferente de mim. Talvez suas emoções não o incomodem tanto.

Lynne deu um ligeiro sorriso.

— Eu sei.

Steve levantou-se também.

— Vá com calma.

Ela esticou o corpo para lhe dar um beijo no rosto.

— Obrigada, querido. Obrigada por me ouvir. Não é... não é que Ralph não compreenda...

— Eu sei.

Lynne deu um passo à frente.

— Lembranças para Nathalie. E um beijo na Polly.

— É claro.

Steve viu Lynne afastar-se, batendo com as sacolas nas outras mesas e cadeiras quando passava. Parecia ter um segredo triste e terrível esquecido durante anos, que agora vinha à tona de novo com toda a sua infelicidade. Steve sempre a achara frágil, digna de muito cuidado, mas naquele dia, ao afastar-se dele com um passo desajeitado, parecia derrotada, como se uma luta longa e brava tivesse finalmente dado em nada. Ele suspirou. Além de solidariedade, não havia nada que pudesse oferecer a ela, nada que pudesse restaurar Nathalie como filha só dela.

"Não seja egoísta", dissera sua própria mãe. "Não se comporte como seu pai, não seja tão severo. Nós todos sentimos o que Nathalie está fazendo, fomos todos afetados, mas tenho meus próprios filhos e você também. Lynne não tem, não se esqueça disso."

Steve parou no caixa e pagou a conta. A menina que entregou o troco era tatuada no rosto com um pássaro azul, e seu cabelo fino era tão curto que o couro cabeludo parecia uma cobertura de açúcar. Steve não gostava de mulher de cabelo curto, sempre gostara do cabelo lindo de Nathalie, mas estava começando a sentir-se atraído por esse corte, como se as mulheres de cabelo curto o desafiassem a pensar nelas como meninos. Steve deu um riso forçado. Colocou as moedas no pote de plástico em cima da gaveta onde se lia "Obrigada pela gorjeta!"

— Até logo — disse para a mocinha do pássaro azul e saiu na rua.

Do outro lado da sala, Justine podia ver Titus rabiscando alguma coisa. Em vez de inclinar-se para a tela do computador, ele estava recostado na cadeira, uma das mãos no bolso da calça e a outra sobre a mesa, fazendo rabiscos rápidos que os bons desenhistas que realmente sabem desenhar fazem. Suas sobrancelhas deviam estar franzidas. Embora ela não pudesse ver seu rosto dali, pela posição do pescoço e dos ombros, ele parecia desanimado e zangado.

Olhou em volta do escritório. Steve ainda não voltara do almoço e Meera separava umas faturas com uma intensidade de concentração que a deixava quase espiritual. Levantou-se, ajeitou o cabelo para que ele caísse pela nuca em mechas lisas, mas o cabelo insistia em formar cachos de bebê desde que fora cortado. Puxou o jeans para baixo para deixar à mostra o piercing do umbigo e foi andando.

— É como tentar trabalhar com a luz apagada — disse.
— Você está melancólico.

Titus estava desenhando um elefante sofisticado, com tromba alongada e orelhas em forma de asas.

— Desculpe.

Justine apoiou a coxa em um canto da mesa dele.

— O que está acontecendo?

Titus deu um suspiro enorme.

— Estou me sentindo... como se nada tivesse *energia*.

Justine balançou a perna.

— Isso acontece com todo mundo.
— Não comigo. Eu *inventei* a energia.
— Pensando bem — replicou Justine —, não posso imaginar um homem pequeno *lânguido*.
— Eu não sou pequeno.
— Não é?
— Não. Sou baixo, mas não sou *pequeno*.

Ela deu um riso forçado.

— Está certo. E também não é baixo.
— Sou baixo, sim, e quadrado. E estou de saco cheio.
— Por quê?
— Por tudo.

— Alguma coisa a ver com Sasha?

Titus jogou o lápis de desenho no ar, que foi cair em arco dentro da cesta de lixo de Steve.

— Por que vocês mulheres *sempre* acham que deve ser amor?

— Porque em geral é — respondeu Justine.

— E o clima deste escritório? E Steve de permanente mau humor, fazendo com que a gente ande na ponta dos pés para não pisar no estopim e voar para a perdição?

— O que é perdição?

— Procure no dicionário — disse Titus.

Justine inclinou-se à frente.

— Não precisa descontar em mim, você sabe.

— Sei.

— Então não desconte.

Titus pegou outro lápis e acrescentou um anjo nas asas do seu elefante.

— Por que Sasha anda tão fascinada com essa coisa da adoção de Nathalie? Por que pensa que é a única pessoa com quem Steve pode conversar?

— Talvez tenha a ver com a tese dela...

— Que droga — disse Titus —, nem todos nós temos de *viver* nossa tese, não é? Tese é trabalho, vida é brincadeira. Steve tem um perfeito equilíbrio trabalho/brincadeira e nós todos sofremos. Ele é uma puta aberração sob controle.

— Você não *tem* de se controlar...

Titus olhou para ela. Olhou para sua coxa na mesa, para a faixa do corpo entre o jeans e a blusa, onde o piercing brilhava no umbigo, para o zíper da blusa que subia até o queixo, que tinha uma forma um pouco diferente depois do cabelo mais curto.

— O problema é que *gosto* de me sentir alegre — disse Titus com os olhos no queixo de Justine. — Fui *feito* para ser alegre, fui programado assim, e quando não estou alegre, fico perdido.

— Você é um punheteiro — disse Justine.

— Essa palavra é usada por meninos.

— E você é um menino...

— Mas você não é. Meninos é que usam essa palavra.

— Você é um punheteiro patético.

Ele riu para Justine.

— Gosto de um pouco de abuso. Fico animado.

— Eu aceito todo tipo de coisa — disse Justine —, só não aceito autopiedade.

Titus apontou o lápis para ela, com um olho fechado.

— Estou cansado disso também.

Do outro lado do escritório, Meera falou com gentileza:

— Vocês não deviam estar trabalhando?

Titus girou na sua cadeira.

— Cale a boca, meu pequeno sonho de Bombaim.

— É uma vergonha ver uma esmerada educação inglesa tão desperdiçada — comentou Meera sem levantar os olhos do trabalho.

— Esse é o *problema*, minha *pakora* doce e burrinha.

Justine levantou-se.

— Não sei como ela o agüenta. Não sei como qualquer um o agüenta.

— Inclusive você?

— Inclusive eu.

Titus girou de novo na cadeira e inclinou-se para a frente, olhando para Justine.

— Você melhorou o meu astral.

Ela não disse nada e passou a mão na nuca.

— Vamos tomar um drinque? — perguntou Titus. — Ou será que prefere ganhar umas flores?

Justine olhou para Meera, que colocara os fones de ouvido para transcrever um ditado. Afastou-se de Titus, levantou o queixo e falou com a voz mais entediada possível.

— As duas coisas.

Da janela da cozinha, Ellen podia ver o jardim que descia até a sebe e o portão verde que dava no campo de golfe. A meio caminho do jardim, do lado esquerdo, havia uma macieira velha e imensa, relíquia de um pomar antigo, quando aquela parte de Westerham era constituída de plantação de fruteiras. Naquela árvore David construíra uma casinha quando Ellen tinha seis anos, com uma escada de corda que podia ser recolhida para impedir que Daniel a seguisse. Ao lado da escada de corda, para aplacar Daniel, David pendurara dois pneus velhos de carro em níveis diferentes. Marnie estava sentada em um deles de costas para Ellen, balançando devagar, a sandália de plataforma empurrando ritmadamente o gramado gasto.

Estava ali havia muito tempo. Ellen olhou para o relógio da cozinha. Eram mais de três horas e Petey estava dormindo havia quase uma hora — exausto depois de um dos seus acessos de raiva — no sofá da cozinha, largado entre as almofadas como uma boneca de trapo, o cabelo claro despenteado, a boca ligeiramente aberta. Ellen tinha voltado do clube de tênis de mau humor porque ninguém a convidara para almoçar. Encontrara Marnie e Petey na cozinha e o chão todo emporcalhado de brócolis amassado e espaguete. Petey gritava e Marnie chorava, não um choro calmo de adulto, assoando o nariz, mas um choro de verdade, com as mãos na cabeça e a respiração entrecortada. Ellen colocara a raquete de tênis na mesa, passara com cuidado por aquela sujeira, tirara Petey do chão e o havia enfiado na pia para sua surpresa. Depois ela havia enchido um copo de água do filtro, passara-o para a mãe e ligara a Rádio Um para que a música abafasse o barulho.

Isso tinha acontecido uma hora e meia atrás, e há uma hora e meia Marnie tinha dado um ligeiro abraço em Ellen sem dizer nada, engolido a água e saído para o jardim. E até agora se balançava no pneu. Ellen achou que a mãe se sentaria um pouco, depois desceria pelo jardim até o portão que dava no campo de golfe. Mas ela continuou ali, balançando-se devagar, o rabo-de-cavalo pendurado nas costas. Nesse meio-tempo, Ellen tirou Petey da pia aos soluços, carregou-o para cima, mudou sua fralda — ele ainda usava fraldas —, levou-o de volta para a cozinha e deitou-o de forma decidida no sofá, com seu paninho de dormir. Durante todo esse tempo não deu uma palavra, e ele, soluçando, olhou-a com seus enormes olhos azuis como se soubesse, no seu coraçãozinho de dois anos de idade, o que ela estava pensando. Quando dormiu, Ellen atravessou a cozinha e foi ouvir rádio na janela.

Felizmente, em três dias as aulas recomeçariam. Teriam aulas em abril, maio e junho, depois iriam para o Canadá. Em julho e agosto ela ficava sempre, graças a Deus, *sempre* no Canadá, duas semanas em Winnipeg com Gran e Lal, depois na cabana absolutamente perfeita em todos os sentidos, a não ser pelos mosquitos, que tinham de ser aceitos como o preço a pagar pelo resto. Talvez quando sua mãe chegasse a Winnipeg melhorasse e não voltasse a entrar em parafuso, não tivesse problemas com Petey e permitisse que Daniel lesse outra coisa além de Wisden. E a vantagem de Winnipeg era que seu pai não iria. Ou talvez só fosse para a cabana por umas duas semanas. Ele nunca ficava muito tempo porque tinha de trabalhar. Como era óbvio que havia algum problema com seu pai que fazia com que Marnie se comportasse como quem precisava tomar Prozac — Ellen sabia do Prozac porque as mães de Zadie e Fizz, suas colegas de classe, tomavam Prozac como se chupassem bala, diziam elas —, talvez fosse bom ela tirar umas férias dele. Talvez todos precisassem de umas férias dele, da cidadania inglesa, da desigualdade da vida familiar na qual uns elementos se empenhavam mais que outros, na opinião de Ellen.

Pessoalmente, Ellen culpava o xadrez. Compreendia, em certo sentido, a paixão de Daniel pelo críquete por causa da sua idade, e um garoto com toda aquela energia precisava estar sempre indo a *algum lugar*, por mais chato que fosse. Mas com seu pai era diferente. Ele era um adulto, um pai, e passar duas noites por semana jogando xadrez e horas a fio no computador do escritório jogando, era demais. Não era normal, não era o que os pais faziam, não era *justo*. Ela falou um dia com a mãe sobre isso e a mãe disse um monte de coisas, disse que ela não entendia que o jogo de xadrez ajudava muita gente a superar seu próprio senso de impotência. Mas Marnie falava com ar remoto, como se não acreditasse muito naquilo tudo e como se, ainda que fosse verdade, se sentisse exausta de pensar no assunto porque significava sempre uma briga. Ellen então pediu a Zadie, que era craque em computador, para entrar na internet com ela. As duas descobriram um horror de coisas sobre psicologia do xadrez: jogadores que não eram anárquicos por natureza e não desejavam subverter o mundo, mas mesmo assim não conseguiam enfrentar a vida e se retraíam até mesmo em família para entrar no mundo consistente do xadrez. Ellen não conseguiu entender tudo aqui, mas sacou o principal, o suficiente para criar uma suspeita — aliás, uma grande suspeita — de que o xadrez era realmente um rival dos filhos aos olhos do seu pai, que de certa David *preferia* forma o xadrez a eles porque era mais fácil.

Zadie achou tudo aquilo um lixo, mas ela não tinha um rival como o xadrez porque seu pai só mexia com cartas... e para fazer truques. Isso era chato porque Zadie falava de quase todos os assuntos e tinha muitas idéias e energia, e fazia os outros pensarem de formas inteiramente novas. Mas achava um tédio essa coisa toda de xadrez, como achava um tédio a vida canadense de Ellen, porque não conseguia fazer fantasias com o Canadá como fazia com os Estados Unidos.

Ellen apoiou os cotovelos no peitoril da janela e deu uma olhada rápida na figura de Marnie balançando-se devagar, no tapete verde de grama e na sebe. Pensando bem, provavelmente Daniel sentia o mesmo que ela com relação ao seu pai e ao xadrez; do contrário, por que logo ele, que gostava tanto de esporte e de competitividade, teimaria em não aprender o único jogo que seu pai tinha tanta vontade de lhe ensinar? É claro que ela não podia conversar com Daniel sobre isso. Era impossível *conversar* com Daniel sobre qualquer coisa a não ser trivialidades, mas o fato de ele não conseguir conversar não significava que não sentisse as coisas. Na verdade — Ellen, Zadie e Fizz discutiam muito isso —, uma das das várias dificuldades dos meninos era essa incapacidade de se abrir com os outros, e ficavam tão bloqueados que acabavam entrando em parafuso. Talvez ocorresse o mesmo com os homens. Talvez jogar xadrez fosse uma forma de não entrar em parafuso.

Ellen suspirou. Um cansaço colossal a dominou, como o cansaço depois de uma grande briga ou de uma irritação com alguma coisa. Ela não se importava de cuidar de Petey porque não era realmente uma coisa muito difícil. Mas não tinha certeza se poderia agüentar muito mais sua mãe, seu pai fingindo que não tinha de participar, e Daniel deitado na cama feito um idiota, repetindo os nomes dos 11 melhores jogadores de críquete da Nova Zelândia. Não era assim que uma menina de 12 anos devia viver, tudo isso acontecendo e ninguém dizendo nada, como se fossem moradores de casas diferentes e não uma família de cinco pessoas vivendo sob o mesmo teto. Mas parecia que ninguém ia notar aquela injustiça agora, ninguém ia fazer nada, e se havia um tipo de pessoa que Ellen não agüentava, era aquela que não fazia nada quando não estava satisfeita, mas ficava só se lamentando.

Petey se mexeu, Ellen virou-se e viu que ele tinha levantado um pouco a cabeça das almofadas e olhava para ela com uma carinha de sono e um olhar gratificante, apesar do seu mau comportamento anterior. Acenou para ela com seu paninho de dormir.

— Biscoito? — perguntou ele esperançoso.

Ellen foi até o sofá e sentou-se ao seu lado. Talvez tivesse de enfrentar o seu pai, perguntar o que significava aquela coisa do xadrez, dizer o que isso estava causando à sua mãe. Qualquer coisa. Deu um soquinho na barriga de Petey.

— Seu porquinho gordo.

Ele riu. Ela pôs o rosto ao lado do dele, um rosto cheirando a sono e a umidade. Era isso mesmo que tinha de fazer, pensou Ellen, tinha de falar com seu pai.

— Ploc! — disse Petey de novo, ainda rindo.

Capítulo Onze

David estacionou o carro no lugar de sempre, com duas rodas na rampa de entrada da casa dos pais para não atrapalhar a passagem na rua. Lynne não gostava disso porque os pneus deixavam marcas quando estavam molhados, mas Ralph não se importava. Ralph, pensou David agradecido ao trancar as portas do carro, quase nunca se importava com as coisas se as razões fossem práticas.

Olhou por cima do carro para a fachada da casa, as janelas de esquadrias de metal que Ralph dizia que só mudaria quando fosse necessário, a varanda de tijolinho onde Lynne todo dia deixava um pequeno engradado de garrafas lavadas para o leiteiro, a trepadeira que Ralph plantara, despejando um pouco de gim com um copo de cristal e dizendo: "Essa trepadeira gosta de gim mais ainda que eu."

Deu a volta no carro e passou pelo canteiro para abrir o portão. Nathalie costumava se balançar pendurada naquele portão até ficar tonta. E ele ficava tonto quando subia de bicicleta até o fim da rua sem saída, a cem metros dali, e despencava ladeira abaixo sem tocar nos freios. Era uma pena que ser adulto significasse ser tão mais difícil ter uma sensação pura, e o fizesse voltar seus sentidos para as dúvidas e problemas da vida. Colocou sem sentir a mão na boca. Se despencasse de bicicleta pela Mortimer Close atualmente, teria medo de quebrar os dentes.

A luz estava acesa na carpintaria contígua à casa. O próprio Ralph a construíra um ano depois de se mudar para lá com Lynne, no ano em que começou o processo longo, lento e rigoroso de adoção de Nathalie. Durante meses e meses Ralph, de macacão, trabalhara até debaixo de chuva para construir a carpintaria, enquanto Lynne confeccionava cortinas e planejava o quarto de bebê. Para David, a carpintaria de Ralph era um verdadeiro santuário, onde todos os problemas pareciam solucionáveis com a virada de uma chave de parafuso, o aplainamento de bordas ásperas. David atravessou depressa o gramado em frente à casa — Lynne talvez o estivesse espiando — e abriu a porta da carpintaria.

Ralph estava sentado na bancada, de óculos, tendo à sua frente um manual com diagramas da posição da correia dentada no motor de carro.

— Oi, pai.

Ralph sorriu sem levantar os olhos do manual.

— Um roubo.

— O quê?

— As oficinas de carro cobram um dinheirão para encaixar essas coisas.

David foi olhar o manual por cima do ombro do pai.

— Olhe só isso — disse Ralph. — É uma moleza encaixar uma coisa assim.

— Só se você tiver as ferramentas certas.

— Exatamente — disse o pai, levantando-se e tirando os óculos. — E a Peugeot me venderia as ferramentas certas? Provavelmente não. — Passou o braço em torno dos ombros de David. — Como vai, filho?

David olhou para baixo.

— Não me pergunte isso.

— E as crianças?

— Bem.

— E Marnie?

— Pai, nós não andamos muito bem. Ninguém lá em casa.

Ralph baixou o braço, dobrou os óculos e enfiou-os no bolso da camisa.

— Engraçado, a gente não poder fazer nada quando se sente ameaçado...

— Não existe uma ameaça.

— Não é o que existe, mas o que se percebe. E só sabemos o que é quando a coisa nos atinge.

David suspirou.

— A meu ver, minha missão é só buscar fatos.

Ralph olhou para ele rapidamente.

— Ah!

— Minha adoção faz parte de coisas que ignoro sobre minha vida. Preciso saber certas coisas.

Ralph olhou para o teto da carpintaria, com as serras penduradas como se fossem um fileira recortada dos dentes de um dragão.

— Simples, não é?
— É.
— Só que não é simples, filho. Não são só fatos. São sentimentos.

David deixou os ombros caírem, deu uns passos e debruçou-se sobre o desenho da correia dentada.

— Pai, se a correia soltar de repente, pode destruir o motor.
— Não sou tão idiota assim — disse Ralph num tom carinhoso.

David pôs o manual de lado, irritado.

— Nem eu. O que na verdade me cansa é perceber que todos à minha volta pensam que meus sentimentos vão mudar quando eu souber quem é minha mãe biológica.
— Todos?
— Bem... Marnie. — Fez uma pausa, depois repetiu com tom infeliz e enfático — *Marnie.*
— Marnie — repetiu Ralph lentamente, virando-se e olhando para David. — O que a terá deixado abalada? Pensei que ela o estivesse encorajando.
— E estava, mas agora mudou. É... é como se estivesse se sentindo traída por eu escolher outra pessoa que não ela.
— Ah — fez Ralph.

David olhou sério para ele.

— Você *concorda* com ela?
— Não, mas compreendo. Nós todos temos inseguranças, não é? Todos temos facetas que nos assustam.
— *Você* não.
— Não esteja tão seguro disso.
— Bom, pai, você foi a única pessoa por aqui, ao que eu saiba, que não levou a coisa em termos pessoais...

— Eu não *sinto* que seja pessoal. Espero que tudo dê certo, mas não acho que você vá deixar de ser meu filho.

— É isso aí.

— Está tudo bem comigo, isso não me diz respeito — disse Ralph.

— Pai?

Ralph tirou os óculos do bolso da camisa e limpou-os com cuidado na manga.

— Se sua mãe um dia me deixasse — disse num tom de incerteza —, eu teria a mesma *posição* da Marnie.

— Mas, pai...

— OK, OK. Mesmo que você diga que é mais fácil um boi voar do que isso acontecer, *ainda* assim digo que eu não agüentaria.

David pôs a mão no braço de Ralph.

— Pai...

— Um cara medíocre que nem eu, perdendo tempo com bobagens, consertando coisas, nunca terminando nada, nunca surpreendendo sua mãe.

— Você não é medíocre...

— Tente se pôr no meu lugar — disse Ralph.

— Nathalie e eu achamos você o máximo — disse David sem jeito.

— Eu não o deixo frustrado, não o desaponto. O pai pode ser medíocre, mas muito influente na formação do filho.

David pôs o braço por trás dos ombros de Ralph.

— Mas a mamãe às vezes fica muito furiosa.

— É.

— Vim aqui principalmente porque estou me sentindo muito culpado com ela por ter procurado a Carole. Estou me sentindo muito culpado.

— Entre para o clube — disse Ralph, afastando-se um pouco de David. — Você é um bom rapaz, é um bom filho. Não veio ouvir uma bronca minha.

— Você não...

— Foi bom você vir. Foi bom pensar na sua mãe.

David hesitou.

— Nathalie veio aqui?

— Ela quis vir.

— Ah!

— Mas sua mãe não foi... muito justa com ela. Sua mãe sempre foi mais dura com Nathalie.

— Pai, você acha que eu e a minha irmã estamos fazendo uma coisa errada?

Ralph pôs os óculos.

— Não.

— Acha que estamos fazendo a coisa *certa?*

— Acho.

— Então por que me sinto tão culpado com a mamãe?

Ralph suspirou.

— Você e Nathalie foram o centro da vida dela. Tudo que ela sempre quis na vida foi ter filhos, tudo o que quis foi dar a vocês o que achava que tinham perdido. — Olhou para David e deu de ombros, depois disse bem baixinho: — É coisa demais para um filho agradecer.

— Então não é minha culpa?

— Não. Você vai ter de lidar com isso, mas não é sua culpa.

David olhou para a porta da carpintaria.

— Vai entrar em casa comigo?

Ralph olhou para o manual do carro.

— Daqui a cinco minutos.

Pôs as mãos na bancada e inclinou-se para ler as instruções.

— Quando estiver conversando com sua mãe, tente lembrar o que você significa para Marnie.

— Para *Marnie?*

— É. Para Marnie — disse, sem levantar os olhos.

— Desculpe o atraso — disse Steve da porta da sala. Nathalie estava sentada no chão segurando os joelhos, em frente a uma lareira a gás com troncos falsos que não deixava Steve tirar dali.

— Polly está dormindo?

Ela assentiu. Estava de perfil, deixando à mostra só parte do rosto, da testa e do cabelo farto e emaranhado.

— Você nunca se senta aqui, não é? — disse Steve cordialmente. — Chama essa parte da casa de sala da frente. Por que veio para cá?

— Porque tive vontade — respondeu Nathalie.

— Alguma coisa errada?

— Não, só tive vontade de ficar perto da lareira.

Steve passou a língua pelos dentes. Não havia dúvida de que ele cheirava a vinho; portanto, um beijo talvez fosse arriscado.

— Desculpe o atraso — repetiu.

— Você já disse isso.

— Eu queria ler para a Polly. Mas era dia do contrato do Gardentime. Eu lhe disse. — Fez uma pausa. Não estava dizendo exatamente uma mentira, mas tampouco toda a verdade. O contrato do Gardentime fora inconscientemente substituído — Steve tinha certeza disso — por um copo de vinho com Sasha. Depois daquele copo de vinho, ele de repente sentira que estava lidando muito bem com tudo na vida, em termos pessoais e profissionais, apesar de todas as complicações.

"Estou impressionada", tinha dito Sasha. "*Muito* impressionada. É muita coisa para enfrentar. E você está conseguindo. Está mesmo." Usava luvas pretas sem dedo, que tapavam parte dos anéis do polegar e tornavam os dedos estranhamente sedutores, como pernas em miniatura sem meias.

Nathalie soltou os joelhos.

— Polly não quis ouvir a história.

— Não?

— Polly não está me deixando fazer nada para ela se achar que é algo que eu gosto de fazer.

Steve hesitou. Pôs a mão no cachecol que enrolara no pescoço para voltar de bicicleta para casa. Ultimamente estava usando cachecol em volta das orelhas, à moda dos atores franceses.

"Ah, que imitação! Que vaidade!", Titus tinha dito.

— Quer que eu prepare o jantar? — perguntou Steve.

Nathalie levantou-se. Estava sem sapato, deixando à mostra um furo em uma das meias. Nathalie não costumava usar nada furado.

— Eu ia...

— Tudo bem — disse Steve, relaxando. — Não importa. Podemos fazer isso juntos.

Nathalie, de pé agora, de repente pareceu muito pequena e indefesa com aquela meia furada.

— Telefonei para ela — disse de supetão.

Steve largou o cachecol.

— Não tinha a intenção de telefonar, ia dar um tempo, ia telefonar quando você estivesse aqui, queria fazer tudo de forma bem medida e amadurecida, mas acabei telefonando.

Steve puxou o cachecol e jogou-o nas costas do sofá.

— E então?

— Acho que ela é do norte — disse Nathalie timidamente.

— É mesmo?

— Parece de... Newcastle. Tem sotaque de lá.

— Ah, sei.

Nathalie juntou as mãos como que num gesto de oração.

— Ela chorou.

Steve ficou surpreso.

— Chorou?

— Chorou muito. Disse que sempre pensou em mim, todos os dias. Disse que eu ia me chamar Samantha.

— Você sabia disso.

— Mas foi diferente quando ela falou.

— Oh, Nathalie! — exclamou Steve.

Nathalie tremia ligeiramente e apertava as mãos.

— Ela não conseguia parar de chorar no telefone. Perguntou se eu tinha raiva dela.

— O que você disse?

— Disse que não.

— E não tem mesmo?

— Não — confirmou Nathalie. — Dela não.

— Entendi.

— Ela tinha só 16 anos quando nasci. Pode imaginar?

Steve encolheu um pouco os ombros.

— Deve ter sido difícil.

— É — disse Nathalie. — É.

Soltou as mãos e contornou o sofá para ficar em frente a ele.

— Como você se sentiu? — perguntou ele.

— Não sei...

— Melhor? Um pouco melhor?

Ela fez que sim. Inclinou-se à frente e encostou o rosto no peito dele por cima do casaco grosso. Steve abraçou-a.

— Estou contente por você.

Ela fez que sim de novo.

— Um primeiro passo...

— É.

— Fiquei sentada aqui me lembrando de todo aquele choro — disse Nathalie. — Imaginei se eu tivesse de dar a Polly.

Steve abraçou-a mais forte.

— E pensei também que as mulheres conhecem o amor, mas de certa forma não confiam nele.

Steve engoliu em seco.

— Você podia *tentar* — sugeriu com uma voz cordial de novo.

— Isso tem alguma coisa a ver com querer ser amada?

Steve hesitou. Tinha falado com Sasha sobre seu encontro constrangedor com Lynne na hora do almoço, e Sasha ficara do lado de Lynne.

"*É um mito*", dissera Sasha, enfiando o dedo no copo de vinho tinto, "dizer que a mãe adotiva consegue o que quer. Mas a realidade é ausência de uma gravidez, de uma preparação, e toda uma vida de medos, pretensão e expectativa. Isso é conseguir o que ela quer? É realmente o que quer em primeiro lugar? Por que Lynne tem de passar por tudo isso se já passou antes?"

— Ao que parece — disse Steve com cuidado —, *ela* queria *você*.

— Estou começando a achar que sim.

— Que bom!

— E agora estou com fome.

— Que bom também.

Nathalie afastou-se de Steve e olhou para ele, sorrindo.

— Obrigada — disse

— Obrigada por quê?

— Por me agüentar.

— Mas eu realmente não... — disse sem jeito.

— Eu tornei as coisas difíceis.

— Nathalie, nada disso — replicou Steve deixando os braços caírem. — Agora é hora do jantar.

Deu um passo atrás e Nathalie passou por ele devagar, como se ainda estivesse profundamente concentrada em outra coisa.

— Não posso acreditar — disse, parando na passagem —, realmente não posso. Ela estava *chorando*. — Sua voz estava embargada.

Dobrando tiras de papel-alumínio nas mechas do cabelo recém-pintado de Carole Latimer, o cabeleireiro comentou que ela estava mais magra. Carole olhou-se no espelho, uma figura absurda com todo aquele papel-alumínio no cabelo, e achou que tinha emagrecido só no rosto e não estava bem. Parecia velha, cansada e angustiada, o que não era de surpreender, pois se sentia exatamente assim.

Caspar, que vinha de Klagenfurt, na Áustria, era o filho do meio de sete filhos e o favorito de sua mãe, disse que comia um pouco a cada três horas para seu corpo não se preocupar com comida e começar a armazenar gordura.

— É isso que acontece? — perguntou Carole, sem grande interesse. Não era seu corpo que a preocupava, mas sua cabeça, a cabeça que até então controlara com tanta confiança.

— Quase nada de carboidratos — falou Caspar, dobrando as mechas de cabelo com habilidade. — E muita proteína.

Carole sabia o que devia falar.

— A dieta Atkins.

— Funciona para todos. *Todos*. Todo mundo já tentou. — Olhou para Carole no espelho e viu seu próprio rosto endurecido por um corte de cabelo estranho. — Sem fruta. As frutas têm muito carboidrato.

Carole suspirou.

— Para mim não.

— A gente aprende a conhecer seu próprio metabolismo, não é?

— Imagino que sim — disse Carole. — *Se* tiver interesse.

Caspar pareceu ligeiramente chocado. Enfiou a última mecha de cabelo no papelzinho quadrado de alumínio e deu um passo atrás.

— Hora do aquecedor!

Carole fechou os olhos.

— Obrigada.

— Vinte minutos, querida — disse, dando um tapinha no ombro dela. — Não se distraia.

Carole estremeceu. As primeiras vezes em que fora àquele salão, quase vinte anos atrás, sentia que o tempo em que ficava na cadeira era um luxo absoluto, sem telefonemas ou perguntas, um tempo que ela, e até mesmo o marido, considerava seu, aquele tempo que as mulheres vaidosas devem se reservar regularmente, sem explicações. Mas agora era tão diferente e também tão assustadoramente familiar dos dois mundos distintos do seu passado, que as três horas no salão para tingir o cabelo de louro-escuro para louro-pálido — com que objetivo além do hábito? — não representavam mais uma fugida abençoada e restauradora, e sim uma tentativa de se prender aos pequenos rituais superficiais que lhe davam a ilusão de que ela não estava desabando. Afinal, quem está desabando não descolora o cabelo, não guarda toalhas na rouparia da sua casa conforme os tamanhos e não toma suco de laranja religiosamente toda manhã, não é?

Sentiu o agradável calor em volta da nuca vindo do aquecedor.

— Obrigada — disse, sem abrir os olhos.

A mão de Caspar manteve-se um instante no ombro dela.

— Aproveite, querida.

Ela meneou a cabeça em sinal de assentimento, fazendo os papeizinhos de alumínio vibrarem.

— Quer que eu venha te buscar? — Connor tinha perguntado quando ela saiu do apartamento. — Por que não toma um táxi lá e depois eu a pego?

— Obrigada — tinha dito ela —, obrigada, mas nunca sei quanto tempo vou levar para fazer as mechas, obrigada.

Obrigada. Era tudo que parecia conseguir dizer a ele agora, obrigada e desculpe. Desculpe por eu ter amado outro homem, por ter feito sexo com outro homem, por ter tido um bebê de outro homem. Desculpe por ter dito que tinha abortado o bebê, por não dizer que o bebê nascera, por não ter contado que o bebê estava vivo. Obrigada por me aceitar quando Rory me descartou, obrigada por ter se casado comigo e me tornado uma mulher respeitável, por ter me tornado esposa e mãe. Obrigada por ter me dado oportunidade de seguir uma carreira, por me estimular, por me elogiar para os outros. Desculpe não ter te dado um décimo do amor que dei a Rory, obrigada por não perguntar e eu não ter de dizer que me ressentia daquele bebê ter me afastado de Rory, desculpe por eu não amar Martin, obrigada por ser capaz de amar Martin, desculpe por todas essas cenas recentes, obrigada por não me mandar embora, desculpe, obrigada, desculpe. Oh, *meu Deus*, pensou Carole, fechando as pálpebras com força, será que existe algum canto da minha vida para me esconder onde não haja um preço a pagar?

Desde aquela noite horrível em que ela finalmente contara a verdade sobre o bebê de Rory, Connor agia de forma *majestosa* — essa era a palavra que lhe vinha à cabeça. Ficara assombrado, é claro, estonteado e horrorizado, sentado ali na *bergère* com o robe de caxemira, segurando a carta de Elaine Price que dizia a Carole que seu filho, David, gostaria de entrar em contato, caso ela se dispusesse a isso. Manteve-se sentado ali, com a carta na mão e os olhos marejados de lágrimas, sacudindo a cabeça. Parecia estar recebendo a notícia de uma morte, não de uma vida. Carole ficou agachada na ponta do sofá, observando-o, imaginando o que faria quando ele tomasse uma atitude. Era a mesma sensação do dia em que Rory falou que não queria ficar preso a um bebê. Apesar de todos os seus esforços para não se considerar uma vítima, uma força arbitrária tinha surgido no horizonte e a abatido. Mas é claro que não era uma força arbitrária. Era amor, uma paixão vulnerável, suplicando um amor que ninguém em seu juízo normal deveria querer, mas que era maior que qualquer outro amor que teve na vida. Carole via Rory agora como um monstro, via sua autodestruição, sua terrível negligência com os outros, sua inconstância quase criminosa. Mas não conseguia sentir-se indiferente a ele nem esquecê-lo. Quando se lembrava, grandes massas de intensidade — ela não se importava mais em defini-las — obstruíam sua mente e sua respiração. Sabia que nunca seria capaz de ficar numa mesma sala com ele. Não ousaria. Não seria capaz de confiar em si própria, mesmo sabendo o tipo de homem que ele era, o tipo de homem que talvez não pudesse deixar de ser.

E com Connor? Connor era mais confiável nesse sentido, nunca a decepcionava, nunca brincava com seus sentimentos, nunca a explorava. Mas exigia que ela reconhecesse que, devido ao seu passado, ao que tinha *feito,* ele estava em posição moral de dar as cartas. Depois de uma eternidade sentado ali, olhando a carta de Elaine Price como se fosse um personagem horrorizado em um melodrama vitoriano, Connor levantou-se e foi sentar-se ao seu lado no sofá. Carole ficou olhando para os joelhos debaixo da camisola de lã azul, como se eles representassem uma prova da sua existência pouco discernível em meio àquele caos.

Connor não tocou nela. Colocou a carta respeitosamente em cima da mesa de centro, sem mostrar raiva, e disse num tom grave:

— Não vou censurá-la.

Fez-se silêncio. Carole parou de olhar para os joelhos, sentindo ondas de fúria. Ele não ia censurá-la! Não ia censurá-la por uma coisa acontecida muito antes de se conhecerem, que fazia parte de uma vida que ele não podia — não devia — reivindicar! Como ousava...

— Você me ouviu?

Ela fez que sim.

— Acho... que compreendo por que você não me contou a verdade — continuou Connor, ajeitando o laço do cinto do seu robe.

Ela mordeu o lábio. Qualquer que fosse a verdade agora — qualquer que seja sempre a verdade — ela não falara a ninguém sobre o bebê, pois na época, inaceitavelmente, não queria aquele bebê. Queria o pai do bebê. Com a ajuda de uma amiga, fora ter o bebê em um convento estranho no leste da Inglaterra, onde não teve nem de dar seu nome, onde as pessoas eram inquestionavelmente aceitas como gente comum. Ela se lembrava das praias com dunas próximas ao convento, do Mar do Norte nublado e amarelado, das gaivotas, e do seu terror de olhar para o bebê caso, caso...

Lutou contra seus sentimentos.

— Eu ouvi — disse a Connor. — Ouvi. Obrigada.

Ele trouxe conhaque servido em um copo antigo arredondado e forçou-a a beber como se fosse um tônico medicinal. À medida que foi tomando o conhaque, tornou-se cada vez mais solícito, quase possessivo, conversando como conversara na primeira vez em que se viram, com uma voz grave e emocionada, própria do salvador do anjo ferido e caído.

— Você vai ver esse rapaz? — perguntou, segurando a mão dela.

— Não sei.
— Acho que não devia.
— Não tenho certeza se quero...
— Acho que não devia.
— Não consigo pensar — disse Carole.
— Não, não. É claro que não. Agora não. Mas quando puder, acho que não devia.

Então aconteceu o que sempre acontecia quando Connor sentia uma renovada afirmação de controle, uma suave sensação do seu verdadeiro poder transmitido com grande graça. Carole sempre gostara de sexo, gostava da posse física que indicava saúde e apetite. Mas naquela noite, deitada na cama de casal, olhando para o teto debaixo do ombro energético e triunfante de Connor, ficou imaginando se seria capaz de sentir o significado do sexo de novo.

O timer do aquecedor apitou baixinho e o calor no pescoço de Carole começou a diminuir. Ela abriu os olhos e viu pelo espelho Caspar, quatro espelhos adiante, conversando animadamente com uma moça de calça de couro, alisando meticulosamente, quase com reverência, seu cabelo comprido cor de cobre. Carole suspirou, virou a cabeça para a frente e sentiu os papeizinhos de alumínio encostarem no seu pescoço. O celular começou a tocar na bolsa que estava aos seus pés. Pensou em ignorar a chamada, devia ser Connor planejando buscá-la no salão na sua Mercedes, planejando uma taça de champanhe de surpresa no Ritz ou uma visita à galeria St. James' para ver umas gravuras marinhas que ele achava tão charmosas. Mas se ignorasse Connor, teria de dar uma explicação mais tarde, uma justificativa e uma desculpa. Remexeu a bolsa e encontrou o telefone.

— Alô?
— É Carole Latimer? — disse uma voz de homem.

Ela se ajeitou um pouco na cadeira.

— É...
— Não pretendo assustar você, mas Elaine disse que eu podia telefonar. Disse que você não se importaria que eu telefonasse. — Houve uma pequena pausa, depois ele disse: — Eu sou o David.

Carole agarrou o telefone. Não conseguia se olhar, não conseguia ver aquele rosto grotesco no espelho, um rosto distorcido. Abriu a boca para dizer alguma coisa sem importância para ganhar um momento, ou até mesmo uns segundos, e ouviu-se dizendo com um tom de voz que mal reconheceu:

— O que você quer?

Fez-se silêncio do outro lado da linha. Carole engoliu em seco. Não podia se desculpar imediatamente, não podia começar todas aquelas desculpas fatais de novo, tudo de novo, agora não, não com aquele adulto, aquele *filho* crescido do outro lado da linha.

— Não quero incomodar — disse David. — Elaine falou...
— Sei.

"Você realmente acha", Elaine Price dissera ao telefone com aquele tom de bondade e firmeza que Carole achava difícil resistir, "você realmente acha que seu filho vai desistir? Não acha que ele tem o direito de saber de onde veio?"

— Desculpe — disse ela a David.

— Tudo bem.
— Oh...
— Venho juntando coragem há anos. Não sei por que, mas de repente achei que conseguiria. Sou paisagista e nesse momento estou plantando uma sebe. Comecei a pensar em você e resolvi ligar.
— Sei.
— Sempre imaginei quem você seria — disse ele num tom tímido.

A moça do cabelo cor de cobre levantou-se e virou o rosto para Caspar beijar. Eles se despediram rindo, e Caspar foi andando na direção de Carole, alisando com a mão seu cabelo tosado.

— Acho que não posso falar agora...
— Posso telefonar de novo? — perguntou David.
— Talvez...
— Fica a seu critério. Não posso entrar na vida de alguém, pegar o que quero e dar o fora.
— Não.
— Afinal, não conheço suas circunstâncias. Não sei como é a sua vida.
— Lindo — disse Caspar, empurrando o aquecedor para trás. — Lindo. Ficou no ponto exato.
— Em outra hora — disse Carole para David. — Em outra hora. — Fechou o telefone com pressa e sorriu para Caspar no espelho.
— Tudo bem, querida? Você está muito pálida — disse Caspar.

Capítulo Doze

Meera gostava de trabalhar no estúdio de Steve Ross. Gostava em termos profissionais — pois ser indispensável e capaz de manter a ordem lhe agradava — e gostava da sua mesa no canto, longe do barulho da rua vindo das janelas da frente e com uma confortável vista de toda a sala. De onde se sentava, com uma parede por trás e à esquerda da sua mesa, tinha uma visão direta da porta que dava na escada e das mesas de Justine e Titus. A mesa de Steve era oculta em parte pelo computador de Titus, mas mesmo assim Meera podia ver se ele estava trabalhando, falando no telefone, pensando ou olhando para aquelas vigas antigas do teto que lhe pareciam meio bárbaras.

Tinha aprendido em casa a observar calada. Tinha aprendido, naquela casa barulhenta e apinhada, nos fundos da próspera loja da esquina dos seus pais, que a forma de progredir na vida era não se misturar. Sendo a quarta criança — a terceira filha — de uma família de cinco, observara o irmão e as irmãs mais velhas brigarem para posições mais vantajosas naquele negócio aberto 16 horas por dia, que empregava parentes e também a família imediata. Meera, esguia como sua avó materna, preferiu bem cedo se retirar daquele campo de batalha confuso. Não era particularmente ligada aos livros, mas era boa em organização e sabia manter a boca fechada.

"Meu Deus", dissera seu pai quando ela estava com 12 anos, possivelmente o único elogio que lhe fez na vida, "você é a única pessoa da família que não me deixa maluco."

Quando ela fez 14 anos declarou aos pais — não foi bem uma declaração, apenas um comentário — que não ia trabalhar no negócio familiar. Queria trabalhar em um escritório e ia se concentrar nos seus conhecimentos de informática. Gostaria muito de ajudar na contabilidade, mas não queria organizar prateleiras nem brigar com as irmãs para ver quem ficava trabalhando à noite nos fins de semana. Esperava uma forte reação da parte dos pais, mas não houve. Olhou para os rostos deles, marcados pelo cansaço, e viu uma espécie de alívio naqueles olhos, uma certa admiração ainda que relutante. O pai esticou a mão para ela, apontando com o indicador.

"Só não vá se casar com algum maluco, hein?"

"É claro que não" respondera Meera.

É claro que não, ainda pensava dez anos depois. Ela era independente agora, dividia um apartamento em Westerham com uma amiga advogada e ia para casa aos sábados para que sua mãe contasse e revivesse os dramas da semana. Naturalmente se casaria um dia, como os pais esperavam, mas não com um dono de loja. Pretendia casar-se com um profissional de sua própria raça e religião, que pudesse ajudá-la a continuar a ter o tipo de vida que escolhera. É claro, gostaria dele, mas não precisava que ele se ajoelhasse aos seus pés e a deixasse fora de si. Esse tipo de amor avassalador era uma coisa que achava não apenas incompreensível, mas também quase intolerável. Como se podia perder a cabeça e entregar-se a uma emoção que não levava a nada, senão desgraça e humilhação?

Levantou a cabeça e olhou em volta do estúdio. Steve não estava — o que não era bom para a produtividade da empresa, na sua opinião — e era absolutamente evidente que Titus e Justine enviavam-se e-mails amorosos das suas mesas, que ficavam no máximo a oito metros de distância uma da outra. Titus estava de costas para Meera, mas mesmo assim ela sentia sua animação e podia ver o que estava acontecendo. Justine nem ao menos fingia estar se ocupando de outra coisa. Seu rosto estava iluminado, inclinado para a tela, e o cabelo da nuca encrespava-se como que em resposta ao seu prazer.

Meera estalou a língua, não em sinal de desaprovação, mas de profunda exasperação. Mesmo abstraindo-se de eles estarem no horário de trabalho, dava pena ver Justine tão encantada com Titus que não conseguia ou não queria ver que aquilo não passava de uma diversão para ele. Titus não era mau rapaz, mas era o tipo de homem extremamente direto. Meera o observava havia anos e sabia que quando seus desejos masculinos eram frustrados, ele usava o caminho mais fácil para se gratificar com outra mulher. Era evidente que aquela moça alta e bonita — louras grandes eram quase andróginas para Meera — estava se tornando difícil e que Titus, frustrado, voltou-se para outra mais receptiva. Justine, apesar de declarar que não suportava homens como Titus, estava sendo muito receptiva mesmo.

Era um mero jogo, considerou Meera, e os jogadores se equiparavam; o único senão era estarem jogando no horário de trabalho. Mas depois de observar Justine nas últimas semanas, Meera sentiu que aquilo não era um jogo para ela, e o que estava preocupando Steve no momento tampouco era um jogo para ele. Justine estava sendo atraída pelo amor, estava se apaixonando por Titus, e Titus, embora não fosse cruel, podia ser facilmente indiferente. Talvez para Justine, de formação precária, a espontaneidade e a rica formação de Titus representassem a atração dos opostos. Talvez ela gostasse da coisa que Meera mais detestava — o perigo. Talvez — e Meera vira muitas moças assim — precisasse apenas ser abertamente cortejada.

Meera levantou-se, mas nenhum dos dois notou. Pegou a bolsa e foi andando bem devagar até chegar junto de Titus. Justine olhou para ela, animada e culpada.

— Não é uma boa — Meera disse para Titus.

Ele não se virou, mas ficou parado.

— E não diga que estou espionando. Este escritório é todo aberto.

— Eu não ousaria dizer isso — replicou Titus.

— E não ousaria se comportar assim se Steve estivesse aqui.

Justine baixou a cabeça e Titus virou-se ligeiramente.

— Tente não ser tão puritana, minha flor.

— Pare com isso — falou Justine baixinho.

Meera virou-se e foi andando para a escada. Titus não olhou para Justine.

— Se Steve estivesse aqui. Se Steve parasse aqui... — disse, olhando para o espaço com a boca apertada.

Justine deixou cair os ombros.

— Onde ele está?
— Você não vai querer saber — disse Titus, furioso. — E nem eu.

Lynne estava sentada na ponta do sofá creme de couro, na sala de cima do Royal Oak, com uma xícara de chá e um biscoito amanteigado na mão.
— É industrializado — disse Evie. — Não tenho feito muita coisa de forno ultimamente.

Lynne deu uma dentada no biscoito e olhou para o chão, preocupada com possíveis migalhas caídas. As flores e treliças junto dela mostravam que tinham sido limpas há pouco com aspirador.
— Acho que não faço um bolo desde que as crianças saíram de casa...
— Se eu fiz um — disse Evie —, só o Ray comeu e ele já está bem gordo. Não se importe com as migalhas. Eu devia ter servido o biscoito num pratinho.

Lynne colocou o biscoito no pires.
— Foi muita gentileza sua vir me ver.

Evie olhou para ela. Tinha ficado muito surpresa quando Lynne telefonou, e mais surpresa ainda quando perguntou se podia ir à sua casa. Não que as duas não se dessem bem, mas ela sabia que Lynne não se esquecia da diferença entre morar em Royal Oak e morar em uma casa em Ashmore Road. Além disso — e as antenas de Evie eram ainda mais ligadas para essa distinção que para a distinção social —, Lynne sempre deixara que Evie soubesse que, como avó de Polly, ela era inquestionavelmente a *primeira* avó, na sutil classificação dessas coisas.

Mas vendo Lynne agora na ponta do sofá, preocupada com as migalhas de biscoito no tapete — nenhuma das suas raras visitas teria a gentileza de se preocupar com esses detalhes —, sentiu pena dela. Não importava o passado, não importava o questionamento sutil da primazia sobre Polly, não importava qualquer tipo de insegurança baseada em bobagens, aquela mulher sentada ali parecia perdida e infeliz, e isso mexeu com seu coração. Ela se inclinou para a frente e disse:

— Fique à vontade, querida.

Lynne olhou para o sofá em dúvida.

— Se sentar mais para o fundo do sofá, vai se sentir melhor.

Lynne recostou-se um pouco no sofá de couro. Evie observou-a como observava Polly quando ela dava os primeiros passos para subir no escorrega do playground, nos fundos de Royal Oak.

— Pronto.

— Espero — disse Lynne, permitindo-se relaxar um pouco nas almofadas brilhantes do sofá —, espero que você saiba por que vim aqui.

— Bem, eu faço uma *pequena* idéia...

— Eu não estou certa de mim mesma. Sabia que precisava falar, sabia que precisava falar com alguém que conhecesse a situação. Mas não sei realmente o que estou procurando.

— Nós todos estamos um pouco apreensivos — disse Evie, levantando a tampa do bule de chá na bandeja e olhando dentro. — Quando digo todos, estou excluindo Ray. Ele nunca fica apreensivo, a não ser que seja uma coisa ligada ao seu negócio. Ray tem bom humor, mau humor, e nada mais. Depende dos negócios do dia.

Lynne inclinou o corpo e colocou a xícara de chá no assento.

— Ralph não faz idéia das coisas.

— Não?

— Não consegue ver...

— Não?

— Não consegue — disse Lynne, elevando a voz de repente — perceber como me sinto vendo meus dois filhos agindo juntos. Não consegue perceber o que significa para mim ver os dois tão animados. Evie, acho que nunca vi meus filhos tão *felizes. Felizes* — falou, virando-se para ela.

Evie recolocou a tampa no bule de chá.

— Ainda é cedo... — disse.

— Para quê?

— Para estarem felizes — explicou Evie. — Ainda não conheceram suas respectivas mães.

— Mães — disse Lynne. — *Mães.* Como vou poder competir com *duas mães?*

Evie levantou-se, aproximou-se do sofá de couro para pegar a xícara de chá de Lynne, depois se sentou de novo.

— Não é uma questão de competição, querida.

Lynne suspirou.

— Você criou os dois — continuou Evie. — Levou-os para sua casa, cuidou deles, levou-os para o colégio e ensinou-os a viver no mundo. Foi a *mãe* deles. Ninguém pode tirar isso de você.

— Mas eles não nasceram de mim. *Ninguém* nasceu de mim.

— Isso é só o começo da vida. Eu sei que conta, mas não conta para tudo. É o resto que conta, o que você fez por Nathalie e David.

Lynne pegou um lenço de papel no bolso.

— Não é a mesma coisa que pertencer. Nada fará com que eles pertençam a mim como pertencem a *elas*.

— Bobagem — disse Evie.

— Está tudo muito bem...

— Não venha com isso — disse Evie. — Nem *comece*. Veja a minha Verena. Pense na minha Verena. Ela é minha filha biológica, tudo bem, mas se você lhe perguntasse agora se ela achava que pertencia a mim, ela riria na sua cara. Nós não pertencemos a ninguém. A ninguém, a não ser a nós mesmos.

Lynne baixou a cabeça.

— Tudo isso me lembra...

— É claro.

— E acho difícil ver meus filhos tão animados...

— Bem, tente ficar apenas irritada com isso. Tente pensar que é uma infantilidade. Não se deixe perturbar.

— É mesmo.

— Eles ainda não chegaram ao meio do caminho. Não estão nem a um quarto do caminho.

— Não.

— Sabem os nomes das mães. Falaram com elas pelo telefone. É como um artigo de Corações Solitários, a meu ver.

— Uma é professora de artes — disse Lynne. — A outra é administradora de empresas aposentada. Em Londres.

Evie fungou.

— Isso pode significar qualquer coisa...

— Significa, em ambos os casos, uma coisa completamente diferente do que eles conhecem. Eu não trabalho com artes. E não sei administrar um negócio para salvar minha vida.

— Eu disse que isso não é uma competição — falou Evie, olhando direto nos olhos de Lynne. — Você é a mãe deles, foi você quem os criou, e *está acabado.*

— Mas a Polly...

— Polly mora aqui. Nós moramos aqui. Conhecemos Polly desde que ela tinha quatro horas de vida.

— É.

— Vou lhe dizer — falou Evie, inclinando-se para a frente —, se eles quiserem se meter a engraçadinhos com Polly, vão ter de enfrentar Ray, e não vão gostar disso. Ninguém gosta.

Lynne deu um sorriso sem graça.

— Meu Deus...

— Você tem de parar de se preocupar.

— Eu sei...

— Tudo isso vai passar — declarou Evie, dando um tapinha na mão de Lynne. — Eles vão preencher essas lacunas que os deixam tão obcecados, depois tudo vai passar. Você vai ver.

Lynne olhou para cima e segurou a mão de Evie.

— Obrigada — disse. — *Obrigada.*

Evie sorriu e apertou a mão de Lynne. Era bom perceber que ela estava melhor, mas era também um pequeno triunfo.

— Polly vem para cá no sábado — disse. — Dois sábados seguidos.

Petey sentou na banheira e encheu devagar um frasco vazio de xampu com a água do banho, apertou o frasco junto da borda da banheira e a água derramou no chão do banheiro. Afinal, não havia ninguém naquele momento cuidando dele. Daniel fora encarregado de vigiá-lo e esforçara-se bastante no início, ajoelhado ao lado da banheira brincando de despejar o xampu diretamente no umbigo de Petey até ele espernear. Mas quando Petey encontrou três presilhas de cabelo de Ellen na saboneteira e quis prender o cabelo com elas, Daniel não deixou, por alguma razão nem compreensível nem aceitável para ele. Petey insistiu, Daniel se opôs, Petey gritou, Daniel gritou também e saiu do banheiro. Quando foi embora, Petey prendeu o cabelo com as presilhas acima da testa e voltou a encher o frasco de xampu com água.

— Onde está o Daniel? — perguntou Ellen da porta. Vestia jeans e um moletom rosa com capuz, que Petey achava muito bonito, com a palavra "Sugababes" escrita na frente em lantejoulas.

Petey envesgou os olhos e colocou o gargalo do frasco de xampu na boca.

— Não beba a *água do banho* — disse Ellen, zangada.

Petey sorriu para ela e esticou a mão para mexer nas presilhas de cabelo.

— Você está ridículo — disse Ellen, virando-se e gritando por cima do ombro. — *Daniel!*

— Ele está na cozinha — disse David do patamar da escada.

— Devia estar aqui cuidando do Petey.

— Não é mais simples você mesma fazer isso?

Ellen suspirou.

— Esse é o *problema...*

David entrou no banheiro e abaixou-se para beijar a cabeça de Petey.

— Você está parecendo uma fadinha.
Petey abaixou as pestanas.
— O chão está *ensopado*...
— Pode deixar que eu seco — disse David.
Ellen começou a passar sabão em uma flanela e disse num tom de voz que lembrava o da mãe:
— Tem um pano debaixo da pia.
— Eu sei.
— Só estou te lembrando...
— Eu *sei* — repetiu David.
Ellen pegou uma das mãos de Petey, coberta de riscos verdes e roxos de canetas de colorir.
— Sobra sempre para mim. Eu não me importo de fazer isso, mas me importo com essa *imposição*.
David ajoelhou-se ao lado dela no chão, segurando o pano.
— De cuidar do Petey?
— Petey! — gritou o menino mexendo nas presilhas.
Ellen pegou a outra mão dele.
— É. Mas há outra coisa também.
David encharcou o pano nas poças d'água do chão.
— Qual é a outra coisa? — perguntou com cuidado.
— Você sabe — disse Ellen, esfregando a mãozinha do irmão. — Você sabe do que estou falando. Pelo menos devia saber, se pensasse em *alguma outra coisa* além do xadrez.
David levantou-se e espremeu o pano de chão na pia.
— Está falando de sua mãe, não é? — disse, de costas para Ellen.
— É.
— Em que... sentido exatamente?

Ellen fez Petey levantar-se para ensaboar seu corpo.

— Será que tenho de soletrar para você? — respondeu irritada.

— Não — disse David. — E também não tem de ser grosseira assim.

Ellen virou-se para olhar para ele, ainda segurando Petey no banho.

— Estou cheia! — gritou. — Estou cheia de ninguém tomar conhecimento de nós, de ver você tão obcecado com o xadrez que não pensa em outra coisa, e ver a mamãe tão distante por sua causa que deixou de ser uma mãe sufocante e passou a ser uma mãe absolutamente ausente! Estou cansada de ter de juntar os cacos!

Petey deixou cair o frasco de xampu e começou a chorar. Ellen deu um suspiro irritado e soltou a mão dele. Petey sentou-se na banheira abruptamente, soluçando.

David atravessou o banheiro com uma toalha na mão — não a de Petey — e abaixou-se para tirar o filho do banho.

— Essa não é a minha toalha!

— Não importa.

— A mamãe...

— Não *importa* — disse David, ajeitando o corpo e enrolando Petey na toalha, muito sem jeito.

— Eu não quis ser grosseira, mas fui muito franca — explicou Ellen baixinho.

— Eu sei.

Ela olhou para o pai e perguntou em uma voz menos confiante:

— O que está acontecendo com a mamãe?

David sentou-se no tampo do vaso sanitário com Petey nos joelhos. Petey continuava choramingando, com os dedos na boca.

— Ele está querendo o paninho de dormir — disse Ellen.
— Isso pode esperar...
— Não pode. Do contrário, vai começar a gritar. Vou buscar.
— Obrigado — falou David, tirando as presilhas do cabelo do filho. Petey arregalou os olhos, pronto para protestar, mas lembrou em que joelho estava sentado e simplesmente continuou a choramingar.
— Pronto — disse Ellen, estendendo o paninho de dormir do irmão. — Papai?
— O quê?
— O que a mamãe tem?

David enrolou o corpo todo de Petey na toalha e segurou-o com força.

— Eu estava pensando em lhe contar. Ia contar para você...
— O quê? — perguntou Ellen num tom cortante.
— Não é o xadrez.
— Ah, não?
— Não. Eu sei que jogo demais e que vocês todos estão cansados de mim, mas não é isso.

Ellen apoiou-se na parede e puxou o capuz do moletom para a frente, cobrindo todo o cabelo e sombreando o rosto.

— O que é então?

O rosto de David estava encostado no alto da cabeça de Petey.

— Você sabe que fui adotado. Sempre soube que fui adotado.
— E daí?

— E acha que sabe exatamente o que significa ser adotado?
Ellen suspirou.
— É claro.
— Então me diga.
— Significa — disse Ellen num tom elaborado de tédio — que sua mãe não pôde ficar com você e o entregou para o Sr. e a Sra. King; depois que eles morreram em um desastre de ônibus na França, você foi dado para a vovó e o vovô, que o criaram e são seus pais, fim de papo.
David fechou os olhos.
— Não é exatamente isso.
Ellen mexeu nas lantejoulas do moletom.
— E criaram a Nathalie também.
— Mas não é só isso. Há uma outra coisa. Minha mãe, a mãe de quem nasci, ainda está viva.
Ellen parou de mexer nas lantejoulas.
— O nome dela é Carole e mora em Londres — continuou David, agarrado em Petey.
Fez-se uma pausa, depois Ellen disse:
— Como você sabe?
David abriu os olhos.
— Falei com ela.
— *Falou* com ela?
— Falei, pelo telefone.
Ellen virou-se aos poucos até encostar-se completamente na parede, depois deslizou o corpo e sentou-se no chão.
— Por quê?
— Como por quê?
— Por que falou com ela?

— Porque quis — respondeu David.

Ellen pôs a cabeça nos joelhos dobrados, e sua voz saiu abafada.

— Mas ela o entregou para adoção.

— Sei disso.

— Eu não falaria com uma pessoa que tivesse me entregado para outra.

— Eu queria saber as razões dela — disse David, esfregando os dedos dos pés de Petey com a toalha. — Deve haver razões para se fazer uma coisa assim. Pense só, entregar Petey para alguém — disse, agora num tom jocoso.

— Isso não tem graça — falou Ellen.

— Não. Não tem graça.

— Quem deu o número do telefone dela?

— Uma pessoa chamada Elaine Price, especializada em ajudar filhos adotados a encontrar as mães, os pais, se eles quiserem.

Ellen virou um pouco a cabeça.

— Por que você quis?

— Eu queria saber.

— Saber o quê?

— Onde nasci, o que aconteceu, quem era meu pai.

— Por quê?

David levantou o braço de Petey para secar por baixo.

— Você não ia querer saber?

— Eu sei — disse Ellen.

— Exatamente. E se não soubesse, não ia querer saber?

Ellen virou-se de lado e enroscou-se no chão.

— Mas você tem a gente — disse, com voz de criança.

David suspirou.

— Ellen, isso aconteceu *antes* de você. Antes mesmo de pensarmos em ter você. Quando eu era menor do que Petey é hoje. É a história da minha infância.

Ellen deu um puxão no capuz.

— Como era o nome do seu pai?

— Não sei.

— E sua mãe não sabe?

— Falei só dois minutos com ela no telefone. Não chegamos a esse ponto.

— Como era a voz dela?

— Parecia nervosa.

— Por quê?

— Acho que não sabia o que eu queria.

Ellen rolou o corpo para junto dele e pôs a mão em um dos pés de Petey, que olhou para ela chupando o dedo.

— E o que você queria?

— Eu já disse, queria saber minha história.

Ellen sentou-se devagar. Seu capuz escorregou para trás, deixando todo o seu rosto de fora.

— O que vai acontecer?

— Não sei.

— Você vai nos contar? — perguntou com incerteza.

— É claro. Eu devia ter contado muito antes, provavelmente. Devia ter contado quando Nathalie teve essa idéia.

Ellen levantou a cabeça e soltou o pé de Petey.

— Nathalie...

— É. A mulher que faz a busca encontrou a mãe dela também.

— Ah!

— Quer saber o nome dela?

— Não — falou Ellen com insegurança. — Antes *tivesse sido* o xadrez.

David olhou para Petey.

— Desculpe.

Ellen foi saindo do banheiro, de repente parecendo uma criança, a criança de 12 anos que realmente era e não a de 14 ou 15 pela qual se fazia passar para o mundo.

— Vou procurar a mamãe — disse.

Daniel tirou a perna direita de debaixo de Ellen, que dormia, e cruzou-a sobre a perna esquerda. Tinha se surpreendido quando ela entrara no seu quarto enquanto todos dormiam e ele ouvia um jogo de críquete no rádio, debaixo das cobertas. Tinha se surpreendido mais ainda quando ela fora direto para a sua cama e ele notara, pela lanterna que mantinha acesa no quarto, que ela tinha chorado.

A noite tinha sido horrível para todos, com aquele problema sobre a mãe biológica do seu pai, e ele quis sair da sala até esgotarem o assunto e passarem a conversar sobre coisas normais de novo. Não era tanto o fato do seu pai ter outra mãe que o perturbava — mesmo Daniel podia ver que tudo, inclusive os hamsters, tinham uma mãe biológica —, mas seu olhar quando ele tocou no assunto durante o jantar. E o olhar de sua mãe, que não combinava com o de seu pai, e Ellen sem dizer nada, achatando a batata cozida com o garfo até se tornar uma massa informe que ninguém teria vontade de comer, a não ser que estivesse morrendo de fome. Havia alguma coisa errada — muito errada — com o fato de seu pai estar tão tomado por uma coisa que eles não podiam partilhar, uma coisa que era só dele e importante só para ele. Daniel não se interessava nada pelos sermões da mãe sobre a importância da lealdade e do interesse comum na vida familiar; ela dizia que as famílias fazem coisas juntas, que a família é um clube para onde se pode sempre ir. Seu pai, no jantar, parecia francamente um membro feliz do clube do eu sozinho.

Todos haviam ido cedo para a cama. Daniel achou que ninguém estava especialmente cansado — ele decerto não estava —, mas que não havia outra coisa para se fazer ou dizer. E estava na cama havia mais ou menos uma hora, esperando o comentário de Jonathan Agnew sobre o críquete da Austrália, quando a porta abrira e Ellen entrara. Sem uma só palavra, deitara-se na cama dele junto à parede e enfiara-se ao seu lado debaixo do edredom.

— Uau, seus pés estão gelados — dissera ele.
— Eu estava no quarto de Petey sentada no chão.
— Por que não levou o edredom?
— Porque não quis.
— Porque não *pensou*.
— Não, porque não *quis*.

Ellen virou de lado até ficar de frente para Daniel, e ele acendeu a lanterna na cara dela.

— Você estava chorando.

Ellen fechou os olhos, respirou fundo, depois disse com raiva:

— Eu não *quero* essa mulher.
— *Quem?*
— Essa vovó mãe do papai.

Daniel iluminou o teto com a lanterna, na mancha enferrrujada onde tinha uma vez conseguido enfiar com uma régua de plástico um pedaço de chocolate derretido em um dia quente.

— Nós não temos que querer.

— O quê?

— Ela não tem nada a ver conosco — disse Daniel. — Não tem *nada, nada* a ver conosco.

— Tem sim, por causa do papai. Ela *é* alguma coisa para nós.

— Não para mim — disse Daniel, enfático.

— Você vai ter de aceitar isso.

— Não vou aceitar. Vou para o Canadá.

— Oh, vai usar a vara mágica de Harry Potter e sumir para o Canadá.

— Você pode ir também. E o Petey.

— E a mamãe.

— É claro.

— Mas não quero ficar sem o papai. E não quero que o papai fique *assim*.

Daniel desligou a lanterna. Ocorreu-lhe perguntar a Ellen por que o pai deles queria fazer uma coisa da qual eles não queriam participar, não podiam participar. Mas então percebeu que Ellen também não saberia responder, e que se estava ali na sua cama, usando espaço demais, era precisamente *porque* não sabia a resposta. E, como ele, não gostava da pergunta.

Depois de um tempo, Ellen começou a fungar. De início Daniel achou que ela estava chorando de novo, mas então notou que roncava baixinho; dormia de boca aberta, ocupando quase todo o seu travesseiro, com a perna entrelaçada na dele.

Deu um suspiro e lembrou que não poderia mais ligar o rádio, porque Ellen triste porém dormindo era mais fácil de lidar que Ellen triste e acordada. E, para ser franco, sentia um certo conforto com ela ali, roncando ou não.

Puxou a perna com força. Ellen resmungou alguma coisa e mexeu-se o suficiente para a perna desprender-se dela. Daniel avaliou sua posição e viu que estava mais confortável, mas ainda não o bastante. Deu uma cutucada na irmã com o ombro direito.

— Chega para lá — disse.

Capítulo Treze

Quando a fotografia chegou, Cora reorganizou seu santuário no canto do quarto. Não tirou o pequeno Buda da posição central — havia alguma coisa nos deuses que exigia notoriedade —, mas passou-o um pouco para trás, onde estavam as velas, o vaso escuro de laca com os incensos e a orquídea de seda enfiada no bloco de resina, para poder colocar a fotografia onde pudesse ver bem. De início encostou-a no Buda, mas lhe pareceu um desrespeito com ambos, então pôs a foto em uma moldura feita por ela mesma anos atrás, de retalhos de brocado oriental colados em papelão, e colocou-a em frente às chamas, às flores e ao eterno sorriso do Buda retirado do seu lugar.

Samantha — Nathalie — tinha enviado aquela fotografia, de uma mulher de cabelo escuro e uma criança de cabelo crespo em uma poltrona, olhando um livro. A foto não era muito grande, mas tinha detalhes suficientes para Cora devorá-la com os olhos: os brincos de Nathalie e o suéter vermelho de Polly com botões em forma de joaninhas e os contornos do rosto e do nariz delas.

— Ela é a sua cara — dissera Betty —, a sua cara.

— É — falou Cora, encantada, mas incrédula. — É mesmo.

Betty largou a foto.

— Mas isso é o suficiente.

— Como assim, suficiente?

— Essa foto é suficiente — disse Betty, virando-se de costas e mexendo na prateleira de legumes. — Você viu a foto, sabe que ela tem uma filha, sabe que está bem. Vamos parar as coisas por aqui.

Cora olhou a foto, a poltrona em estilo moderno e a mão de Nathalie segurando o livro aberto para Polly ver.

— Como assim? — perguntou de novo.

Betty despejou um punhado de cenouras no escorredor.

— Você só vai sofrer — disse, de costas para a irmã.

— Sofrer?

— É — disse Betty, procurando a faca na gaveta. — Se for adiante com isso, vai sofrer de novo.

— E por quê?

— Porque — falou Betty, girando nos calcanhares — é isso que vai *acontecer*. Ela pode ser uma ótima moça, mas vocês trilharam caminhos diferentes, viveram vidas diferentes, e você só vai sofrer se tentar voltar a *algum lugar*.

— Mas eu não...

— É claro que sim — declarou Betty. — O que está tentando fazer senão tentar reparar o que deu errado? Não estou contra você, Cora, mas isso é impossível. Ela não é o seu bebê

Samantha. Você não é mais a garotinha Cora. Antes ela nunca tivesse telefonado.

— Eu gostei — disse Cora calmamente.

Betty puxou uma cadeira da mesa e sentou-se em frente à irmã.

— Ela não está com raiva de mim — explicou Cora, olhando para a foto. — Ela me disse isso.

— Por que estaria com raiva, pelo amor de Deus?

— Eu fui negligente, não fui? Negligente o suficiente para me deixar engravidar, e foi a vida dela que negligenciei.

Betty deu um suspiro irritado.

— Você estava drogada. Você foi violentada...

— Não fui violentada. Nunca diga isso. Nunca diga que o bebê me foi forçado. Nunca diga que eu não queria esse bebê.

Betty debruçou-se na mesa.

— Eu só não quero que você sofra de novo. Você é solteira, Cora, e nós todos sabemos que o que pode ser bom para uma mulher casada não é tão bom para uma solteira.

Cora colocou a foto na mesa e cobriu-a com uma das mãos doloridas.

— Toda a minha vida — disse, sem ressentimento especial — ouvi a opinião dos outros.

— Sei. E daí?

— Vocês todos me descrevem. Sempre descreveram. Como se eu tivesse uma porção de rótulos grudados em mim, como se tivesse de ser desculpada.

— Não *desculpada,* querida.

— Você foi boa para mim. Foi melhor para mim do que qualquer outra pessoa, mas mesmo assim não deixou que eu expressasse meus sentimentos.

Betty aprumou o corpo.

— Estou protegendo você...

— É, mas às vezes é de apoio que preciso, não de proteção. Foi de apoio que precisei naquela casa do Exército da Salvação para mães solteiras, foi de apoio que precisei quando tiraram Samantha de mim, quando me disseram que eu não estava apta para ser mãe. Eu sei — continuou, olhando a fotografia — que queriam dizer que eu era má por ser fértil. Era má por ser pobre, ser da classe trabalhadora e ser fértil.

Betty fungou. Abaixou a cabeça sobre as mãos dobradas em cima da mesa.

— Então, certo ou errado — continuou Cora —, essa foto não é suficiente para mim. Se Sam... Nat... quiser se encontrar comigo, vou me encontrar com ela. Talvez isso me deixe onde comecei, mas vou correr esse risco. Todos esses anos vivi em agonia, pensando que ela me odiaria. Era só isso que me preocupava, só o que me assombrava. Será que ela ficaria com raiva, que me detestaria? Bem, ela não pareceu estar com raiva. De modo algum. Na verdade, pareceu surpresa quando perguntei isso. Portanto, se eu quiser me encontrar com ela para ter certeza de que ela não está com raiva, se precisar fazer isso para acabar com a infelicidade em que vivi todos esses anos, vou fazer, seja ou não arriscado. Não posso sofrer mais do que já sofri, Betty, não posso. Mas se eu fizer isso, e vou fazer se ela deixar, prefiro fazer com seu *apoio* em vez de sem ele. Não proteção, Betty, isso não. Apoio.

Fez-se uma pausa. Betty levantou os olhos vermelhos e olhou para Cora.

— Vou apoiá-la, mas não diga que não avisei.

Da rua David podia ver Nathalie na cozinha. Ficou ali na calçada observando-a por algum tempo, encostada na mesa sem saber que estava sendo vista, lendo o jornal local com os braços abertos para segurar as páginas. Seu cabelo estava puxado para trás, amarrado com uma faixa vermelha, e o rádio estava ligado. Ele não conseguia ouvir a melodia, mas conseguia ouvir o ritmo.

Olhou para o porão entre a calçada e a janela da cozinha de Nathalie. Era largo demais para se inclinar nele, longe demais para tocar no vidro e chamá-la. Podia tocar a campainha da forma convencional, é claro, mas isso não se coadunaria com o espírito do momento, o espírito que o impelira a fazer um desvio por Westerham e surpreender Nathalie às 11 horas da manhã. Respirou fundo e deu um pulo. Nathalie continuava a ler o jornal. Respirou fundo, pulou de novo várias vezes e gritou. Nathalie levantou os olhos do jornal e o viu.

— Você é maluco — disse pelo vidro da janela.

Ele fez que sim, sorrindo.

— Eu quero entrar...

Ela saiu da janela e abriu a porta da rua, ainda segurando o jornal.

— O que está fazendo por aqui?

— E o que *você* está fazendo? — perguntou David. — Lendo jornal no meio do dia?

Ela ergueu o corpo e pôs os braços em volta do pescoço dele. David segurou-a.

— Não consigo fazer muita coisa.

— Nem eu.

— Como vai Marnie?

David soltou-a um pouco.

— Hum... Mais calma. Muito razoável. *Muito* razoável. Comprou as passagens para as férias de verão no Canadá. E Steve?

— Está bem — disse Nathalie, afastando-se dele. — Está ótimo, na verdade. Está bem.

— Certo, então está bem ou mal?

Nathalie foi andando para a cozinha.

— Só... só... *melhor*. Mais amável.

— Marnie é sempre amável. Mas consegue fazer que com eu ache que não estou sendo nada gentil.

Nathalie abriu a geladeira.

— Defina a palavra gentil.

— Bom pai de família.

— É muito cedo para um drinque?

— É.

Nathalie colocou uma garrafa de vinho em cima da mesa da cozinha.

— Talvez a gente não faça bem para a família.

— O quê? — perguntou David. — Você e eu?

Nathalie pegou dois copos de vinho em uma prateleira.

— É. Talvez a gente tenha problemas com intimidade.

— Ah, dá um tempo!

— É uma frase de Sasha.

— Quem é Sasha?

— A namorada de Titus. Está fazendo uma tese, ou coisa parecida. Tem uma frase para tudo. Psicologismos.

— Parece meio marota...

Nathalie serviu o vinho e ofereceu um copo para David.

— Estou dirigindo...

— Sabe o que andei pensando em termos de **intimidade**? — disse Nathalie.

— Diga.

Ela dobrou os braços.

— Talvez a gente *seja* mesmo um pouco distante. Talvez *não deixe* os outros se aproximarem. Talvez esse tenha sido sempre o nosso mecanismo de defesa.

David deu um gole rápido no vinho.

— E daí?

Nathalie olhou para baixo.

— Você conhece esse sentimento...

— Que sentimento?

— Esse sentimento que sempre tivemos, por melhores que as pessoas sejam, por mais que nos amem, por mais que digam que somos iguais a todo o mundo... — Ela parou.

David esperou um pouco, depois esticou a mão e tocou no ombro dela.

Nathalie disse lentamente:

— Quando você não sabe quem são seus pais, não sabe de onde vem, ninguém toca no assunto. Mas há sempre uma espécie de sussurro, um eco da sociedade, como se fosse dito: "Vamos desaparecer com você."

— Bobagem.

Nathalie olhou para ele.

— Não *literalmente*. Ninguém quer que a gente morra de fome. Mas todos pensam: "Vamos esquecer quem vocês realmente são, vamos apagar seus nomes verdadeiros e começar de novo, nos *nossos* moldes."

— Nome verdadeiro — repetiu David.

Ela fez que sim.

— Você sabe o seu — disse ele.

Ela fez que sim de novo.

— E você sabe o seu.

— Mas não sei o nome do meu pai. Dele não — retrucou David.

Nathalie pegou o copo de vinho, mas colocou-o de novo na mesa intocado.

— Então, se descobrirmos essas coisas, se descobrirmos esses nomes e essas histórias, talvez possamos pertencer à sociedade. De forma legítima.

— É nisso que você anda pensando?

— É.

— Gostaria de poder pensar assim — disse David.

— Eu penso por você.

Ele pôs as mãos nos bolsos.

— Gostaria que você fosse ver Carole comigo.

Nathalie arregalou os olhos.

— Você vai ver sua mãe!

— Vou. Foi isso que vim lhe dizer.

— Oh, meu Deus.

— Eu sei.

— Ela pediu para você ir?

— Não. Eu pedi. Tive de pedir várias vezes.
— Ela não queria?
David sacudiu as moedas dentro do bolso.
— Parecia assustada.
— E você não está?
— Estou — disse, tirando as mãos dos bolsos, pondo os braço em volta de Nathalie e falando com o rosto no seu cabelo: — Acho que nunca estive tão nervoso assim na vida.

Carole pensou em encontrar-se com David em um bar qualquer, talvez em Portobello Road. Um lugar bem moderno, onde a idade de David passaria despercebida no meio de pessoas de idades semelhantes, um lugar que lhe fosse estranho, onde provavelmente não encontraria algum conhecido. Saiu umas duas vezes e acabou encontrando, perto do antigo cinema, um restaurante sofisticado no andar de cima e mais informal embaixo, uma espécie de cervejaria e bar, com garçons jovens vestidos de preto. Achou que ali David não seria notado e ela ficaria invisível. Quando ele telefonasse na próxima vez — cada vez que telefonava ela era tomada de um verdadeiro tormento —, diria onde seria o encontro e que estaria usando uma jaqueta de camurça azul e levando na mão um exemplar do *Financial Times*.

Mas então Connor se intrometeu. Sua reação extraordinária e nobre à revelação dela manteve-se praticamente igual, e ela considerava com certo desprezo, ao ver aquele homem bem barbeado de camisa bem passada, que ele estava enfim desempenhando o papel tão desejado do homem calmo e majestoso, com tiradas de bondade e moderação.

— Onde está pensando em levar o rapaz? — perguntou, seus olhos fixos nas palavras cruzadas em cima dos seus joelhos.

— O nome dele é David — disse Carole.

Connor levantou os olhos e olhou-a de forma significativa.

— Acho que você ouviu minha pergunta.

— Ainda não decidi — respondeu Carole, passando a mão pelo cabelo. Se dissesse a verdade, ele tentaria mudar sua cabeça. — Ainda não pensei realmente nisso.

Connor tirou os óculos e colocou-os sobre o jornal dobrado.

— Posso dar uma sugestão?

Carole esperou. Há duas semanas, apenas duas semanas, teria dito em tom de concordância: "Seria uma boa." Mas agora, com uma obstinação nova diante das esperanças e apreensões conflitantes, decidiu esperar.

— Carole, querida, acho que o encontro com ele deveria ser aqui.

Carole ficou olhando para o marido.

— Aqui?

— É, por que não?

— Mas nós moramos aqui!

— Por isso mesmo deveria ser aqui.

Ela afundou nas almofadas da cadeira.

— Não.

— Por que não?

— Porque... é melhor ser um lugar impessoal, ao qual nenhum de nós dois pertença...

— Por quê?

— Porque — respondeu Carole quase aos gritos — **não sei o que vai acontecer!**

Connor pigarreou, pôs o jornal e os óculos na mesinha ao lado e disse com voz menos pomposa:

— Ele é seu filho, Carole, nada vai mudar isso. Deve ver você na sua casa, no lugar que reflete sua vida e sua forma de ser. Vai estar bastante confuso por conta desse encontro. Por que então tornar a coisa pior planejando um encontro no saguão de um hotel?

— Eu não estava pensando em um hotel — disse ela bobamente.

— Você devia ver seu filho aqui. Devia convidá-lo para vir aqui tomar um uísque. — Fez uma pausa, depois continuou. — Não quer que ele se sinta à vontade?

Carole olhou suas mãos no colo, as unhas bonitas, a aliança de casamento.

— E os meninos? — perguntou baixinho.

— Eu falo com eles. Explico por que David virá aqui.

— Martin não vai gostar.

— Martin não está gostando de nada no momento — disse Connor.

— Mas essa é a casa dele por enquanto...

— Só por enquanto.

— Connor...

Ele olhou fixo para Carole e disse, num tom decidido:

— O encontro com ele vai ser aqui. Durante umas duas horas. Depois trago os meninos para casa.

— Eu não posso! — disse Carole chorando, quase gritando.

Connor pegou o jornal de novo e falou num tom alto:

— Vai ter de poder, querida.

Agora, ali estava ela, esperando. Ali estava ela sozinha, abandonada por Connor, Martin e Euan. Martin enraivecido, Euan com seu típico espírito de alegria e curiosidade.

Fora para Euan que pedira opinião.

— Estou bem? — perguntara.

Ele olhara para com um largo sorriso. Era a pessoa mais confiante do mundo, convicto de sua aceitação pessoal, coisa que Martin não tinha em absoluto. Ele lhe dera um beijo rápido, depois dissera com um ar brincalhão:

— E isso importa, mamãe? O que você usou da última vez?

Carole acabou rindo, como sempre ria com Euan. Ficou observando os três descerem as escadas para a garagem subterrânea como se nunca mais fosse vê-los, como se tudo que mantinha a estabilidade do seu mundo fosse ruir. Esperou na porta da frente até a Mercedes descer a rampa e virar na Ladbroke Grove, e ficou de coração partido — coração que sempre pensou que fosse tão pouco sentimental — porque nenhum deles virou-se para dar adeus.

Ficou esperando ali, andando pelo corredor de tábua corrida e pela sala acarpetada, ouvindo com uma concentração idiota seus passos mudarem. Olhou pelas janelas da sala em busca dos lírios brancos, mas não viu nada; depois seus olhos passaram pela cadeira favorita de Connor, pelo sofá, pela televisão, pela estante com todos aqueles livros nunca lidos, e voltaram para o corredor. O som agudo dos seus saltos na tábua corrida de madeira clara ressoava pela casa. Quando a campainha tocou, quase parou de respirar. Ficou olhando para a porta e pensando, não consigo respirar, não consigo respirar.

A campainha tocou de novo.

— Um, dois, três — disse Carole.

Sentiu as pernas se moverem, viu sua mão na maçaneta dourada da porta, viu o trinco girar e a porta abrir suavemente para dentro. Parado ali estava um homem alto, mais velho do que ela se lembrava e mais louro, mas era Rory. Rory... Carole engoliu em seco. Não, não era Rory. É claro que não. O homem oscilou um pouco, ou talvez ela tenha oscilado, entrou e beijou-lhe no rosto, meio desajeitado, e disse:

— Oi, Carole.

— Em geral não bebo uísque — disse David, olhando o copo com o líquido cor de chá deslizando no fundo.

— Mas essa ocasião é especial — replicou Carole.

Estavam sentados um em frente ao outro, nem perto nem exatamente longe, portanto ele não podia examiná-la bem. Mas não conseguia olhar para outro lugar, desviar os olhos daquela mulher, de Carole Latimer, com suas roupas elegantes, sua sala elegante de cores brandas e iluminação cuidadosa, sem crianças nem cachorros nem desordem. Eles moravam ali havia poucos anos, ela dissera, não foi ali que criara os outros filhos, que sua vida familiar se desenvolvera. David olhou para o tapete.

— Espero que meus sapatos estejam limpos — disse.

Foi a primeira vez em que Carole o olhou diretamente, e quando ele viu aqueles lindos olhos esverdeados, claros, quase pontilhados, sentiu a pele arrepiar-se.

— Não tem importância *alguma* se não estiverem limpos — disse ela, com voz calorosa pela primeira vez. Depois falou num tom mais baixo. — Você não está sob julgamento, não é?

David ficou girando o copo de uísque.

— Você pensava em mim? — perguntou, sem olhar para ela.

Ela se virou e olhou pela janela.

— Não.

— Nunca pensou?

— Eu já disse.

David virou mais o copo até o uísque quase atingir a borda.

— Não consigo imaginar que ninguém soubesse da minha existência.

— Eu me afastei — disse Carole. — Fui para longe deliberadamente. Disse que precisava convalescer e ninguém notou que eu tinha passado tanto tempo fora.

— Quem é ninguém?

— Meus pais.

Um pouco de uísque derramou na coxa de David.

Carole não disse nada, continuou olhando pela janela.

— E meu pai? — insistiu David.

Fez-se outra pausa, então Carole disse:

— Ele não soube.

— Não soube que eu tinha nascido?

— Não.

— Por que não?

Carole balançou a cabeça e disse, num tom furioso:

— Porque não *queria* saber.

— Não...

— Não. Não *queria*. Que direito tem de me fazer perguntas assim?

David colocou o copo de uísque na mesa com muito cuidado.

— Tenho direito porque ele é meu pai e você é minha mãe, e se não fossem vocês dois, eu não estaria aqui.

Carole baixou a cabeça. Não dava para saber se estava com raiva, desesperada ou chorando.

— Fui franco com você no telefone. Fica tudo nos seus termos. Não tenho intenção de me intrometer na sua vida, na sua família. Só quero algumas respostas.

Ela assentiu. Esticou a mão para pegar seu copo e deu um grande gole no uísque.

— Que tipo de resposta?

— Eu me pareço com meu pai?

Ela assentiu, com veemência.

— Exatamente?

Carole levantou os olhos lentamente.

— Você só é mais louro. Tem as feições dele e o meu colorido. Talvez... talvez seja um pouco mais alto que ele.

David inclinou-se para a frente.

— Você o amava?

— Oh, meu Deus! — gritou Carole. — Que tipo de pergunta é essa?

— Então amava...

— Sim.

— Então você amava o homem com quem teve um filho?

— Já disse que sim. Já disse, não é?

— Mas não me queria.

— Eu nunca disse...

— Ele não me queria.

— Ele não queria um bebê — disse Carole, passando a mão no cabelo — Nós éramos muito jovens. Ele estava começando a viver. Não estávamos prontos para um bebê.

— Mas se ninguém, a não ser as freiras de Suffolk e sua amiga, sabia que havia um bebê, por que não ficou com ele? Por que não ficou com ele até os dois *estarem* prontos para criar um filho?

— Ele foi embora — respondeu ela.

— Embora...

— Foi embora quando engravidei. Disse que eu tinha de fazer um aborto e... pensei nisso, pensei mesmo, mas ele foi embora de todo jeito. Hoje, acho que ele queria mesmo ir. Acho que minha gravidez foi um tipo de desculpa, a desculpa que ele estava realmente procurando.

David mexeu-se na cadeira.

— Ele parece ser um crápula.

— Não — disse Carole.

— Não?

Ela olhou para cima.

— Não fiz o aborto porque queria o bebê. Ou pelo menos queria naquela hora. Queria ficar com uma coisa dele. Pensei... — Parou um instante, depois terminou a frase. — Pensei que ele pudesse mudar.

— Mas ele não mudou.

— Não sei. Não consegui encontrá-lo. Tentei, mas não consegui. Nunca mais soube dele. E nem quero saber.

— Talvez ele tenha ido morar no exterior.

— É bem provável.

— Talvez tenha morrido...

Uma expressão de intensa dor passou pelo rosto de Carole.

— Não...

— Eu disse talvez. Mas não seria mais fácil?

— Nada em relação a ele é fácil. Isso não vem ao caso.

David inclinou-se mais um pouco à frente e pôs os cotovelos nos joelhos.

— Como é o nome dele?

— Não importa.

— Importa para mim.

— Eu nunca digo... nunca digo o nome dele em voz alta — disse Carole quase em desespero.

David falou baixinho:

— Essa é uma das coisas que vim perguntar. Uma das coisas que preciso saber. É... é uma coisa que não *tenho*.

Ela revelou, quase num sussurro:

— Rory.

— Rory. Rory de quê?

— Ecclestone.

David virou a cabeça e pensou um instante, depois disse:

— Então meu nome é David Ecclestone?

— Não. O nome que lhe dei foi David Hanley. Hanley é meu nome de solteira.

— Mas Ecclestone era o nome do meu pai.

— Era.

— E David?

— É o segundo nome do seu pai.

— Certo, Rory David Ecclestone. R.D. Ecclestone.

— Mas não é o seu nome. Ecclestone não é o seu nome. Você foi registrado como David Hanley.

David mostrou-se irritado pela primeira vez quando perguntou:

— Não acha que cabe a mim decidir isso?

Ela levou um susto.

— O quê?

— Não cabe a *mim* decidir agora? Já não vivi bastante tempo com nomes que pertenciam a outras pessoas? Já não usei esses rótulos que não são meus durante anos e anos sem me queixar? Não está na *hora* de me permitirem ser quem realmente sou?

— Desculpe — disse Carole. — Desculpe...

— Suponha que eu queira usar o nome do meu pai, por pior que ele fosse ou por pior que você *diga* que ele era? Por que não usaria?

Carole levantou-se abruptamente.

— Não transfira sua raiva para mim.

— Não estou com raiva...

— Não?

— Mas você estava.

David levantou-se também, lentamente.

— Estava sim.

— É difícil — disse David, suspirando — alguém aceitar que foi entregue para adoção.

Carole deu uns passos à frente e olhou para ele. David podia ver seus olhos verdes e sentir o cheiro do uísque.

— Tive de fazer isso.

Ele não disse nada.

— Eu tinha perdido tudo.

— Tinha perdido o meu pai, quer dizer...

— E desde então — falou Carole, com lágrimas nos olhos —, desde então, durante todos esses anos, nunca pude conversar sobre isso com ninguém. Ninguém.

— Você devia ter amigas...

Ela sacudiu a cabeça.

— O que fiz não foi muito... aceitável. Me apaixonei pelo homem errado, fiquei grávida, traí meu filho. Fui além dos limites aceitáveis.

David olhou em volta da sala e deu uma risadinha.

— Mas...

— *Parece* tudo certo — disse Carole. — Parece tudo bem, não é?

— O quê? Seu casamento? Seus filhos?

Carole aproximou-se de David e colocou as mãos nas lapelas da sua jaqueta.

— Não agüento hostilidade — disse. — Não agüento. De forma alguma.

David pôs suas mãos sobre aquelas mãos leves, macias e finas.

— Não...

— Você se parece muito com ele! Você se parece demais com ele!

David soltou as mãos de Carole com cuidado.

— Vou tentar pensar nisso. No que você disse.

Carole deu uns passos vacilantes para trás.

— Bom — disse, recuperando a compostura — já preencheu todas as suas lacunas?

— Acho que sim — respondeu ele com incerteza.

— Mais um uísque?

— Não, obrigado.

— Na verdade há mais umas lacunas a preencher.
— É mesmo?
— Meu marido, meus filhos. Seus irmãos por parte de mãe.
— Ah, sei. Talvez um dia...
— Hoje — disse Carole.
— Agora?
— Daqui a pouco.
— Eles estão vindo aqui...?
— Eles moram aqui. Vão voltar daqui a pouco. — Carole olhou para ele, já com o ar distante e controlado de sempre. Deu um riso rápido e disse: — Eles querem conhecê-lo.

Capítulo Catorze

Sasha disse a Steve que tinha morado um tempo em uma área de invasão. Ele suspeitava que ela dizia isso a muita gente, principalmente aos homens; era o tipo de façanha que alardeava publicamente para impressionar. Steve ficou impressionado. Considerava o comportamento radical, ou anárquico; na melhor das hipóteses, lamentável e na pior, destrutivo. Sua idéia, aos 16 ou 17 anos, de trocar as vantagens dúbias do quarto dos fundos de Royal Oak por alguma coisa muito pior lhe teria parecido completamente fora de propósito. Até mesmo a liberdade tinha seu preço.

Ao que parecia, depois de viver na tal casa, os arranjos de vida de Sasha permaneceram sempre fluidos. Ela passou uma temporada em casa ajudando a mãe a cuidar de seu padrasto moribundo, uma temporada morando com um turco — um relacionamento não-especificado — em uma casa de madeira decadente no estreito de Bósforo, uma temporada em treinamento — inacabado — de enfermagem especializada em doentes mentais, uma temporada cuidando de um apartamento de cobertura no bairro de Canal Street de Manchester, uma temporada em um trailer em uma floresta da Nortúmbria — com dois galgos e um menino com dificuldade de aprendizado. Agora, a seu ver, tinha encontrado um lugar muito seguro. Agora, em uma misteriosa mistura de concessões e subsídios, empregos de meio expediente em lojas e bares, tinha conseguido seu próprio quarto, com uma porta com trinco, na casa de uma mãe divorciada com três filhos, que precisava ganhar um dinheiro extra com aluguel. O quarto era grande, com uma janela larga, e Della era tão fanática pela própria independência que não tinha intenção de criar obstáculo à independência de ninguém. Della se divorciara, disse Sasha, porque não conseguia se comprometer em nível algum.

Tentar fazer uma imagem da exata natureza da vida de Sasha, pensou Steve, era como tentar esculpir água. Ele não achava que ela mentia ou inventava coisas, mas suas prioridades eram tão diferentes das dele e sua visão das coisas essenciais tão outra que a imagem que apresentava de si era, na melhor das hipóteses, enganosa. Sasha tinha uma ligação indireta com a Universidade de Westerham — até recentemente Faculdade Técnica de Westerham — e trabalhava lá em uma tese, também de forma indireta, ao que parecia. Sasha não sabia dizer aonde isso a levaria, nem se importava em saber. Quando não estava na nova e imensa sala de computador da universidade, trabalhava em uma pequena loja de produtos naturais de princípios vegetarianos (nem gelatina era permitida), em um bar chamado Rouge Noir, em uma loja de livros e discos de segunda mão especializada nos primeiros sucessos do rock ou cuidando dos filhos de Della. Parecia sempre ocupada e ao mesmo tempo sempre livre, conforme sua conveniência. Sua lista de compromissos — que incluíam aulas de ioga e de salsa — parecia interminável.

— Não sei como você não enlouquece— disse Steve.

Sasha sorriu para ele.

— Prática — disse. — Atitude. Especialmente atitude.

Era essa atitude que atraía Steve. Era sua calma diante desses arranjos dúbios, sua aceitação do não-convencional e sua capacidade de conseguir certa distância aceitável da responsabilidade humana que o deixavam estranhamente liberado de todas as cargas e preocupações exaustivas da sua vida atual. Não tinha nada a ver com amor, dizia a si mesmo. De forma alguma a vontade de estar com Sasha ameaçava o *amor* inabalável que sentia por Nathalie e Polly, mas estar com Sasha era excitante e intrigante e lhe dava uma folga de si mesmo, uma folga do Steve Ross que se encontrava no momento embrenhado em um matagal emocional do qual não sabia se desvencilhar. Quando lhe ocorria — como acontecia com freqüência — que não devia mais ver Sasha, sentia um pânico subir-lhe pelo corpo, como que uma ameaça real de um conduto vital sendo cortado. E quando a via — de casaco comprido, botas, cabelo feito pele de foca —, sentia uma onda de alívio.

Quando ela perguntou se ele gostaria de conhecer seu quarto na casa de Della, com um terraço que dava para a linha férrea, ele disse que não.

— Por que não?

Steve deu de ombros. Não queria dizer que tinha medo, medo do que poderia acontecer no quarto dela, nem queria examinar esse medo de perto e descobrir coisas que não queria.

— Está com medo?

Ele deu de ombros de novo.

— Poucas vezes tive um quarto para mostrar a alguém — explicou ela. — Nunca tive um lugar que refletisse minha personalidade. Mas isso é só um começo. Gostaria de mostrar esse lugar para você.

Steve pôs as mãos nos bolsos.

— Titus...

— É claro que Titus vai lá, mas acha o lugar horrível — disse ela, sorrindo. — Mas ele gosta de ir contra tudo que aprecio. Gosta muito disso.

— Perverso...

— Ou melhor, controle. Titus é muito de controlar

— Verdade?

Sasha olhou para ele.

— Muito — disse, aproximando-se mais dele. — Venha ver o meu quarto.

Steve entrou na casa por uma porta eduardiana pintada de roxo com bandeira de vitral. Dentro era tudo que ele deplorava — uma verdadeira gruta de tecidos e objetos. Deu logo uma cabeçada em um móbile com sininhos.

— Não olhe para isso. Vamos lá para cima — sugeriu Sasha.

Ela subiu a escada na frente dele, passou por uns espelhos pintados, uma gaiola cheia de bonecas e um vaso com penas de pavão. Enfiou a chave na fechadura de uma porta no patamar da escada e virou-se para ele.

— Respire fundo — disse.

O único móvel do quarto era um *futon*. As paredes eram vermelhas, o chão era preto e as janelas, brancas.

— Onde está a sua vida? — perguntou Steve.

Ela apontou para o *futon*.

— Ali.

Steve engoliu em seco.

— Está *tudo* ali?

— Por que não? Você não trabalha na cama?

— Não. Onde estão as roupas, os livros....? — perguntou, olhando em volta do quarto.

Ela apontou para uma pilha de caixas com telas.

— Ali?

— Está me reconhecendo? Está me reconhecendo aqui?

Steve deu umas passadas pelo quarto e olhou para a única gravura do quarto — uma gravura japonesa de uma mulher de quimono olhando por cima dos ombros —, para as paredes vermelhas, o *futon*, um par de tênis de corrida no chão arrumados lado a lado com precisão e disse:

— Acho que sim...

— Sente aí — disse ela.

— Nisso?

— Onde mais pode ser?

— Sasha...

— Nunca fique de pé se puder sentar. Nunca sente se puder deitar.

— Não posso me deitar em um *futon* no meio da tarde...

Sasha passou por ele e ajoelhou-se para desamarrar as botas. Tirou as botas e as meias pretas, deixando à mostra os dedos dos pés pintados de vermelho. Virou-se, deslizou graciosamente pelo *futon* e ficou olhando para ele.

— Não estou preparado para isso — disse Steve

— Para quê?

— Não vou me deitar na cama com você.

— Podemos conversar muito bem aqui. É um lugar admirável para conversar.

— Eu não devia estar aqui.

Sasha deu um suspiro.

— Possivelmente você não sabe o que se deve fazer nos relacionamentos. Como funciona o equilíbrio.

— Como assim?

— Eu ouço o que você diz. Tenho prazer de ouvir, me interesso. Você fala dos seus problemas, das suas dificuldades, diz que não entende por que Nathalie quer encontrar a mãe dela. Eu ouço e digo que você está se saindo muito bem, que Nathalie exige muito de você e fala pouco dos problemas que tem, que eu o admiro pela sua tolerância e às vezes pelo seu estoicismo.

Sasha fez uma pausa, mexeu-se um pouco no *futon* como se estivesse fazendo lugar ao seu lado, como se estivesse criando um espaço convidativo.

— Mas possivelmente — continuou — não lhe ocorreu que temos andado em uma rua de mão única. — Fez outra pausa, deu um sorriso, um sorriso direto e claro. — Agora é a minha vez.

No seu quarto — transformado pela mãe em um quarto de hóspedes que praticamente nunca apareciam —, Martin sentou-se diante do laptop. Ou melhor, espremeu-se em um canto, porque a única superfície do quarto onde cabia um laptop era uma cômoda pequena. Carole havia esvaziado as gavetas da cômoda, colocado um abajur, uma cadeira a mais e um lugar para Martin pendurar a roupa, mas não tentara fazer um quarto para ele, dando a entender que aquele quarto claro e confortável era um breve empréstimo. E como ele agiu com raiva e agressividade e entupiu o quarto de coisas, empilhou roupas em cima da outra cama e cobriu todas as superfícies disponíveis e o chão com caixas, sacolas e equipamentos esportivos, ela se sentiu confiante de que em breve ele iria embora de novo, como era de supor. O quarto virou uma bagunça, mas Carole manteve-se serena, pois tudo indicava que aquela situação era temporária. Muito temporária.

Martin olhou a tela do laptop. Tinha telefonado para o trabalho naquela manhã alegando que estava com enxaqueca — ele era dado a enxaquecas desde a adolescência — e seu chefe, que parecia imune a qualquer tipo de dor de cabeça, disse que sentia muito, mas que então o trabalho teria de ser terminado em casa porque ele precisava daqueles dados para uma reunião às cinco da tarde. Já eram três e meia e Martin estava sentado junto da cômoda desde o meio-dia, com um joelho imprensado no puxador e a cabeça estalando.

Ouvira os movimentos dos pais do outro lado da porta. Ouviu o pai sair, a mãe tirar a louça lavada da máquina, o telefone tocar duas vezes, alguém abrir e fechar a porta da frente de novo com muito cuidado como que para não notarem a movimentação. Isso foi às onze e meia. Antes disso Carole não havia estado em lugar algum próximo ao quarto de Martin. Não perguntara se ele queria café, não dissera que ia sair, não fizera menção do que havia na geladeira para ele preparar um almoço. Tinha simplesmente arrumado a cozinha, falado rapidamente com duas pessoas que ele não conhecia e saído. Martin digitou três palavras sem exatidão no computador e xingou.

Seu celular não havia tocado nenhuma vez naquela manhã nem tinha recado. Seu irmão Euan ultimamente vinha lhe mandando uns textos idiotas e umas piadas sujas. Ele gostava das piadas, mas ao mesmo tempo tinha raiva de necessitar delas e dessa necessidade ser tão evidente, tinha raiva de Euan, que teoricamente estava na mesma situação que ele, parecer enfrentar o problema com uma tranqüilidade extraordinária. Eles haviam tido uma reunião sobre isso, é claro, uma reunião com o pai e depois outra em um pub horrível em Chelsea, depois que conheceram David. Martin bebera várias vodcas e cervejas e acabara no sofá do apartamento de Euan, para irritação da namorada do irmão, Chloe, que parecera incapaz de entender que a situação de Martin era pior que a do seu sofá. Lembrava-se de Euan dizendo coisas como "Nós temos de aceitar isso, Mart, não podemos apagar o passado" e "Ele me pareceu um bom sujeito. Você não achou? Um bom sujeito", e dele próprio falando com irritação, incoerência e confusão, irritado com coisas relevantes e irrelevantes, mas basicamente irritado com sua mãe.

— Eu não sou o primeiro filho — disse, com os dedos em volta do copo. — Não sou, não é? Nunca fui. Minha mãe me fez pensar que era, mas não era. Isso explica tudo, explica como ela sempre foi comigo...

— Besteira — disse Euan, bocejando. — Bobagem. Idiotice. — Olhou para o relógio. Tinha dito a Chloe que ia levar uma hora na reunião e tinha levado três. — Nada mudou, só que agora temos o David de contrapeso.

Euan também tinha conversado com Carole. Havia perguntado se Martin não queria entrar na conversa, mas alguma coisa dentro de Martin não permitira que ele se resignasse, se confortasse. Carole e Euan foram para a sala e deixaram a porta entreaberta para ele entrar, mas Martin havia ido para a rua, batendo a porta da frente com muita força para não deixar dúvida quanto aos seus sentimentos, sua raiva. Andara quilômetros e quilômetros noite adentro, espantado e ofendido ao ver as pessoas indo com toda a calma para casa, para os bares ou para os cinemas, como normalmente. Quando finalmente voltara para casa, Euan tinha saído e Carole estava na cozinha com seu pai, fazendo uma omelete. Ela havia levantado os olhos, ele notara que a mãe tinha chorado de novo. Ela colocara a espátula na borda da frigideira e se aproximara dele.

— Desculpe — dissera. — Oh, Martin, desculpe, desculpe...

Tentara tocar nele, tentara abraçá-lo, encostar o rosto cansado naquele rosto ofendido e injuriado. Mas ele não havia deixado, não conseguira. Ficara de pé ali com os braços caídos, o queixo levantado para que ela não alcançasse seu rosto.

— Martin — dissera o pai —, deixa disso, deixa disso...

Ele havia sacudido a cabeça, dera um passo atrás, virara-se e fora para seu quarto, sentindo o cheiro da manteiga derretida. Como poderia saber que a doce sensação de triunfo não duraria mais que uns dois minutos?

Ela não tentara mais. Ou, pelo menos, não tentara da forma que Martin gostaria. Fazia as tarefas domésticas em silêncio, passava roupa, cozinhava, pedia à empregada romena para limpar o quarto do filho e o banheiro de hóspede, mas não conseguiu se aproximar mais dele nem tentou tocá-lo. Comportava-se, na verdade, de forma estranha, não zangada, mas dando a idéia de que o temia e que esse medo a mantinha distante. Até houve momentos em que ele quase havia esperado que a mãe saísse de mansinho da sala, em tom de desculpa, quando ele entrasse, como se fosse uma empregada da época eduardiana. Não tinha certeza alguma do que queria dela — uma extrema humilhação parecia adequada à situação —, mas sabia que não queria aquele tipo de controle, aquele tipo de poder que, em termos sutis e familiares, o deixava culpado.

Desligou o laptop e levantou-se. Sentiu uma dor aguda no joelho e nos ombros por ter se sentado todo torto. Viu sua imagem no espelho de parede acima da cômoda. Viu seu ar cansado, deprimido, envelhecido. O cabelo estava começando a cair. Tocou na testa com cautela e apreensão. Começara a cair aos 22 anos. Lembrava-se de ter notado isso no vestiário depois de um jogo de squash, quando percebera o bico pronunciado na testa e as entradas sombreadas. David não tinha perdido cabelo. Era mais alto que ele, mais largo que ele, e seu cabelo basto havia sido uma das primeiras coisas que havia notado, uma das primeiras coisas a constar da sua lista de rivalidades. Martin virou-se, saiu do quarto e foi para a cozinha.

A cozinha era muito arrumada, como todas as cozinhas da sua infância, arrumada como as cozinhas das mulheres cuja preocupação básica não era a culinária. Na mesa havia um prato, uma faca, um copo, e ao lado uma tigela com frutas e um sanduíche em um prato coberto com papel-filme. Martin pegou o sanduíche, olhou-o de lado através do papel-filme. Parecia ser de queijo e tomate, o recheio que ele sempre escolhia quando era criança, o recheio tão simples que só se encontrava atualmente em lugares fora de moda.

Tirou o papel e cheirou o sanduíche, atravessou a cozinha, apertou o pedal da lixeira italiana cromada e jogou o sanduíche lá dentro.

— Conte logo — pediu Nathalie — *conte*.

Ela estava segurando a porta aberta para ele, quase agarrando-a, e seus olhos estavam brilhando. Ele se abaixou e beijou-a.

— Como foi? Como ela é? O que aconteceu?

— Tudo — disse David. — Nada.

— Como *assim...*?

— Estou muito cansado. Estou absolutamente exausto. Não fiz *nada* em termos físicos, mas estou um trapo.

Nathalie tirou a mão da porta e levou-o para a cozinha. Havia uma cesta com narcisos variados na mesa, coloridos como um mural mexicano. David fez um gesto com a mão na direção da cesta.

— Bonito...

— Não se importe com as flores — disse Nathalie, empurrando-o para uma cadeira. — Conte o que aconteceu. Como ela é?

David olhou para a frente.

— Bonita.

— Que tipo de beleza?

— Alta, loura. Com cara de gente rica...

— Ela chorou? Você a abraçou?

— Não.

— Dave...
— Ela está atrapalhada. Tem marido e dois filhos homens.
— Você conheceu a família?
— Conheci.
— E então, David? E então?
David fechou os olhos.
— Nat, consegui o que fui buscar. Consegui isso e mais ainda. Muito mais.
Nathalie ficou andando em volta dele com as mãos juntas, como se estivesse rezando.
— Como assim?
Ele abriu os olhos e olhou para ela.
— Já sei quem é o meu pai. Sei onde nasci. Sei por que ela me entregou para adoção... ou, pelo menos, ouvi a história que ela contou. Sei que ninguém sabia da minha existência, nem mesmo Connor, o sujeito com quem ela se casou. Sei que ao me ver ela voltou a um tempo ao qual esperava nunca mais ter de voltar.
Nathalie soltou as mãos e apertou o ombro de David.
— Você está bem?
— Não sei.
— Você... gostou dela?
— Se está perguntando se ela parecia ser minha mãe, a resposta é não.
Nathalie puxou uma cadeira, ainda olhando para David, e sentou-se.
— Ela foi gentil com você?
— Não exatamente.
— Foi *hostil?*
David arregalou os olhos.

— Ela usou essa palavra.
— Hostil?
— É. Disse que não agüentava hostilidade. Não agüentava hostilidade de ninguém. Era uma coisa que não conseguia agüentar, segundo ela.
— Você disse que estava com raiva dela?
— Disse que tive raiva. Mas não naquela hora. Não estava mais com raiva.

Nathalie inclinou-se para a frente.
— Como você se *sentiu?* Não posso imaginar, não posso imaginar como vou me sentir...

David franziu a sobrancelha.
— Fiquei meio... fascinado. E assustado. Queria ouvir as respostas às minha perguntas, mas é claro que depois teria de lidar com elas. Quando você só imagina, não tem de enfrentar nada.

Nathalie engoliu em seco.
— É mesmo.
— Meu pai se chamava Rory David Ecclestone. Ele desapareceu. Antes de eu nascer. Ela disse que me pareço com ele.

Nathalie tentou dar um sorriso.
— Que sorte a dela...
— Não acho.
— E o marido? Connor?
— Ah, conheço centenas de pessoas como ele. Um sujeito bem-posto, de uns 60 anos, muito agradável, próspero. Provavelmente lê o *Telegraph*. Coleciona gravuras marinhas. Quando apertou minha mão, me fitou dentro dos olhos e falou: "Bem-vindo, meu rapaz."

— Que gentileza...

— Não sei. Talvez estivesse estabelecendo alguma coisa, querendo que eu soubesse ... — Não conseguiu continuar a frase.

— Soubesse o quê?

— Qual era o meu lugar. Onde eu ficaria com relação aos seus filhos. Senti que o sujeito queria que eu soubesse que ele estava fazendo a coisa certa. — Debruçou-se à frente e tocou na pétala de um narciso. — Ela mudou quando ele entrou.

— Mudou?

— Percebi que sua franqueza tinha desaparecido. Ela não foi muito generosa comigo quando cheguei, mas pelo menos senti que não estava fingindo. Mas quando o marido chegou, ela assumiu uma espécie de máscara. Foi mais gentil comigo, porém sem aquela franqueza anterior. Sabia que estava sendo observada pela família.

— Não posso imaginar isso...

— O filho caçula foi legal. Vai ser como o pai, mas sem aquela pompa. Comportou-se como se aquilo fosse muito estranho, mas estranho para todos, portanto, era melhor tornar o ambiente o mais agradável possível. O mais velho parecia querer me matar. Mal abriu a boca. Não se sentou, ficou junto da porta, olhando fixo para nós.

— Pelo amor de Deus — gritou Nathalie —, qual é a dele, na sua opinião?

— Não sei. Eu podia ter feito essa mesma pergunta a ele. Não quero nada dele, não quero nem a *mãe* dele...

— David!

Ele se virou para fitar Nathalie.

— Não quero mesmo.

— Você não pode dizer isso. Não pode saber isso depois de uma única reunião...

— Posso, sim.

Nathalie ficou calada, olhando para ele com olhos enormes e aflitos.

— Lembra-se do que Elaine falou? — perguntou David.

— O quê...?

— Uma coisa que ela disse a você. Uma coisa que você me contou. Que... que nós todos sabemos, no fundo do coração, quando somos queridos.

— Carole não amava seu pai?

— Esse é o problema. Era o meu pai que ela *amava*.

Nathalie sentiu um calafrio.

— Ah.

— Se ela não tivesse engravidado, talvez ele não tivesse ido embora.

— Mas você se parece com ele...

— Isso só confunde as coisas. Confundiu a cabeça de Carole. Talvez para ela eu seja um tipo de cópia dele. — Estendeu a mão e colocou-a em cima da mão de Nathalie. — Estou bem, Nat. De verdade. Estou exausto, mas estou OK. — Tirou a mão e levantou-se devagar. — É melhor eu ir para casa.

— Já contou para Marnie?

— Ainda não.

— Dave...

Ele se abaixou e beijou a testa dela.

— Preciso contar logo, não é?

Nathalie fechou bem os olhos.

— David, vá para casa, *vá logo.*

— Estou indo. Agora que a vi, posso ir. — Foi até a porta e parou. — Marnie queria conhecer Carole. Antes de eu ir a Londres, lembrou-me que queria conhecê-la. O que vou fazer?

Capítulo Quinze

A cozinha de Titus estava um horror, disse ele a si mesmo com uma espécie de arrogância. Em geral vivia em mau estado, e não era raro ele ter de andar com cuidado pelo chão grudento, mas aquela noitada na cozinha por cima da imundície habitual ganhou prêmio. Havia manchas das cores mais variadas — seria de açafrão? *chili*? sangue? — na frente dos armários, e a pia estava tão abarrotada que era impossível encher a chaleira de água. Era um belo caso para um programa de televisão em que dois sujeitos invadem uma casa no fim de semana e carregam todos os cacarecos para vender a outros tristes caçadores de cacarecos em uma feira de objetos usados.

Com cuidado, Titus afastou para um lado a pilha de louça e panelas da pia e enfiou a chaleira na torneira fria. Dentro da chaleira flutuavam cascas de limão, como se fossem pedaços de coral em um mar tropical. Sasha tinha comprado um produto para limpar a chaleira, mas como se negava por princípio a dar qualquer ajuda na casa de Titus, e Titus, por sua vez, não dava a mínima para o aspecto da chaleira, o produto estava onde fora deixado, escondido por trás de um saco de pães mofados.

    Ao ligar a chaleira, Titus lembrou que Sasha comentara sobre o contraste extremo entre a excessiva meticulosidade dele no trabalho e o total relaxamento na organização doméstica. Ela havia dito isso como dizia todas as coisas, em termos de observação e não de crítica e sem um tom pessoal, o que indicava que não levantaria um dedo para mudar as coisas. Ela era maravilhosamente pouco feminina nesse sentido, miraculosamente pouco maternal, e por isso mesmo extremamente atraente para Titus. Ao ver aquela bagunça na pia, achou meio estranho ter notado que Justine não havia feito menção de limpar a cozinha depois do jantar e da bebedeira da noite anterior... e de ter se irritado com isso. Lembrou de ter perguntado se ela não ia lavar a louça. Ou pelo menos achou que tinha perguntado, enquanto pensava em coisas mais penetrantes, possivelmente sobre sexo. Deu um suspiro. Sexo. Incrível como a vontade de fazer sexo era intensa na hora em que se queria e era nula no meio de uma cozinha de pernas para o ar, com dor de cabeça e grande possibilidade de chegar atrasado ao trabalho, ainda que esse sentimento durasse apenas uma ou duas horas.

    Pegou duas canecas no caos do balcão e lavou-as rapidamente com a água fria da torneira. Sua mãe sempre debochava da higiene, dizia que os germes só atacavam os que tinham medo deles e que o excesso de preocupação com a saúde era uma atitude burguesa. Vasculhou o armário e encontrou um punhado de saquinhos de chá enfiados em uma caixa aberta de arroz.

"Arroz com Folhas de Limão e Gengibre", dizia o rótulo. Olhou para os saquinhos de chá e imaginou que tivessem vindo da loja de produtos naturais de Sasha. Jogou-os nas canecas e pegou a chaleira. Não via Sasha havia quase três semanas e quando lhe enviava mensagens, ela respondia com textos lacônicos como "Ocupada" e "Volto logo". Parte dele morria de vontade de saber o que estava acontecendo e parte tinha medo de saber. Afinal, se soubesse, teria de fazer alguma coisa, e ele não queria isso. Só queria estar levando duas canecas de chá — sem leite, pois o leite tinha secado na garrafa de plástico — para a cama onde estava Sasha, e não Justine.

Pegou as canecas e abriu a porta da cozinha com um chute. A sala estava na semi-escuridão, e a luz do dia que entrava mostrava claramente que a maior parte das cortinas tinha caído dos ganchos. Havia pratos e jornais jogados pelo chão, copos sobre a televisão e roupas de Justine no sofá, espalhadas de uma forma que pareciam agora patéticas. Titus suspirou. Deu uma topada em um sapato e xingou.

Do quarto, ouviu Justine rindo. Ela tinha rido muito na noite anterior, enquanto bebia vinho tinto e tentava comer curry, e mesmo enquanto fazia sexo. Na hora, Titus havia achado o riso um desafio, como se ele tivesse de elevar-se a imensas alturas de inventividade para extingui-lo, mas agora o riso o incomodava. Era tão irritante quanto a inevitável expectativa juvenil de Justine de que, já que tinham feito sexo, Titus devia não só sentir alguma coisa por ela, como devia exprimir isso. Entrou com dificuldade no quarto e viu Justine recostada em um travesseiro, o edredom puxado o suficiente para cobrir os seios. Mesmo na penumbra dava para ver que seus olhos brilhavam. Colocou o chá em cima da cômoda, longe do alcance dela.

— Vamos chegar atrasados — disse ele.

Marnie pensou em telefonar quando mudava a roupa de cama das crianças e arrumava os brinquedos de Petey no cesto. Pensou em dar um telefonema calmo para Nathalie e perguntar — com o firme tom de voz que andava usando para falar com David e sobre ele — se podia ir à casa dela. Mas lhe ocorreu, enquanto juntava as peças de plástico do Bob, o Construtor de Petey, que Nathalie poderia lhe perguntar se o assunto não podia ser falado por telefone. Ao contrário da sua conduta normal, sua conduta razoável de sempre, Marnie não queria ter aquela conversa por telefone. Eram coisas que precisavam ser conversadas pessoalmente se ela quisesse sentir alguma satisfação, e ela não só ansiava por essa satisfação, como também a merecia.

Colocou Bob, o Construtor no cesto e fechou a tampa. As crianças mais velhas estavam no colégio e só chegariam em casa à tarde. Petey no momento estava vendo televisão com seu paninho de dormir, contra todos os antigos princípios de Marnie sobre estimular a diversão mesmo em crianças pequenas. Podia ir de carro com ela para o apartamento de Nathalie e ficar brincando no chão da cozinha, com a boa vontade que parecia incapaz de mostrar em casa. Ela levaria um suco e uns bolinhos de arroz para ele ou talvez Nathalie lhe oferecesse alguma coisa, que ele comeria com entusiasmo, mas que em casa decerto rejeitaria aos gritos, pensou Marnie com súbita raiva. Apoiou-se no cesto de brinquedos e respirou fundo. Era ridículo isso. Aliás, pior que ridículo, era realmente perigoso criar razões absurdas para ficar magoada com Nathalie quando a verdadeira razão — a razão fundamental — da mágoa em relação a ela era e sempre fora David.

Ela desceu. Petey estava absorto em frente ao vídeo da *Bela Adormecida* de Walt Disney. Aos 18 meses, ele havia aprendido a usar o vídeo e agora dava gritos terríveis quando não o deixavam mexer na televisão. Adorava botões, tomadas, interruptores e chaves, qualquer coisa que pudesse ligar e que fizesse barulho e piscasse. Marnie lembrava-se de que Daniel só se interessava por tacos, bolas e corridas, qualquer coisa ligada a esporte, e mesmo quando bebê era indiferente a qualquer outra atividade.

Marnie voltou ao corredor e discou o número de Nathalie.

— Alô?

— Nathalie, é Marnie...

Houve uma pequena pausa, como se Nathalie estivesse preparando uma resposta.

— Ah, alô...

— Você vai estar em casa daqui a mais ou menos meia hora?

— Vou...

— Posso levar o Petey aí só por uns vinte minutos?

Nathalie limpou a garganta.

— É claro. Não vejo Petey há tempos...

Marnie pôs o telefone no gancho e voltou para a sala de televisão.

— Está na hora de desligar...

Petey enfiou os dedos na boca.

— Não!
— Sim!
— Não! Não! Não!
— Petey — disse Marnie, abaixando-se para levantar o filho do chão —, nós vamos sair de *carro*.

— Você está bem? — perguntou Nathalie.
Marnie olhou para o chão. Petey estava comendo um biscoito de palitinho que Nathalie lhe dera e arrumando os bichinhos da Arca de Noé de Polly em uma fileira longa e irregular.
— Ele veio chorando o tempo todo no carro — explicou Marnie.
— Isso pára daqui a pouco. Todos param. Quantas crianças de 12 anos choram durante horas? Quer um pouco de café?
Marnie fez que sim, e Nathalie ofereceu-lhe uma cadeira.
Marnie sentou-se e sentiu os ombros caírem. Sua sensação de poder ali na cozinha de Nathalie não era o que imaginara, não era o que pretendia. Fez um esforço e levantou os ombros.
— Não é sobre Petey que vou falar.
— Não? — disse Nathalie.
— Acho que você sabe mais ou menos por que estou aqui.
Nathalie fez uma pausa e mexeu o café na cafeteira.
— David...
Marnie olhou para a mesinha de centro e viu uma marca de copo ou de caneca no tampo, indicando que alguém devia ter se sentado ali para conversar com Nathalie.
— Como você pôde? — perguntou abruptamente.

A colher de café na mão de Nathalie bateu no vidro da cafeteira.

— Pode repetir?

— Como você pôde? — disse Marnie de novo. — Como pôde deixar o David contar para você antes de contar para mim? Como pôde deixar o David vir aqui primeiro?

Nathalie virou-se lentamente e encostou-se no balcão da cozinha.

— Não é uma questão de deixar.

— O quê?

— Não deixei nada. Não deixei David entrar, como você disse, nem o encorajei. Ele simplesmente veio. Simplesmente entrou.

— Como vem sempre! — gritou Marnie. — Como vem sempre porque você o *encoraja*! Faz com que ele ache que ninguém o compreende melhor que você, ninguém pode compartilhar seus pensamentos melhor que você!

Nathalie afastou-se do balcão e debruçou-se sobre a mesa.

— Ninguém pode mesmo.

— Como você *ousa*...

— Não estou ousando nada. Não estou tirando nada de você. Mas há uma coisa que David e eu conhecemos, uma infelicidade que juro que você não gostaria de sentir, e que não podemos deixar de compartilhar. Você sabe disso. Sempre soube.

— Você está desviando o assunto — disse Marnie, segurando as mãos com força para pararem de tremer. — Sempre desvia o assunto deliberadamente. Você me dá nojo.

O rosto de Petey apareceu acima do tampo da mesa, visível só dos olhos para cima. Petey colocou um elefante e um porco-espinho na mesa e o elefante caiu.

— Não — disse Nathalie, esticando a mão para ajeitar o elefante. — Não. Você é tão possessiva que não agüenta que ele gosta de mais ninguém, não agüenta que ninguém o compreenda melhor que você.

Marnie não disse nada, só olhou para a mesa. Os olhos de Petey, azuis e redondos como bolas de gude, fixaram-se nela com uma intensidade impenetrável.

— Se David veio aqui falar sobre o encontro com a mãe dele — disse Nathalie —, você não acha que isso diz respeito tanto a você quanto a ele ou a mim?

— Como assim?

— Por que você está com ciúmes da mãe dele? Por que está com ciúmes de mim?

Os olhos de Petey sumiram.

Marnie falou, olhando para a mesa:

— Isso não a preocuparia?

— Não — respondeu Nathalie.

— Se Steve me contasse coisas antes de lhe contar, você não ficaria louca?

— Você sabe quem são seus pais. E Steve também. Vocês dois sabem exatamente de onde vieram.

Marnie deu um grito abafado.

— Oh, meu *Deus*. Tudo sempre, *sempre* acaba nisso, não é? Sempre acaba nesse elo da adoção, nessa carência, nessa... nessa *coisa* que a torna tão especial, tão merecedora de privilégios, com tanto direito a coisas que talvez possam pertencer legitimamente a outra pessoa, porque nada compensará jamais essa terrível injúria, esse sofrimento... — Parou no meio da frase, arfando ligeiramente.

— E é um sofrimento — disse Nathalie, baixinho.

— Então você se sente com direito de punir todo mundo?

— Não estou punindo ninguém.

— Está, sim. Talvez não tenha essa intenção, mas *está*.

— E você?

— Eu o quê?

— Você não pune David por ele não ser capaz de te amar da forma que você deseja?

— Como você ousa...

— Não fique repetindo isso — disse Nathalie.

O alto da cabeça de Petey apareceu de novo acima da borda da mesa. Seu olhar passou lentamente por Nathalie e parou.

— Mais biscoito — disse ele.

Nathalie olhou para baixo.

— É claro, querido. — Olhou para Marnie e perguntou: — Posso dar?

Marnie fez um gesto positivo. Nathalie foi ao armário e pegou a caixa de biscoito de palitinho.

— Ele não come isso em casa.

— É claro que não.

Petey pegou dois palitinhos, olhou para Nathalie e deu um sorriso lindo.

— Marnie, não sou esposa nem mãe dos filhos dele. Mas conheço David desde que ele era desse tamanho, menor ainda. Conheço a sombra que nós dois temos por dentro, a sombra que não deixa que a gente se solte completamente...

— Por favor, pare.

Nathalie aprumou o corpo.

— OK.

— Você forçou David a fazer essa busca. Forçou-o a encontrar Carole. Mas agora pare. *Pare*. Isso não tem nada mais a ver com você.

Nathalie pôs a caixa de biscoito de palitinhos na mesa.

— Não posso impedir que ele venha...

— Pode impedir que ele venha aqui *primeiro*. Pode impedir que se abra com você.

— Impedir?

— É.

— Você *quer* isso? Quer que David faça uma coisa só porque lhe *disseram* para fazer?

Marnie pousou o rosto na mesa, sentindo-se de repente insegura, com vontade de chorar. Sacudiu a cabeça.

— Não...

— Você quer conhecer Carole?

Marnie fez que sim.

— Pode me dar um lenço de papel?

Nathalie pegou um rolo de toalha de papel e colocou-o na mesa.

— Por que quer conhecer Carole?

Marnie assoou o nariz.

— Ela é a mãe de David...

— Será que também vai brigar com *ela* por causa de David?

Vai dizer onde ela tem de parar? Vai dizer que ninguém tem os mesmos direitos que a esposa?

Marnie deixou a cabeça cair.

Nathalie não disse nada, só pôs a mão na cabeça de Petey.

— Espere só — disse Marnie. — *Espere só.*

Polly percebeu que se seu quarto ficasse completamente escuro, as estrelas do teto brilhariam mais. Porém, se insistisse em deixar a luzinha noturna de ursinho acesa e a porta do quarto entreaberta, isso não só representaria um triunfo sobre Nathalie, como a oportunidade de ouvir tudo o que acontecia no apartamento. A maioria do que ouvia não tinha graça, mas às vezes, e ultimamente muitas vezes, havia um clima no ar. Não que ouvisse seu pai gritando ou sua mãe chorando, mas havia uma certa tensão ou energia no ar, e era melhor manter-se acordada para não perder nada. Mas essa sensação a deixava inquieta e um pouco insegura, por isso era extremamente necessário testar Nathalie várias vezes, fazendo coisas que, embora não fossem exatamente artes, não eram certas. Ela não se sentia particularmente feliz oscilando nesse linha fronteiriça, mas enquanto as coisas estivessem como estavam, era o único comportamento possível.

Ficou deitada, olhando as estrelas do teto. Pareciam mortiças e encobertas, e mal dava para ver os pontos da lua, os pontos que lhe davam a forma de um C. Esticou a cabeça para o lado e abriu bem os olhos para ver sua casa de boneca e todas as Barbies empilhadas no cesto da lavanderia e a Arca de Noé na caixa. Naquele dia, quando voltou do colégio, tinha visto os bichinhos da Arca de Noé espalhados pelo chão porque Petey havia brincado com eles.

— Você não devia ter dado meus bichinhos para ele — dissera a Nathalie.

— E por que não?

— Ele podia ter quebrado alguma coisa.

— Eu estava aqui, Polly. Fiquei vigiando.

— Não o tempo todo. Você não ficou vigiando *o tempo todo*.

Ela juntou os bichinhos com muito cuidado e colocou tudo na caixa.

— Uma boa observação — disse Nathalie numa voz um tanto suspeita.

Polly olhou para seu jantar. Era um dos seus cardápios favoritos, só que as cenouras estavam cortadas em rodelas e não em tiras.

— Não estou com fome!

— Muito bem — disse Nathalie.

— Não gosto de cenoura em rodelinhas.

— Não? Eu tenho uma coisa para te contar.

— O quê?

— Só posso dizer depois que você sentar.

Polly suspirou, foi sentando aos poucos na cadeira e, sem notar, pegou um pedacinho de presunto.

— Vou ficar fora uns dois dias.

Polly deixou o presunto cair da sua mão.

— Só dois dias — disse Nathalie.

— Por quê?

— Coma o presunto.

Polly inclinou-se para o prato e pegou o presunto com os dentes.

— Polly!

Ela deu um risinho afetado.

— Que coisa feia!

— Os cachorros comem assim.

— E você é cachorro?

— Sou.

— Bom, então seja boazinha e coma mais um pouco para eu poder te contar.

Polly pegou o garfo e espetou uma cenoura.

— Vou viajar para ver uma amiga — disse Nathalie.

— Por quê?

— Porque não vejo essa amiga há muitos anos.

— Desde que você nasceu?

— Muito antes disso.

Polly chupou a cenoura.

— Vai de avião?

— Não, vou de trem.

— Eu posso ir?

— Não. Você vai ficar com o papai. Seu pai e suas avós vão cuidar de você.

Polly jogou o garfo na mesa.

— Não!

— São só dois dias. Dois dias e uma noite.

Polly fez beicinho.

— É como se você fosse passar a noite com Hattie — insitiu Nathalie.

— Por que você vai de trem?

— Porque é longe.
Polly arregalou os olhos.
— Longe como... a Austrália?
Nathalie pegou o garfo e entregou-o para Polly.
— Não tanto.
Polly ficou batendo na mesa com o garfo.
— Como é o nome dela?
— De quem?
— Da sua amiga.
Nathalie olhou para o lado e Polly ficou atenta. O clima mudara de repente. Empurrou o prato, e um pouco de comida se espalhou pela mesa.
— Cora — disse Nathalie.

Voltar para o apartamento, pensou Carole, se tornara quase um horror. Não era o lugar em si, o lugar que antes lhe dava prazer, mas o que poderia encontrar lá. Antes era só Connor, que ela conhecia e com quem sabia lidar. Connor voltando de algum jogo, de um leilão ou de uma reunião com o filho de algum figurão solicitando orientação para estabelecer um pequeno negócio. Connor continuava lá, mas agora era mais imprevisível e vigilante, à espreita de um pequeno indício de que ela estivera em algum lugar ou fizera algum contato sem que ele soubesse.

E se Connor estivesse fora, havia Martin. O trabalho o mantinha ocupado até o fim da tarde, mas ele nunca fazia nada depois que voltava para casa. Dizia que não tinha dinheiro e que não queria ver os amigos porque não conseguia enfrentá-los. Carole tentara explicar que um dos elementos essenciais da amizade era oferecer ajuda em momentos difíceis do outro, mas Martin havia olhado para ela como se estivesse ouvindo um absurdo. Mas Carole preferia aquele olhar ao outro, uma versão ligeiramente suspeita da nova vigilância de Connor. Sentia que ele observava detalhadamente qualquer mudança de conduta ou atitude sua desde que David fora apresentado à família.

Era exaustivo ver os olhos de todos em cima dela. Sentia até certo ponto que o comportamento de Connor era justificado, mas o de Martin a irritava e às vezes a alarmava. Sentia que ele já a julgara — e chegara à sua própria conclusão — e a observava apenas para obter prova do seu veredicto. Ao que parecia, Martin achava que David chegara sem esforço ao primeiro lugar da lista de afeições de Carole por causa do seu aspecto, da sua proveniência e por ter sido mantido em segredo durante todos aqueles anos. Era o filho mais velho, o primogênito. Tinha bastante sucesso e chegara a abrir sua própria empresa, e era pai de dois filhos homens. Devia ser o filho que toda mãe deseja e espera ter, e Martin se manteria de olho na mãe durante o tempo necessário para provar que estava certo.

— Converse com ele — disse Euan. — Abra o jogo. *Diga* para ele.

Carole girou sua aliança de casamento.

— Ele distorce tudo que digo...

— Martin é assim mesmo — disse Euan. — Perfeitamente equilibrado, sempre provocando uma briga. Diga a ele que David é só um filho a mais.

Carole olhou para ele.

— Você me ajudaria a conversar com ele?

Euan hesitou. Queria ajudar, queria que a mãe e o irmão encontrassem uma solução para suas eternas dificuldades, mas andava muito atarefado no momento. Tinha passado tanto tempo com a família recentemente, por causa do problema do David, que Chloe — exigente como mulheres lindas em geral são — estava começando a criar caso, a querer saber seu paradeiro, a querer adulações e compensações. A chegada de David havia sido uma bomba, pelo amor de Deus, mas a idéia de Chloe ficar insatisfeita e irrequieta era ainda pior. Ele coçou a cabeça.

— Desculpe, mãe. Está um pouco difícil no momento, andei muito ausente...

— É claro.

— De todo jeito, é melhor você fazer isso sozinha. Mart não gostaria que eu fosse segurar sua mão. Quem inventou a rivalidade entre irmãos?

Carole riu.

— Você tem razão. É claro que tem. É que...

— Eu sei, mãe. Sempre é.

Agora, na porta do quarto de Martin, vendo com irritação a pilha cada vez maior de sacolas e caixas que ele começava a colocar no corredor, sentiu um enorme cansaço. Era como se vivesse escalando uma montanha, e quando subia um pico, vinha outro, depois outro. Devia ser por essa razão que as pessoas guardavam segredos. No momento em que confessavam o segredo, perdiam o controle da situação, e todos vociferavam, criticavam e exigiam sua participação. Carole deu um passo à frente e bateu à porta de Martin.

Martin abriu a porta. Estava descalço, com calça de moletom e camiseta do Manchester United.

— Vim ver com você — disse Carole com certa timidez.
— Ah!
— Estava saindo?
— Só ia à cozinha tomar um suco.
— Então a gente pode conversar enquanto você toma o suco.

Martin passou por ela e foi andando pelo corredor.
— Sobre quê?
Carole seguiu-o.
— Sobre David.
Martin estava ao lado da geladeira, de costas para ela.
— Imaginei.
— Querido, nada mudou. O que sinto por você, por Euan ou pelo seu pai não mudou em nada.

Martin abriu a geladeira e tirou uma garrafa de suco.
— Sujeito boa-pinta.
— O que importa isso?
— Não é gratificante ter um filho tão bonito? — perguntou, virando a garrafa para beber no gargalo.
— Já tenho dois filhos bonitos.
Martin bufou.
— Não me venha com essa.
Carole aproximou-se.
— Eu não pensava nele. Não pensava durante meses a fio...
— Mas pensava no pai dele.
Carole hesitou.
— Às vezes.
— E ele se parece com o pai.
Carole olhou dentro dos olhos de Martin.

— Querido, tudo isso acabou. *Vocês* são a minha família, seu pai é meu marido, é assim agora e será no futuro. Tudo isso aconteceu há muito, muito tempo.

Martin guardou a garrafa de suco na geladeira.

— Mas aconteceu.

— É, e não posso desfazer isso. Não posso. Já pedi tantas desculpas que não tenho mais como pedir. O que quer que eu faça agora? O que mais *posso* fazer?

Martin fechou a porta da geladeira e virou-se para Carole.

— Livre-se dele — disse.

— Livrar-me...

— Não — disse Martin. — Pensando bem, eu vou me livrar dele. Vou dizer que ele não é bem-vindo aqui. — Olhou para a mãe e perguntou: — Ou é?

Capítulo Dezesseis

Um homem vinha olhando incessantemente para Nathalie desde a estação Birmingham New Street. Não olhava de forma direta, e seu ar não era sinistro nem ameaçador, mas era óbvio que estava interessado. Tinha na mão um livro grosso e pesado, porém passou mais tempo olhando para ela do que para as páginas do livro. Como se estivesse tentando descobrir alguma coisa sobre ela. Como se de início tivesse se sentido atraído por ela, e depois se encantado por outra coisa mais distante e fugidia nela que a mera aparência. Nathalie havia tentado uma vez e desavisadamente, dar uma olhada rápida e um sorriso para o homem, mas ele desviara o olhar. Seu interesse era muito maior que um mero flerte.

Nathalie ficou olhando pela janela. Ela também tinha um livro na mão, mas não conseguia se concentrar, não conseguia chegar ao fim de uma frase. Na verdade, não estava particularmente surpresa daquele homem olhá-la com tanta insistência; o que a surpreendia é que ninguém naquele vagão percebesse, mesmo estando a poucos metros dela, que se encontrava em uma fase de vida diferente da de todos eles, à beira de uma extraordinária mudança, uma mudança que iria trazer uma solução, uma resolução e... e uma *descoberta*. Na verdade, não era uma mudança. A mudança ocorrera durante os anos que levaram àquele momento, durante todos os anos em que ela não sabia quem era sua mãe, não sabia que sua mãe pensava tanto nela. Ficou relembrando a primeira conversa das duas ao telefone, Cora chorando e perguntando ansiosamente se ela estava com raiva, se seria capaz de perdoá-la um dia. Quando rememorava aqueles minutos ao telefone, sentia vir à tona uma coisa muito pura, muito forte e muito agradável que supunha ser alegria.

Elaine Price se oferecera para ir a Northsea com ela. Dissera que em geral fazia isso, em geral participava do encontro de apresentação, para ajudar naqueles primeiros momentos tão difíceis de reparação e reconciliação. Dissera que em geral ia embora o mais depressa possível, mas como os encontros eram quase sempre um anticlímax e nenhum dos dois lados tinha coragem de revelar seus verdadeiros sentimentos, era bom ter alguém para ajudar.

"Se você refrear sua emoção, refreia seu progresso", tinha dito Elaine.

Nathalie estava certa de que refrear sua emoção não seria problema. O problema, a seu ver, seria excesso de emoção e muito pouca contenção. Não sabia bem se queria que Elaine estivesse lá vendo-a chorar — e vendo Cora chorar —, pois tinha certeza de que chorariam. Embora confiasse em Elaine, aquele momento seria tão extremamente particular que dispensava testemunhas. Disse a si mesma que não era certo nem natural alguém presenciar essa espécie de renascimento. Duas adultas remediando, cada uma a seu modo, a grande perda nas suas vidas deviam poder realizar esse precioso e extraordinário ritual a portas fechadas.

"Obrigada", dissera a Elaine. "Obrigada, mas preciso ir sozinha. Quero ir sozinha."

Esperava que Elaine tivesse compreendido. Esperava que Elaine tivesse sido sincera quando explicara que não era mais que uma parteira naquele tipo de renascimento, que depois daquele encontro voltava a atender outros clientes, clientes novos que sempre apareciam. Nathalie esperava — embora sem muita convicção, para ser franca — que no entusiasmo com o acontecimento iminente não tivesse se esquecido de incluir Elaine nos seus pensamentos e sentimentos.

Tirou os olhos da janela. O homem do livro, para seu desapontamento, estava lendo. Parecia ler com a mesma atenção que dera a ela uns minutos atrás, ou até antes disso. Puxou a manga para trás para olhar o relógio e sentiu uma pontada de pânico no estômago. Em 37 minutos o trem pararia na estação de Northsea, e Cora estaria esperando na plataforma vestida de vermelho ou laranja e levando flores.

"Cinerárias, se eu conseguir encontrar", dissera ela, "adoro cinerárias. Nunca vi essas flores crescendo no milho, mas adoraria ver. Cinerárias e papoulas em um campo de milho."

Nathalie fechou os olhos. Nas últimas semanas vinha à sua cabeça uma imagem de si mesma, clara e precisa como uma foto antiga. Tinha uns 6 ou 7 anos, usava o tipo de vestido que Lynne gostava que usasse, manga fofa e saia rodada amarrada com um laço de fita, a blusa com ponto de casa de abelha. O vestido era rosa ou azul, num tom pálido, e seu cabelo estava preso no alto da cabeça com uma fita de pontas compridas caindo pelos ombros. Ela estava de meia e sapato de pulseirinha, ao lado de um arbusto lilás no quintal da Ashmore Road, as mãos cruzadas na frente, como ficava no início das aulas de dança. Não se lembrava onde aquela criança formal tinha ido, mas sabia para onde estava indo naquela hora. Vira essa cena muitas vezes em imaginação — a criança com a fita no cabelo e o sapato de pulseirinha, descendo do trem e estendendo os braços para uma mulher de vestido vermelho segurando um buquê de cinerárias. Às vezes ficava com um nó na garganta só de se lembrar disso.

Abriu os olhos. Era melhor não pensar nisso no momento, era melhor não esperar e planejar muito, era melhor olhar pela janela e apreciar o mar do Norte de um azul-acinzentado, a apenas cem metros da linha férrea, brilhando sob o céu enevoado. Deviam estar perto, muito perto. Na verdade, todos começavam a se movimentar nos bancos, vestindo as jaquetas, enfiando os jornais nas sacolas, adotando as expressões cautelosas de quem vê chegar a hora de abandonar a breve e abençoada liberdade de uma viagem e voltar às pressões da vida diária.

— Northsea — disse o chefe do trem pelo alto-falante. — Próxima parada, Northesea.

Nathalie levantou-se, insegura. Ah, o terror dos grandes momentos, o terror de enfrentar esses momentos e o terror de vê-los desaparecer. Esticou a mão para pegar a maleta na prateleira, onde Polly pusera um desenho seu — feito com insistência e deliberação — de um cachorro grande ao lado de uma casa pequena e três pessoas mínimas, escrito no alto com o r ao contrário: "Para Cora."

O trem passou por casas de paredes cinza e telhados de ardósia cinza, um depósito de mercadorias, uma garagem e um estádio de futebol iluminado acima das arquibancadas. Depois vieram mais casas, um parque e linhas férreas correndo juntas e separadas em uma seqüência estonteante. O trem foi diminuindo a marcha, deslizando sob a cobertura de vidro suja da estação de Northesea, passando pelas plataformas, ao lado de pilhas de malas postais, carrinhos de bagagem, passageiros se movimentando, um cachorro puxado por uma guia, uma banca de jornal, placas dizendo "Táxi" e "Toaletes". E finalmente parou.

Nathalie pegou a maleta e deu um passo à frente. No corredor, o homem do livro olhava para ela.

— Boa sorte — disse.

Ela fez que sim. O homem foi andando e ela seguiu atrás pelo vagão, segurando a maleta desajeitadamente até chegar à porta e descer na plataforma.

Havia uma mulher esperando, uma mulher usando vestido vermelho-alaranjado, solto feito um casaco. A mulher segurava umas flores, mas não eram cinerárias, mas sim cravos comuns de um verde-esbranquiçado. E aquela mulher não tinha tamanho de mãe; era pequena. Muito pequena. Não dava para olhar para ela de baixo para cima, só de cima para baixo, pensou Nathalie.

— Olá — disse Cora.

Marnie havia se munido de coragem para telefonar para Carole. Antes seguira todos os rituais costumeiros — dobrar a roupa lavada, trançar o cabelo de novo, ver se Petey não tinha jogado seu paninho fora da cama enquanto dormia — e depois fora até o corredor e discara o número que David lhe dera. Ele não quisera dar o número, é claro, alegando que, já que aquele relacionamento não tinha futuro algum, não fazia sentido Marnie entrar na dança. Mas ela insistira, estendendo a mão como que para pegar um objeto de uma criança obrigada a entregar algo que tivesse roubado.

— Se isso diz respeito a você, diz respeito a mim também. Nós combinamos isso, lembra?

Carole não parecera muito acolhedora. David tinha avisado que Marnie telefonaria, mas mesmo assim ela havia usado um tom de quem estava surpresa e descontente. Marnie tentou lembrar-se de tudo que David tinha dito sobre a incapacidade de Carole de lidar com situações de confronto, o que exigiria muita paciência por parte do confrontador.

— Não quero nada de você — disse Marnie. — Não estou pretendendo nada. Mas sou esposa de David; portanto, estou envolvida. — Parou abruptamente quando percebeu que ia dizer "Não posso ser deixada fora disso", exatamente o que sabia que *não* podia dizer. — Isso envolve nós todos.

— Imagino que sim — disse Carole, depois de uma breve pausa.

Ela havia dito para Marnie ir a Londres. Sugerira que se encontrassem para almoçar em um restaurante de uma galeria, onde duas mulheres em uma situação tão carregada poderiam se encontrar sem chamar a atenção. Mas Marnie estava pronta para ela. Não faria nenhuma concessão emocional, não estava desarmada como no dia em que fora à casa de Nathalie.

— Seria bom você conhecer a casa de David — disse. — Conhecer sua vida e sua família.

— OK — disse Carole, para surpresa de Marnie. Parecia estar se divertindo. — OK, eu vou a Westerham.

E agora ali estava ela, na sala de Marnie, sentada em uma das cadeiras estofadas de azul, tomando uma xícara de café e recusando os bolinhos de noz-pecã. Olhava ao redor da sala de uma forma que Marnie não conseguia decifrar. Não demonstrava curiosidade nem indiferença, observava as paredes lisas e o chão encerado, os livros e quadros, e a criança-modelo sentada no tapete com os dedos na boca, brincando com um trenzinho de madeira com apito ecológico. Marnie viu seus olhos passarem pelas flores do vaso de pedra, pelas fotografias, pelo sofá com sinais de que pulavam nele mais do que sentavam, e ficou pensando se tinha esquecido alguma coisa.

Carole deu um gole no café.

— Que delícia!

— Eu venho de uma longa linhagem de produtores de café...

— Estava falando da sala. Mas o café está uma delícia também, é claro.

Marnie esperava que Carole desse um pouco de atenção a Petey. Aliás, ele estava se comportando de forma perfeita, sentado no tapete com os olhos azuis fixos na visita, as botinas charmosas enfiadas entre os carros decorativos do trem. Mas afora um breve cumprimento, Carole não se interessou por Petey. Na verdade, pareceu tão desinteressada que Marnie achou que ela evitava olhar para aquele menino lourinho porque a imagem era muito dolorosa e lhe trazia uma forte recordação.

Petey tirou os dedos da boca, pegou o trem de madeira e mostrou-o para Carole.

— Thomas — disse.

Carole olhou-o rapidamente.

— Ele está se referindo ao Thomas, o Trem.

— Que graça! — ela disse. — Que graça de trem.

Petey largou o trem e estendeu o braço no ar.

— *Não* Thomas — disse ele.

— Não?

— Thomas *azul* — falou com desprezo, pondo de novo os dedos na boca.

— Ele tem 2 anos — explicou Marnie.

Carole olhou para o seu café.

— Não tenho mais prática de calcular idade — disse, tomando outro gole. — Não lido com uma criança de 2 anos há mais de 25 anos.

Marnie colocou sua xícara no chão ao lado da cadeira. Não gostava de tomar café em xícaras. Xícaras eram próprias para chá, em estilo inglês. Café devia ser tomado em canecas. Mas por alguma razão, quando viu o cabelo de Carole e seus sapatos de camurça, desistiu da tradição canadense de tomar café. Assim como desistira de usar o mesmo jeans de sempre quando se lembrou da descrição de David sobre as roupas e o apartamento de Carole.

— Imagino que David tenha dito que Petey é o caçula da casa. Ellen tem 12 anos e Daniel, 10 — falou Marnie, mostrando uma foto na prateleira a pouco mais de um metro de Carole. — Ali estão eles no último verão no Canadá.

Carole virou a cabeça para ver a foto, mas não se dispôs a pegar o porta-retratos.

— Que graça!

— Todo ano passamos o verão no Canadá com meus pais. É maravilhoso para as crianças.

— Deve ser mesmo — confirmou Carole. — Eu nunca estive lá.

Petey levantou-se de mansinho. Foi andando até a cadeira de Carole e ficou na altura do seu joelho, olhando-a com um ar decidido.

— Olá — disse Carole.

Petey não disse nada. Marnie olhou para aquelas costinhas fortes, camiseta listrada, cabelo louro e macio, pés calçados com a botina, e maravilhou-se ao pensar que ninguém resistia à tentação de tocar nele.

— Quando meu Martin tinha 2 anos — disse Carole para Petey —, seus brinquedos preferidos eram tratores. Você gosta de brincar com trator?

Petey deu um passo atrás.

— Thomas — disse com voz bem alta.

— Ah, sei...

— Thomas! — gritou Petey.

— Não grite, meu amor — pediu Marnie.

Petey virou-se e voltou para o tapete. Abaixou-se, pegou o trenzinho e saiu da sala.

— Ele não vai muito longe — disse Marnie, como se Carole estivesse preocupada. — Nós temos um portãozinho na escada.

Carole estendeu a mão para pôr sua xícara na mesa, recostou-se na cadeira e pousou as mãos nos braços da poltrona azul.

— Por que você quis que eu viesse?

— Acho que é óbvio...

— É mesmo?

— É claro. Você é mãe de David e eu sou mulher dele e mãe dos filhos dele...

— Ah... — disse Carole, levantando uma das mãos. — Estou vendo tudo isso. Essa organização, essa casa, esse estabelecimento familiar. Já imaginava que seria assim depois que me encontrei com David. Ele parece o tipo de homem que precisa ser cuidado por alguém.

— Gostaria que não fosse...

Carole olhou para ela.

— E você se importa com ele, não é?

Marnie desviou o olhar. O prato de bolinhos de noz-pecã, amolecendo com o calor do sol que entrava pela janela, pareciam de repente esquecidos, patéticos.

— Mas não é isso.

— Não?

— Não.

— Então o que é? Do que se trata? Por que quis que eu viesse até aqui?

— Eu precisava que você soubesse de uma coisa. Precisava que tivesse muita certeza de uma coisa.

Carole juntou as mãos debaixo do queixo e apoiou os cotovelos nos braços da poltrona.

— Como assim?

Marnie respirou fundo.

— Quero que você saiba que, como mãe de David, é bem-vinda à família. Mas, por favor, não pense que existe um espaço aqui a ser preenchido por você. Porque não existe.

Petey apareceu na porta segurando o bastão de críquete que Daniel usava quando era menor, agarrado a ele como se o bastão fosse um ursinho de pelúcia. Carole continuou olhando para Marnie.

— O que faz você pensar que isso passou pela minha cabeça?

Marnie inclinou-se para a frente.

— Só queria que você soubesse. Só desejo que não haja dúvida alguma sobre isso. Você é muito bem-vinda, mas nos nossos termos.

— Bastão — disse Petey bem alto.

— Pobre mocinha — disse Carole para Marnie. — Pobre mocinha. Você realmente ama o David, não é?

Era muito estranho, pensou Lynne, considerar as coisas que tinham sido confortadoras durante anos e perceber que o que servira de consolo mais tarde se tornara tão inútil. Em certa época — que agora parecia muito, muito longínqua —, pensar em fazer um bolo para o fim de semana ou lavar o equipamento de futebol de David dava uma sensação de extraordinária realização e paz. Mas é claro que o tempo tinha passado. Tinha passado em termos reais e apressado por Nathalie, que queria pôr fim à dependência, pôr fim àquela vida infantil de rotina e pequenos confortos. Lynne às vezes achava que Nathalie tentava deliberadamente acabar com aquela cuidadosa estrutura, em parte para testar a força da estrutura, em parte para testar sua própria capacidade de viver sem ela. No fundo do coração, Lynne não podia culpar Nathalie por querer crescer e ganhar o mundo, mas sempre a culpara — e sabia que sem razão — por não deixar alguma coisa para ocupar seu lugar.

Era aí que entrava a televisão, pensou Lynne com certa vergonha. Sabia que havia milhares e milhares de pessoas como ela, para quem a televisão se tornara uma grande companhia, uma fonte de amizade e fantasia. Ela não passava a tarde toda vendo filmes antigos de Hollywood com uma garrafa de xerez da venda, como dizia sua mãe, mas se viciara em programas sobre embelezamento de casas e jardins. Não queria amor e romances improváveis, queria uma fuga do presente, um tapete mágico que a levasse a um lugar onde ela fosse a grande poderosa, a esposa e a mãe, o centro da família. Sentar ali vendo aquelas transformações falsas e teatrais de salas e quintais e ver a comovente esperança de uma transformação de vida na cara dos participantes fazia Lynne voltar atrás no tempo. Voltar à época mais feliz da sua vida, quando seus dois filhos bem alimentados e bem cuidados faziam com que acreditasse que não só tinha um objetivo, como esse objetivo poderia ser atingido. Houve momentos — ou talvez mais que momentos — em que ela quase se conformou com a infertilidade, com o fato de não engravidar. Agora, estranhamente, diante daquele cenário com uma estante de livros em uma parede pintada, voltava a sentir aquela paz de espírito, a ver uma fantasia descendo como uma bola de ar até poder ser segura. Sabia que era patético, mas nem por isso a impedia de sonhar.

Preferia assistir àqueles programas quando Ralph estava fora — fora de casa mesmo, não logo ali na sua carpintaria. Ele voltara para o clube de xadrez — não o clube superior onde David jogava, mas um grupo mais informal, formado por vários exilados das antigas repúblicas soviéticas que se encontravam em um *pub* perto da estação de Westerham e eram tolerados desde que pedissem uma bebida por hora. Ralph não disse por que decidira voltar a jogar xadrez, e Lynne não perguntou. Sentia um certo alívio quando ele saía duas noites por semana com ar decidido, deixando-a livre para... assistir à televisão. Sentar diante da televisão sempre lhe dava a sensação de estar se livrando de um fardo, de estar descansando de uma tarefa árdua e intensa.

— Não acredito que você esteja vendo *isso* — disse David da porta.

Lynne deu um grito.

— David!

Ele apontou para a tela. Dois homens felizes da vida falando um monte de bobagens e uma menina grande colocando pedras grandes e cactos em um tapete de cascalho.

— Mãe, isso é um lixo!

— Eu sei...

— Esse jardim não vai durar dez minutos! E onde conseguiram essas plantas? São plantas do *deserto*. Isso é coisa do Arizona.

— Você me deu um susto — disse Lynne, pegando o controle remoto e desligando a televisão.

— Se eu tivesse telefonado antes você teria preparado um banquete e limpado a casa toda.

— Eu *gosto*...

— Mas eu não queria lhe dar esse trabalho — disse David, inclinando-se para beijá-la. — Queria ver você, mas sem estar ocupada na cozinha, sem tempo para conversar.

Lynne olhou para o lado.

— Ah.

David sentou-se no sofá perto da cadeira dela.

— Hoje é a noite de xadrez do seu pai — disse Lynne, insegura. — Acho que não estou a fim de mais revelações.

— Nem eu.

Lynne levantou os olhos.

— Vou fazer um pouco de café.

— Não.

— David...

— Não. Não quero nada. Não vim tomar café nem comer nada.

— Eu gosto de fazer café.

— Sei disso — disse ele, olhando para a tela em branco. — Mãe, eu sei.

— Ando tão assustada! — disse Lynne baixinho.

— Sei disso também.

— Pensei...

— É.

— Não sei o que aconteceu. Quando... quando você foi falar com ela, achei que talvez você ou Nathalie...

— É por isso que estou aqui — disse David.

Lynne assentiu.

— Você não precisa se preocupar.

Ela fechou os olhos com força e apertou as mãos no colo.

— Gostei dela. É uma mulher que impressiona em certo sentido, uma mulher refinada, ou melhor, *realizada*. Deu umas tantas explicações sobre o meu pai e coisas do gênero. Mas...

Lynne não abriu os olhos.

— Não senti nenhuma ligação com ela. Ou pelo menos não como esperava sentir. Foi um sentimento fraco, doentio. Mãe — disse David, inclinando-se para tocar nas mãos dela —, isso aconteceu com pelo menos vinte anos de atraso.

Lynne começou a chorar. David viu as lágrimas escorrerem-lhe aos poucos pelo rosto.

— Eu estava apavorada...

David aproximou-se mais dela.

— Não precisa mais se preocupar. Não precisa ter medo de nada.

— Pegue um lenço de papel para mim, querido. Ali do lado — disse Lynne, insegura.

David levantou-se e foi até a prateleira onde ficava — e sempre ficara — a *Enciclopédia Britânica* de Ralph. Pegou a caixa e entregou-a para Lynne.

— O encontro com ela me livrou de alguns fantasmas.

Lynne assoou o nariz e olhou para David com os olhos úmidos.

— Que tipo de fantasmas?

— Saber quem era o meu pai. Como é o meu nome.

— Seu nome é Dexter.

— Esse é o nome de Ralph. O nome do papai. Não é seu, nem meu, nem de Nathalie.

— O que importa um nome?

David sentou-se de novo.

— Importa muito.

— Então sua mãe não importa, mas seu nome importa? — perguntou Lynne com um sorriso forçado.

— Deixe de bobagem. Você é a minha mãe. Vim lhe dizer isso. É por isso que estou aqui.

Lynne pegou outro lenço de papel.

— Não comece de novo.

— Eu não me importo...

— Você é um bom filho — disse Lynne com veemência.

— Um *bom* filho.

David estendeu as mãos.

— Espero que você ache...

— E seu pai?

— O papai?

— Não o papai. Seu pai biológico...

— Sei o nome dele. Mas não sei mais nada.

— E quer saber?

— Não sei.

— Fico imaginando como o papai está se sentindo.

— É mesmo.

— Esse clube de xadrez...

— É.

Lynne colocou a caixa de lenços na mesinha ao lado da sua cadeira.

— Não existe ensaio para nada, existe? Não há chance de praticar nada.

David deu-lhe uma cutucada.

— Uma idéia muito filosófica, mãe.

Lynne sorriu para ele.

— Obrigada por ter vindo aqui.

Ele esticou a mão para segurar no pulso dela.

— Talvez haja umas mudanças, mãe, mais mudanças. Mas uma coisa nunca vai mudar. Está segura disso agora?

Lynne olhou para ele.

— Nathalie...

— Esqueça a Nathalie. É sobre mim que estamos falando agora. Está ou não?

— Vou tentar — disse Lynne.

— Isso não basta.

Ela olhou para a mão do filho no seu pulso.

— Estou — respondeu.

Betty parou do lado de fora da porta de Cora, viu uma fresta de luz, mas não ouviu nada. Tinha ido para a cama na hora habitual e ficado ali contando o ritmo exasperante dos roncos de Don por mais de uma hora, absolutamente acordada, até não agüentar mais. Então saíra da cama, vestira o robe e calçara os chinelos — a dona de uma pensão não deve nunca sair do quarto só de camisola — e descera até o quarto de Cora.

Encostou o ouvido na porta, mas não conseguiu ouvir nada. Nem um único som. Bateu na porta com delicadeza. Ouviu um fraco sussurro lá dentro, depois silêncio.

— Cora — murmurou Betty.

Mais silêncio.

Depois de mais alguns sussurros, a porta foi aberta. Cora estava descalça, ainda com o vestido cor de laranja.

— Cora! Já é mais de meia-noite.

— É mesmo?

— Posso buscar um pouco de leite quente para você?

— Não, obrigada. Não estou doente. Só estou sem sono.

Betty passou pela irmã e entrou no quarto. Estava todo arrumado, como se Cora tivesse ficado em pé no tapete sem se mover.

— Ela perturbou você?

— Não — respondeu Cora.

Betty olhou bem para a irmã.

— Tem certeza? Sua cara não está boa.

— Estou bem.

— Não me venha com essa. Não me venha dizer que ela não a perturbou.

Cora deu um suspiro.

— É verdade. Eu é que me perturbei.

— O quê?

— Eu não era o que ela esperava. Sou sua mãe, mas ela não esperava uma pessoa como eu. E eu não esperava uma pessoa como ela.

— Deixa disso! — Betty deixou o corpo cair na cadeira desconfortável de Cora. — Você tinha visto a *fotografia* dela.

— Não era o que eu tinha em mente — disse Cora. — Não me entenda mal, ela foi um encanto, tem um aspecto encantador, maneiras encantadoras e suaves. Mas está diferente agora.

— Diferente?

— Não é a minha Samantha...

— Eu avisei — falou Betty triunfante. — Eu *avisei*, não é? Avisei que você ia se magoar se visse sua filha.

— Não estou magoada.

— Como não está? Sentada aí toda vestida à meia-noite, olhando para o espaço...

— Estou tentando entender as coisas. Mas não estou magoada. Estou perturbada, mas não magoada.

— E imagino que a madame já tenha voltado para o sul...

— Não voltou, não. Está na pousada que reservei para ela. Deixei-a lá depois das dez horas. Estava exausta.

— E a deixou exausta.

— É claro que sim. O que você esperava? Emoções importantes são exaustivas — disse, olhando para a irmã. — Acho melhor voltar para sua cama.

— Preciso saber se você está bem.

— Estou.

— Mas está magoada. Você mesma disse.

— Estou me adaptando. Estou me adaptando a... Nathalie. Estou me adaptando a tudo que achei que há tempos tinha... superado.

Betty levantou-se.

— Às vezes é difícil entender você.

— Talvez.

— Eu faço o possível. Tento ao máximo evitar que tenha mais decepções, mas você é obstinada e vai procurar decepções assim mesmo.

— Não é exatamente uma decepção. É outra versão de uma história que vivi quase a minha vida inteira.

— Chega de enigmas — disse Betty, encaminhando-se para a porta. — Já é muito tarde. Ela foi simpática com você?

Cora parecia assustada.

— Foi sim...

— Não exatamente gentil. Ela foi *boa*?

— Foi. Foi muito boa comigo.

Betty pôs a mão no ombro de Cora.

— Eu sabia. Eu sabia. *Boa*. Que tipo de filha é essa?

Capítulo Dezessete

O estúdio estava banhado da luz do fim de tarde. Steve não percebeu quando comprou o prédio, mas as linhas sinuosas do telhado da janela que dava para oeste eram dispostas de tal forma que na primavera e no verão entravam longos raios no final do dia, parecendo vindos do horizonte do mundo. Era a mesma sensação que tinha quando observava as vigas do telhado, a mesma sensação sobrenatural e maravilhosa que fazia parte, por acaso, de alguma coisa infinita e, em última instância, indiferente às pequenas coisas humanas.

Estava ao lado de um grande raio de luz, sentado no tamborete de costas para a parede. O computador continuava ligado porque ele se prometera pôr em dia as faturas do mês, para que Meera pudesse lançá-las na sua cuidadosa contabilidade.

— Você não costuma chegar atrasado — dissera ela, parando junto à sua mesa com aquela postura perfeita que fazia o cabelo cair nas costas como um lençol preto-azulado. — Não é seu costume mesmo.

— Desculpe — ele falou, sem olhar para ela.
— Aconteceu alguma coisa?

Steve passou os olhos pelo teclado e deu um sorriso sem jeito.

— Não perdeu muito...
— Não, principalmente as coisas de que não gosto.

Ele havia suspirado. Era o momento de dizer alguma coisa, de desfazer o emaranhado de acontecimentos com objetividade e pedir algum conselho. Mas deixou passar a chance. Suspirou de novo e olhou para Meera. A expressão dela era de surpresa e solidariedade.

— Vou entregar as faturas amanhã. Prometo.

Já tinha preparado mais da metade delas. Era só uma questão de checar, um trabalho que, além de fazer bem, ele gostava de fazer. Mesmo assim, a cabeça recusava-se a focalizar os dados e ficava rolando como um ovo cru no prato. Pensou em Nathalie, em Sasha, na viagem de Nathalie a Northsea, depois em Sasha, em Polly, nos dias que teria de passar no hospital, e de novo em Sasha. As faturas lhe dariam algum alívio, mas ele não conseguia se concentrar, não conseguia deixar de pensar, com toda a angústia, amor e remorso que acompanhavam seus pensamentos.

Sasha tentara vê-lo naquela tarde. Fizera um convite insistente, quase peremptório, que o teria deixado envaidecido uma semana antes, especialmente vindo de quem fazia questão de deixar as pessoas livres, especialmente ela própria. Telefonara quatro vezes para o seu celular — o nome dela estava gravado na telinha, de modo ameaçador —, depois tentara o telefone do escritório, até ele ter de dizer não em um tom definitivo que nunca usara antes.

— Como assim, não?
— Tenho de trabalhar. Preciso terminar um trabalho até as seis horas da tarde.
— Então podemos nos ver às seis horas.
— Às seis horas vou para casa.
— Tem de pôr a filhinha na cama — disse Sasha com nítido sarcasmo.
— É.
— Então vamos tomar um café agora. Só por meia hora. Ainda sobram três horas para você fazer suas coisas.
— Não.
— É o problema da Nathalie de novo, não é?
— Foi uma coisa muito importante para ela...
— Mais um interlúdio comportamental.
— Agora chega...
— Mais um "olhe para mim que sou adotada".
— Já disse que chega...
— Você é um idiota.
— Talvez.
— As chances que joga fora...
— Talvez também...
— Eu preciso de você!
Steve manteve os olhos fechados.
— Hoje não.
Tinha havido uma pausa, uma pequena pausa carregada de muito peso, depois Sasha se despedira com toda a naturalidade e desligara o telefone.
E desde então ele estava sentado ali, mexendo a esmo na tela, ouvindo Titus e Justine falarem no telefone e saírem para tomar

pequenas providências, vendo Meera trabalhar com afinco do outro lado da sala e sentindo vontade de telefonar para Nathalie sem nenhuma razão especial. Nada no momento seguia o curso normal, pensou, mexendo distraidamente no cursor; ninguém parecia contente nem de coração leve. Nem mesmo Titus, em geral tão espirituoso, parecia estar satisfeito com seu novo caso com Justine, caso esse que lhe dera a permissão e a desculpa ilusória da qual precisava para sair com Sasha — era inútil fingir que não. Titus vivia emburrado, Justine infeliz, Meera com um ar desaprovador, e Nathalie parecia... — droga, pensou Steve, girando a cadeira para trás. Por que tudo se tornara tão complicado? Como ele conseguira afastar-se tanto dos códigos de conduta que seguira a vida inteira, acabando naquele desprezível labirinto, sem a mínima idéia do que fazer para voltar atrás?

Olhou o relógio. Já eram seis e dez. Meera tinha ido embora às cinco e meia, Justine dez minutos mais tarde e Titus sumira havia duas horas sem explicação e possivelmente só voltaria na manhã seguinte. Devia ter dito a Steve aonde ia, devia ter pedido permissão para sair, avisado a que horas voltaria e comentado alguma coisa sobre a bagunça da sua mesa. Mas não havia feito nada disso. Simplesmente desligara o telefone depois de uma chamada, falara alto "Preciso resolver uma coisa" e saíra, seguido do olhar firme e sombrio de Meera. Justine não levantara os olhos. Continuara a trabalhar, de cabeça baixa e ombros caídos, com todos os átomos do seu corpo infeliz visivelmente conscientes da saída dele.

Steve olhou para a tela. Tinha terminado as faturas de três semanas; faltava fazer as de uma semana. Talvez fosse melhor ir para casa ver Polly, deixar Nathalie dizer tudo o que queria dizer e voltar para o escritório bem cedo no dia seguinte para terminar o trabalho e deixar o disquete na mesa de Meera antes que ela chegasse. Como gostaria de estar de volta às coisas comezinhas da vida, às brincadeiras, aos negócios e aos aborrecimentos!

A porta da escada foi aberta. Titus apareceu e ficou parado ali, segurando o corrimão, como se precisasse de apoio. Olhou para Steve e levantou o queixo.

— Seu cretino — disse bem alto.

Steve levantou-se e pôs as mãos no bolso.

— Por onde você andou?

— Para onde acha que fui?

— Você saiu no horário de trabalho, Titus. Eu lhe pago para trabalhar umas tantas horas por dia. O que faz depois disso é problema seu, mas entre as nove e as cinco e meia...

— Cale a boca — disse Titus.

Saiu da porta e atravessou o estúdio na direção da mesa de Steve.

— Você é um rato. Tem cara de santo, mas é um *rato* de merda.

Steve molhou os lábios.

— Você foi ver Sasha.

— Ela me telefonou.

— Ah, é claro.

— Não use esse tom comigo! — gritou Titus.

— Eu não sabia...

— Você trai sua mulher, rouba minha namorada...

— Eu não...

— Eu sabia — disse Titus, aproximando-se até ficar bem junto de Steve —, eu sabia que vocês estavam se encontrando.

Sabia que andavam aos beijos pelos bares com o pretexto de falar sobre Nathalie. Sabia disso tudo. E agüentei firme. Mas não sabia, até duas horas atrás, que você tinha trepado com ela

Steve sentiu as mãos se fecharem dentro dos bolsos.

— Uma vez.

— Oh! — gritou Titus. — Uma vez, não é? Um pequeno erro, inocente, uma bobagem na hora errada. Uma trepada é uma maldita trepada, Steve, e você sabe muito bem disso, porra.

Steve olhou para o lado. Uma onda vermelha, horrível e vergonhosa queimava sua garganta.

— Sei.

— Minha vontade é atirar você por essa janela de merda. Despedaçar aquela placa pretensiosa lá de fora e enfiar os pedacinhos nos seus malditos orifícios.

— Titus...

— Não comece a explicar. Não comece a se justificar. Não me venha com seu controle de merda. Você *sabia* o que Sasha significava para mim. Você *sabia*

Steve fez que sim.

— E acabei sacaneando a pobre da Justine.

— É.

— É — repetiu Titus em tom sarcástico. — É, é, desculpe, não tive essa intenção, desculpe, Titus, desculpe, Sasha, desculpe, Justine, desculpe, Nathalie... — Parou um instante, depois perguntou: — E a Nathalie?

— Ela não sabe — respondeu Steve em voz baixa.

— Que você está saindo com a Sasha? Que trepou com ela?

— Não...

— E não vai contar?

Steve olhou para o teto.

— Não sei.

— Vai, sim — disse Titus.

— Titus...

Titus ergueu-se nos calcanhares até seu rosto ficar quase no nível do rosto de Steve.

— Vai contar para ela, seu filho-da-puta de merda, ou conto eu.

Quando Ellen acordou, viu que ainda não era de manhã. Não só porque os passarinhos estavam quietos e o céu da primavera continuava escuro, como por causa daquela atmosfera que havia sempre na casa quando a vida era desligada durante umas horas. Rolou na cama e olhou o relógio do rádio. Os números verdes e quadrados diziam 12:40. Tinha ido dormir há uma hora e meia. Por que cargas-d'água acordara logo depois? Por que tinha acordado e pensado que já era de manhã?

Sentou-se na cama e olhou para a porta fechada. Não havia nenhum réstia de luz embaixo, o que significava que todos estavam dormindo, que a luz do patamar estava apagada, que só as luzinhas vermelhas de stand-by da televisão e do computador estavam acesas. Até Petey dormia no escuro completo. Quando ela e Daniel eram pequenos, tinham um abajurzinho em forma de cogumelo iluminado por uma luz verde mortiça, com coelhos de plástico em volta da base, pelo qual ela se apaixonara em uma escala que fizeram no Aeroporto de Montreal

Mas Petey não gostava do cogumelo e dormia no escuro como um adulto — a única coisa que fazia como adulto, pensou Ellen.

Girou o corpo e saiu da cama. Ocorreu-lhe fazer uma coisa que nunca tinha feito antes, que as pessoas nos livros fazem quando têm um problema ou estão no meio de uma aventura: ir para a cozinha. Podia comer um pouco de cereais ou preparar um chocolate quente, depois ir para a sala íntima e ligar o computador para fazer um pouco de pesquisa sobre sua obsessão atual: acampamentos de verão no Canadá com quadras de tênis. Tinha dito a Zadie e Fizz, mas não era verdade, que se inscrevera em um desses acampamentos. Encontrara um que parecia particularmente divertido, na Colúmbia Britânica, e enfiara na cabeça que queria ir para lá. Pediria a seus pais enquanto ainda estivessem enfraquecidos por causa daquela tal de Carole.

Ellen atravessou o quarto na ponta dos pés e pôs a mão na maçaneta da porta. Não havia conhecido Carole, mas sabia que ela estivera ali, deixado marca de batom numa xícara de café e o ambiente conturbado. Marnie não falara muito sobre a visita, e Ellen, que sabia mais do que queria saber, não perguntara nada. Parecia, na verdade, haver uma espécie de pacto entre eles todos, uma cumplicidade tácita de não abrir espaço a nenhuma pessoa nova na família, a nenhuma mudança na dinâmica da casa. Para Ellen estava tudo bem, tudo muito bem. Tinha visto Marnie virar para o outro lado o acolchoado da cadeira onde Carole se sentara e sentira uma onda de alívio com aquele gesto.

No patamar da escada verificou, na penumbra, se todas as portas dos quartos estavam fechadas. A de Daniel e a dos seus pais estavam, só a de Petey permanecia encostada com uma mochilinha de hipopótamo com a língua rosa dependurada. Deu uns dois passos pelo tapete e notou uma luz lá embaixo; provavelmente tinham deixado o abajur da cozinha aceso. Espiou pela balaustrada da escada. A porta para o escritório de David estava aberta, e Ellen o viu sentado de lado na frente do computador; na mesa havia um tabuleiro de xadrez, o antigo tabuleiro que o vovô Ralph lhe dera quando ele tinha uns oito anos, e a luz da tela do computador fazia as peças do xadrez criarem sombras na parede ao lado da mesa, deixando-as maiores, mais altas, mais estranhas e menos humanas, como aquelas estátuas na ilha da Páscoa com olhos e cabeças de monstros. Engoliu em seco. Viu a sombra enorme da mão do pai pegar uma peça e mantê-la ali, como uma prisioneira, iluminada pelo brilho duro da luz verde do computador. Era horrível ficar observando-o, era aflitivo, ele parecia exercer um poder pouco natural que o tornava outra pessoa que não seu pai. Inclinou-se um pouco para a frente, agarrada à balaustrada da escada, e ia abrir a boca para chamá-lo, para ele voltar para ela, quando ele levantou o braço esquerdo e varreu as peças do tabuleiro de xadrez, jogando tudo no chão. Ela se manteve de boca aberta, a voz colada na garganta. Ele apertou o botão do monitor para apagar a luz da tela, deixando tudo subitamente no escuro.

— Onde está o papai? — perguntou Polly.

Ela tinha tomado chá com a amiga Zoe e não estava nada interessada em jantar. A comida estava em seu prato favorito, apetitosa e intocada.

— Está trabalhando — disse Nathalie.

Polly enfiou o garfo no decote da camiseta.

— Por quê?

— Porque está com muito trabalho, eu acho.

Polly bateu no peito estofado com o garfo.

— Olhe aqui.

— Prefiro olhar para você comendo.

Polly suspirou.

— Nós tomamos chá na casa da Zoe.

— Um dia você vai ver como é bom preparar um jantar com o maior carinho para alguém que, em agradecimento, nem toca na comida.

— Meu garfo está preso aqui...

Nathalie pôs a mão no rosto.

— Se você se abaixar e sacudir o corpo, ele escorrega e cai no chão.

— E *fico* abaixada?

— Polly, se não comer agora, só vai comer amanhã de manhã. Entendeu bem? Só amanhã de manhã.

A expressão de Polly mostrava que aquela ameaça lhe era absolutamente indiferente. Virou-se de lado e puxou o garfo por uma das pernas do short.

— Você brinca comigo?

— Não — disse Nathalie.

— Por quê?

— Porque quero pensar um pouco.

— Por quê?

— Porque minha cabeça está cheia de coisas que precisam ser esclarecidas.

Polly olhou para a mãe.

— Você é chata.

— Sou, sim.

Polly jogou o garfo no ar, e ele caiu em cima da mesa.

— Vou para o quarto esperar o papai — disse.

Nathalie contornou a mesa e pegou o prato de Polly. Lembrou-se de que antes dela nascer as únicas crianças que conhecia eram Ellen e Daniel, e as considerava crianças padrão porque não conhecia outras, como pensava no amor e na maternidade pelos parâmetros da família. Ellen e Daniel fazendo uma refeição saudável simbolizava a vida familiar, e Lynne e Ralph entrando no carro simbolizava um hábito conjugal. Quando olhava para trás, ficava pasma de ter aceitado tudo aquilo, de nunca ter parado para examinar, questionar ou tentar ver através daquelas situações. Horrorizava-se ao pensar como tinha sido covarde.

Mas agora não era mais covarde. Tinha ido até Northsea, passado seis ou sete horas com sua mãe, dormido — dormido não, *passado* a noite — em uma pensão estranha e trazido de volta uma carga nova e frágil de reações e emoções que exigiam mais coragem para ser abertas do que ela imaginava.

— Não sei o que pensar — dissera a David no telefone. — Antes eu me sentia perdida, mas era diferente. Não sei onde minha cabeça vai parar.

— É — disse ele. — É. — Ele parecera distante, como se não estivesse ouvindo.

— Não quero me decepcionar. Não quero achar que aquele telefonema foi o ponto alto.

— Que telefonema?

— O primeiro, o primeiro, quando ela começou a chorar.

— Não, é claro que não.

Nathalie jogou o jantar de Polly na lata de lixo. Não telefonara mais para David depois disso. Não sentira vontade. Era incrível, desconcertante, mas não sabia realmente se podia telefonar, e se telefonasse, não sabia se ele ouviria. Mesmo que ouvisse, como sempre fazia, não tinha certeza se poderia lhe descrever o que estava sentindo, se poderia lhe mostrar a confusão, o constrangimento, a afeição, a culpa e o desapontamento que se misturavam em sua cabeça desde que saíra daquele trem e dissera a si mesma, com um grito silencioso de desencanto: "Aquela é a minha *mãe*."

Pôs o prato de Polly na mesa e inclinou-se sobre o balcão da cozinha. Cora tinha sido delicada, muito delicada. Estava absolutamente certa de que aquela natureza delicada de Cora seria defendida por ela até morrer. Cora era delicada, carinhosa, humilde e encantadora. Porém — e por que esse tinha de ser o porém que Nathalie nunca considerara? —, não era o que se esperaria de uma mãe. Era ao mesmo tempo insegura demais, infantil demais, submissa demais, obstinada demais, simples demais, *estranha demais* para ser mãe. Quando contou a Nathalie sobre a festa, o marinheiro, o abrigo do Exército da Salvação para mães solteiras, o funcionário da Proteção à Criança que levou seu bebê, Nathalie visualizou tudo aquilo. Podia ver aquela colegial, ver o terror e a opressão, ver a mãe intimidada, ver o desespero de saber que não tinha direito algum naquela situação. Mas o que não podia ver era Cora como mãe. Só podia ver a si própria, na plataforma, sentada na mesa do café, deitada naquela cama inóspita, pensando: "Não é ela. Não pode ser."

E o pior, o que a assombrava mais, era perceber que Cora também podia ver o que ela estava pensando.

— Desculpe — disse Nathalie baixinho para si mesma. — *Desculpe.*

Ergueu os punhos e apertou os globos oculares, um de cada vez. Se apertasse com bastante força, poderia apagar as imagens com blocos de cor violenta. Teve vontade, desde que voltou, de dizer a Steve como estava se sentindo, teve necessidade de expor toda essa coisa complicada, contraditória e nada digna de orgulho para aquele menino de Royal Oak — que achava que não pertencia ao lugar de onde viera — e de ouvir o menino dizer que a compreendia, que para se tornar alguém não é necessário trair sua vida anterior, que o amor significa aceitação, mas não por obrigação, competição. Tirou os punhos dos olhos. Queria que Steve lhe desse permissão, a permissão que ele se dera com tanta dificuldade, de forma tão solitária, sem sua ajuda, de ser a pessoa que sentia que na verdade era, com mãe ou sem mãe.

— Que horas são? — perguntou Polly da porta.

— Você é que vai dizer.

Polly apoiou-se no portal e olhou para o relógio.

— São oito e meia.

— Sete. Hora do banho.

Polly olhou para a mãe.

— Onde está o papai?

Havia trinta carvalhos novos para serem plantados, trinta carvalhos altos, esguios, caros e importados da Holanda, com as enormes raízes cuidadosamente embrulhadas em um plástico protetor especial. David explicara ao proprietário daquela área, que estava sendo aos poucos transformada em um parque, que o ideal para os carvalhos era serem plantados enquanto ainda estavam em hibernação. Mas o proprietário, que não costumava seguir conselhos que iam contra seus desejos — no caso, ter uma avenida ladeada de carvalhos antes do meio do verão —, dera ordem para que o plantio fosse iniciado. Assim David, com dois outros homens e uma escavadeira, estava fazendo uma longa linha dupla de buracos imensos e se perguntando, não pela primeira vez, se aquele tipo de trabalho estava lhe dando o mesmo prazer que um dia dera ou mesmo que ele havia suposto que daria. Ele podia continuar interessado em árvores, é claro, mas talvez fosse esse o problema, talvez ele vivesse tão ligado às árvores que considerava inimigos aqueles que queriam que elas fossem plantadas em avenidas que terminavam em lagos artificiais.

Levantou-se da escavadeira e foi até onde tinha pendurado sua jaqueta para pegar uma garrafa de água. Alguém estava vindo da casa pelo gramado áspero. Decerto o proprietário, pensou David com amargura, o tipo de pessoa que esperaria que os 30 buracos fossem cavados bem fundo para então dizer que queria que ficassem um pouco mais separados. David encontrou a garrafa de água e, fingindo não ter notado a figura que se aproximava, virou as costas para beber, como se estivesse contemplando a vista até o lago.

— David — disse alguém.

Ele se virou com a garrafa de plástico na mão. Martin Latimer estava ali, de jeans, camiseta e óculos bem escuros.

— O que você está fazendo aqui?

— Disseram que eu o encontraria aqui...

— Quem disse?
— Fui ao seu escritório e falei que era um cliente novo.
David fechou a garrafa de água e jogou-a no chão.
— Não é uma boa hora, Martin.
— Não vou demorar.
— Por que você não telefonou?
Martin pôs as mãos nos bolsos do jeans. Usava uma espécie de pochete com zíper na cintura como se fosse uma sacola de esquiar.
— Isso não é... uma coisa comum, uma coisa que se ajeita...
David olhou para a escavadeira. Andy e Mick estavam parados, esperando.
— Podem continuar — gritou. — Volto daqui a uns dez minutos.
— Cinco — disse Martin.
— Cinco — gritou David bem alto. — Cinco minutos. Valeu a pena ter vindo?
Martin tirou as mãos dos bolsos e colocou os óculos no alto da cabeça.
— Valeu.
David começou a andar pelo gramado.
— Ela o mandou aqui?
— Quem?
— Carole.
— Oh — disse Martin num tom enfático —, a *mamãe*. Não, não mandou.
— Ela foi conhecer minha mulher.
— Eu sei. E foi lá pela última vez.
David parou de andar.

— O quê?

Martin baixou os óculos de novo.

— Não queremos mais nada com vocês. Não queremos nenhum contato. Nem minha mãe, nem meu pai, nem meu irmão e nem eu.

David olhou para ele.

— Quem o mandou aqui?

— Ninguém.

— Quem sabe que você veio aqui?

— Não é da sua conta.

— Por que se sente tão ameaçado?

— Não me sinto ameaçado. Só não quero você por perto. Não precisamos de você. Não queremos você. — Deu um passo na direção de David. — O que você quer, afinal de contas? Já viu Carole, já ouviu sua história patética. O que mais quer?

— Se eu me afastar — disse David —, você não vai se sentir melhor.

Martin deixou o queixo cair.

— Vou, sim. Já estou me sentindo melhor.

— Já?

— Já, sim — disse Martin.

— Muito bem então...

— Minha mãe teve três filhos. Três filhos homens.

— É.

— Com dois ela decidiu ficar. *Decidiu* ficar. Você não foi um desses dois.

David deu uma respirada rápida. O impulso — que tinha certeza de que seus cunhados canadenses teriam obedecido com competência — de dar um soco em Martin era quase avassalador.

— Seu *idiotazinha* patético...

— Ela não quis você — disse Martin. — Ela não quis naquela época e não quer agora.

David afastou-se dele às pressas. Quando chegou junto à escavadeira, Andy e Mick estavam encostados nela, Mick enrolando um cigarro de palha, pensativo.

— Vamos — gritou David.

Os dois olharam para ele, assustados.

— Vamos — gritou David de novo. — Vamos voltar para esse *trabalho* de merda.

Capítulo Dezoito

— Olhe aqui — disse Meera —, não vale a pena chorar por isso.

Justine levantou o queixo e fungou.

— Não estou chorando.

— Homem algum merece que você se humilhe por ele.

— Mas eu fiz isso — disse Justine. — Já fiz isso, não fiz? E *estou* me sentindo humilhada.

Meera começou a ajeitar as coisas na sua mesa, pegou uns clipes de papel e colocou o mouse do computador na posição correta.

— Mas não precisa *mostrar* isso — disse Meera

— Você não mostraria...

— Não somos iguais — replicou Meera, jogando o cabelo para trás dos ombros. — Talvez eu nunca sinta as coisas como você sente. Talvez não seja feita para isso.

Justine debruçou-se na mesa de Meera para pegar um lenço de papel na caixa.

— Eu não queria. Não gostei de mim mesma. Não gostei *dele*, mesmo...

— Não.

— Você me acha patética...

— Só se você deixar. Só se deixar que isso afete suas decisões, o que é certo para você.

Justine assoou o nariz.

— O que devo fazer?

— Você não segue meus conselhos. Nunca seguiu. Por que perder meu tempo com você?

— Desculpe...

— Acho que todos neste escritório andam malucos ultimamente. Malucos. Na verdade, me pergunto se devo continuar aqui.

Justine arregalou os olhos.

— Não continuar aqui!

A porta da escada foi aberta e Titus entrou.

Meera olhou para ele e falou um pouco mais alto:

— Estou pensando nisso.

— Em quê? — perguntou Titus, chegando mais perto dela.

— Deixa pra lá. Eu estava conversando com Justine — respondeu, pegando sua bolsa.

Titus olhou para Justine.

— Acho que ela não vai falar comigo.

Justine não disse nada.

— Você está com uma cara horrível. Vocês dois.

— Então está tudo na mesma — ele falou, olhando para Justine. Meera estendeu a mão e tocou levemente no braço de Justine.

— Você vai ficar bem?

Justine fez que sim.

— Tem certeza?

— Estou cansado demais para incomodar alguém — disse Titus.

— Quer vir comigo? — Meera perguntou a Justine.

Justine levantou os olhos e olhou para Titus.

— Daqui a um minuto.

— Tudo bem então — disse Meera. — Já que tem certeza, até logo.

Os dois ficaram vendo Meera encaminhar-se para a escada, passar e fechar a porta.

— Estou me sentindo um merda... e cada vez me sinto pior — disse Titus.

— É.

Titus virou-se e sentou com todo o peso na cadeira de Meera.

— Ela foi embora — revelou.

— Quem?

— Sasha. Simplesmente foi embora.

— Como assim, embora...?

— Fui falar com Della, e ela me disse que Sasha foi embora na terça-feira. Terça-feira à noite. Depois que eu estive com ela.

Justine debruçou-se na mesa de Meera.

— Besteira. As pessoas não fazem isso, a não ser nas novelas. Não vão embora sem mais nem menos, não podem. Têm de arrumar suas coisas...

— Mas ela foi. Seu quarto está vazio, restou apenas o quadro da japonesa. Pagou o que devia a Della e foi embora.

— A gente encontra a Sasha...

Titus jogou a cabeça para trás e fechou os olhos.

— Ela não quer nada comigo.
— Talvez queira, quando se acalmar um pouco...
— Não.
Justine aprumou o corpo.
— Agora você sabe qual é a sensação — disse, bem depressa.
Fez-se uma pausa. Titus levantou a cabeça e abriu os olhos lentamente.
— Desculpe.
Justine deu de ombros e sentou-se um pouco mais longe.
— Acho que....
— Não ache nada — disse Justine.
— Talvez, com o tempo, se não houver mais Sasha...
— Não.
— Querida...
— Estou indo embora também — declarou Justine.
— O quê?
— Já me decidi — disse ela, levantando a mão para ajeitar o cabelo da nuca. — Estou indo embora.
— Steve sabe disso?
— Ainda não.
Titus levantou-se.
— Para onde vai?
— Não sei ainda...
— Querida, não vá até arranjar outro emprego, não vá embora só por minha causa...
Ela olhou para o lado.
— Minha decisão não tem nada a ver com você.
— Isso *realmente* me deprime.

— Não me faça rir — disse Justine desesperada. — Não me faça agir como você.

Ele deu um passo à frente e tocou no braço dela.

— Fique...

Ela puxou o braço.

— Não faça isso...

— Desculpe. É que estou muito infeliz.

Justine lançou-lhe um olhar duro, seus olhos cheios de lágrimas.

— É — disse ela, enfurecida. — É.

Quando Marnie era pequena e seus pais brigavam, o pai ia arrumar o porão. Empilhava a madeira em um canto diferente, tirava da caixa a mesa de bilhar dos meninos e limpava o vidro grosso da janelinha de onde se via a luzinha da fornalha. Afora isso, o porão ficava mais ou menos com a mesma cara. Passadas algumas horas, ele subia para tomar uma ducha, punha uma espingarda na caçamba da caminhonete e ia para a cabana. A mãe de Marnie parava o que estava fazendo — estava sempre ocupada — e pedia que alguém lhe servisse um café. Muito depois dos pais se divorciarem e a mãe casar-se com Lal, que era professor de filosofia e mais que um consolo intelectual, Marnie teve uma briga em casa por causa da carreira que escolheu e da sua decisão de morar na Inglaterra. Sem perceber, descera para o porão e juntara abajures quebrados, caixas rasgadas e revistas acadêmicas velhas para serem jogadas no lixo.

Nessa hora lhe ocorrera telefonar para seu pai. Ele se mudara para Halifax, onde levava uma vida ao ar livre como lhe agradava, com uma mulher chamada Sandie. Depois que fora para Halifax, não lhe passara pela cabeça voltar para o oeste nem mesmo para ver os filhos, mas quando um deles telefonava, mostrava-se contente e interessado. Marnie o havia imaginado de macacão e camisa de xadrez na sua cozinha rural, sorrindo no telefone com um ar afetuoso. Imaginara-o tão claramente dizendo "Faça o que achar melhor, querida", que lhe telefonara. Ele atendera no celular da caminhonete — seu pai sempre se interessou por tecnologia — e dissera: "Querida, se é isso que seu coração está pedindo e você acha que a Inglaterra é o lugar indicado, vá para a Inglaterra."

Agora, quase vinte anos depois, sentada no chão da cozinha com panelas, latas e outros objetos do armário espalhados à sua volta, lembrou-se da arrumação no porão e do seu pai. Ele tinha sido submetido a uma cirurgia no quadril, mas já estava em casa, aos cuidados de Sandie. Seria perfeitamente normal telefonar para saber como ele estava e ir aos poucos falando da sua vida. Diria que tinha perdido o rumo, que todo o propósito e intenção que a guiaram durante quase 40 anos haviam se enevoado nos últimos meses, e que ela nunca se sentira tão estrangeira naquela terra que fora seu lar durante metade da sua vida.

Não podia imaginar o que seu pai diria. Qualquer coisa muito filosófica ou metafísica deixava-o tenso e angustiado, como se ainda vivesse com a mãe. Mas sabia que ele se preocupava com seu bem-estar e que não tinha tendência a fazer julgamentos temperamentais. Se telefonasse para sua mãe — tão suave agora, tão calma depois de conviver muito tempo com Lal, que não via mérito algum em uma vida voltada exclusivamente para a mente —, talvez ela fosse solidária, talvez estivesse pronta a dar conselhos, mas nas entrelinhas mostraria que Marnie escolhera viver na Inglaterra e se casar com um inglês e agora devia arcar com as conseqüências.

Marnie suspirou. Pegou uma lata de bolinhos e tirou duas aranhazinhas mortas de dentro. Da sala íntima vinha o fundo musical de *Thomas o trem*, o que significava que Petey não tinha tirado a soneca depois da natação, como ela previa, e fugira lá para baixo para ver um vídeo. Marnie achava incrível ele não ter medo de ser apanhado e repreendido. O importante era chamar a atenção, e a determinação era tanta que ele se esquecia de todas as conseqüências que teria — e *sabia* que teria — quando fazia uma coisa proibida. Marnie podia munir-se de toda a sua psicologia infantil, lembrar que o comportamento de um menino de dois anos não era o mesmo que o de um menino de vinte, mas nada disso a ajudava com o trabalho exaustivo e às vezes assustador de lidar com Petey todo dia, e *agora*.

Cansada, largou a lata de bolinhos no chão e levantou-se. Naquele instante a porta da frente foi aberta, depois fechada com estrondo, e ela ouviu os passos rápidos de Petey pelo corredor.

— Olá — disse David para ele. — Como vai?

David apareceu na cozinha com Petey nos braços e olhou para o chão.

— Vai fazer um bolo?

Marnie deu uma olhada na confusão ao redor.

— Estava pensando em telefonar para meu pai.

David pôs Petey no chão.

— Não vejo a conexão...

— Não, não poderia ver. Não existe conexão para ninguém a não ser para mim mesma. Você chegou cedo em casa.

— É.

— Algum problema?

David fez um carinho na cabeça de Petey.

— Estou cansado de tudo.

— Deve ser difícil ficar assim.

Petey agarrou-se na perna do pai.

— Biscoito?

— Não, ele não pode comer biscoito, não ficou na cama.

— Eu subi — disse Petey.

— E agora — falou Marnie, indo até a porta — vou desligar essa televisão.

David inclinou-se para pegar o braço dela.

— Ele não pode ver o vídeo?

— Não.

— Só dez minutos? É que quero falar uma coisa com você.

— Oh, por favor...

— Não — disse David —, não agüento mais um ataque de nervos.

Marnie engoliu em seco e olhou para Petey. Ele parecia calmo e despreocupado.

— Só até o filme terminar.

Os dois ficaram vendo Petey sair da cozinha e voltar para a televisão.

— Os outros nunca foram assim, não eram desobedientes como ele. Queriam agradar. Queriam fazer as coisas certas.

— Talvez você fosse diferente — disse David.

— Não vamos falar de novo que a culpa é minha, está bem?

— Não quis dizer....

Marnie chutou a lata de bolinhos.

— O que vamos fazer com a teoria hipotética de que eu era uma mãe melhor quando trabalhava do que agora que não trabalho?

David passou por cima das panelas e latas e pôs os braços em volta dela. Marnie ficou rígida.

— Vim para casa porque quero conversar com você.

Ela fechou os olhos. Era quase insuportável ele pensar que podia pedir toda a sua atenção, esquecer o que a estava preocupando, simplesmente pondo os braços no seu ombro. Era ainda mais insuportável porque isso funcionava.

Ele a apertou com mais força.

— Quero falar umas tantas coisas que não posso falar com mais ninguém — disse no ouvido dela.

Marnie prendeu a respiração. Sua vontade era perguntar: "E a Nathalie?", com um tom de voz de uma neutralidade não garantida.

— Nem mesmo com a Nathalie. Não agora.

Marnie soltou a respiração.

— Quer que eu faça um café? Quer se sentar em um lugar mais confortável?

— Não.

Ela relaxou um pouco. Sentiu os braços de David soltando-se e passando em volta dos seus ombros.

— Marnie, estou cansado dessas coisas do passado.

Ela se manteve imóvel. Abriu os olhos e olhou para a manga enrolada da camisa dele. Depois olhou para aquele braço com as cicatrizes fininhas como os veios de uma folha, cicatrizes cuja origem ela conhecia, mas que, por alguma razão, nunca mencionara. Levantou a mão e pôs um dedo na cicatriz.

— Não vamos voltar a isso — disse ela.

Ele respirou fundo.

— Nunca vamos voltar a isso.

Ela tirou o dedo da cicatriz.

— Você sabia — disse ele.

— Sabia.

Ela sentiu que ele suspirava.

— Não importa eu saber — disse Marnie.

— É um alívio. Da mesma forma que... não ter de voltar todo o tempo ao passado é um alívio. Estou me libertando de uma coisa porque... bom, não pensei nisso só nos últimos meses. Você pode achar que sim, mas agora sei que sempre pensei, sempre tive consciência das lacunas e das perguntas, sempre tive na cabeça esse questionamento sobre minha origem. Agora que conheço algumas respostas, percebo que precisava muito saber essas coisas. Talvez não goste de algumas delas, mas sei quais são.

— OK — disse Marnie baixinho.

Ele afastou o rosto da cabelo dela.

— Nunca percebi que continuar apenas a viver não me separaria do meu passado. Pensei que sim, pensei que o tempo se encarregaria disso. Mas era uma ilusão. O tempo continuou me levando de volta à infância, de volta a todas as coisas que eu não conhecia. E aquele lugar, aquele lugar na infância, era onde eu não queria estar.

David baixou mais um pouco a cabeça.

— Está me entendendo? — perguntou baixinho.

Ela fez que sim. Ele segurou a trança dela.

— Não estou arrependido de ter conhecido Carole. Sinto certa pena dela. Acho que nem me importo de saber que ela me amou, que não era a mim que ela queria. Devia me importar, mas não me importo.

Marnie levantou um pouco a cabeça.

— Lynne o amou — disse claramente.

— É — falou David depois de uma pausa, sem qualquer ansiedade ou questionamento na voz. — E você me ama.

Ela assentiu de novo, tirando a trança da mão dele.

— Quando você não é amado pela sua mãe, não tem certeza se é digno de ser amado. E não sabe dar amor, ainda que queira — continuou ele.

— Acho que sua mãe gostaria de tê-lo amado. Mas é tarde demais. Ela caiu em uma armadilha.

— E Martin também.

— Martin?

— Ele foi falar comigo no trabalho. Foi me dizer que nenhum deles queria mais qualquer contato comigo.

— Ah, David...

— Disse que ela teve três filhos e escolheu só dois...

— Que ousadia...

— Ele é um infeliz. Não tem certeza do amor dela. Queria que eu pensasse que estava falando em nome da família, mas acho que veio me ver porque não agüentou ficar calado.

— Coitado, um sujeito triste.

— É.

Marnie olhou para ele e tocou no seu pescoço com o dedo indicador.

— David...

— O quê?

— Nathalie...

— Foi difícil para ela. Creio que teve umas respostas ainda mais difíceis que as minhas, menos diretas.

— Não é disso que estou falando.

— Não?

— Estou falando.... — Pegou as mãos de David, pousou-as no peito dele e assumiu um ar muito sério, como se alguma coisa importante estivesse escrita ali.

— Por que contou tudo isso para mim e não para ela?

— Porque você é a pessoa certa.

— Mesmo que nunca tenha sido?

— Eu estava preso ao problema do passado. E ela estava presa lá comigo — respondeu.

— Está... está acontecendo alguma coisa incrível? — perguntou ela hesitante.

— Não sei. Não sei se é incrível. Espero que sim. Mas sei o que está acontecendo.

A porta que dava no jardim foi aberta e Daniel apareceu, carregando a mochila com os livros, de capacete de ciclista. Olhou para os pais.

— O que está acontecendo?

Eles não disseram nada. Daniel largou a mochila no degrau, foi até a cozinha e viu as latas de bolinhos no chão.

— É aniversário de alguém? — perguntou.

Cinqüenta metros adiante, Polly pedalava furiosamente a bicicleta da Barbie. Não deixara Steve retirar as rodinhas auxiliares, nem as bóias de braço das aulas de natação. Steve podia vê-la pedalando com determinação no centro do caminho asfaltado do Westerham Park, os cachos balançando no ar. Uns meninos com pranchas de skate e patinetes cruzavam seu caminho respeitosamente; quando fosse mais velha e mais vulnerável, isso terminaria em lágrimas ou triunfo, pensou Steve.

Percebeu que era mais fácil concentrar-se em Polly que em Nathalie. Nathalie, que nunca fora de mostrar seus sentimentos, apoiava-se no seu braço, muito próxima a ele, a cabeça virada para o lado, o cabelo comprido roçando seu ombro. Assim que entraram no parque, havia se agarrado ao seu braço e começara a conversar com seriedade e confiança, como andava conversando nos últimos dias, como se aquele homem com quem vivia e que não tinha a inteligência emocional necessária houvesse se transformado em uma alma gêmea, que poderia compreender, de forma única, a complexidade e o conflito de emoção que a afligiam no momento.

A pressão do braço de Nathalie na manga de sua camisa de algodão deixou Steve agoniado. Sentiu-se péssimo, horrível, desprezível. Ouviu Nathalie falar de Cora, de maternidade, da longa e penosa viagem de reconciliação consigo mesma, por mais decepcionante que tivesse sido. Pela sua forma de falar, sentiu que ela queria que ele a entendesse e confortasse e que sabia que entenderia, que poderia entender, porque tinha passado por uma desilusão semelhante, um sentimento parecido de não pertencer completamente às suas origens. Uma semana antes, se Nathalie tivesse falado assim, ele teria exultado, pois durante todos os anos em que estiveram juntos sempre receara que suas confidências fossem reservadas exclusivamente para David. Agora ali estava ele — ouvindo-a falar num tom meigo e confiante —, incapaz de receber tudo aquilo devido à situação canhestra em que se encontrava. Olhou para Polly lá adiante na bicicleta cor-de-rosa e teve um desejo infantil de trocar de lugar com ela.

— Sabe de uma coisa, uma coisa realmente inesperada? — disse Nathalie. — Os acontecimentos da minha vida foram simples, mas eu transformava tudo em uma verdadeira tragédia grega, e não tinha esse direito. Eu me considerava, é horrível admitir, o centro do mundo. Via um certo charme na minha situação, uma coisa meio patética. Agora que conheço a história de Cora, me sinto péssima; imagino que sua solidão, e o fato de ter sido *esquecida,* tenha sido dez vezes maior que qualquer coisa que me aconteceu na vida. E me sinto pior ainda porque não consigo vê-la como minha mãe. Vejo Cora como uma pessoa meiga, levada a uma situação que nunca poderia imaginar e pagando por isso desde então. Tenho uma pena enorme dela, mas não consigo sentir aquela maldita ligação que imaginei que sentiria, como a ligação que tenho com Polly...

— Olhe só a Polly — disse Steve, interrompendo.

Nathalie olhou... e depois olhou para Steve.

— Está me ouvindo?

— Estou...

— Não está interessado? Pensei que estivesse realmente interessado.

— E estou. *Estou mesmo.*

— Acho que estou me repetindo. A gente se repete quando está ruminando uma idéia, não é?

— Nathalie...

— O quê?

Steve parou de andar e olhou para o céu.

— Não é isso — disse ele.
— O que é então?
— Estou profundamente interessado em tudo o que você está dizendo. Realmente interessado. Adoro ouvir você falar assim comigo; era só o que eu queria.... — Parou no meio da frase.

Nathalie puxou o braço e segurou na mão dele.
— O que está havendo?

Steve sentiu suas lágrimas chegando.
— Não posso deixar você se sentir tão... tão... *confiante*...
— Por que não? O que está havendo?

Steve puxou a mão e virou-se de costas.
— Eu tive um caso — disse, de forma quase inaudível.
— O quê?!

Ele levantou um pouco a cabeça.
— Tive um caso — repetiu, sem se virar.

Fez-se silêncio, um silêncio aparentemente interminável e complicado. Nathalie deu uns passos em volta dele para poder ver seu rosto.
— Um caso?
— É.

Steve não conseguia olhar para Nathalie. Viu seu rosto perto do dele, mas desviou a vista e olhou para uma mecha do seu cabelo preto.
— Por quê? — perguntou ela, quase em sussurro.

Ele sacudiu a cabeça.
— Eu estava me sentindo sozinho.
— Sozinho?
— Achei que eu não era importante para você. Achei que não bastava para você....

— Um caso! — disse Nathalie com horror.

— Desculpe, *desculpe*...

— Quem é ela?

— Você sabe.

— Não sei, não. Quem, meu Deus? A namorada de Titus, aquela pseudo... ?

— É — disse Steve.

Nathalie deu um passo atrás e pôs as mãos no rosto.

— Por que *agora*?

— Foi por causa do agora. Mas acabou.

Nathalie não disse nada.

— Acabou — repetiu Steve. — Transei com ela só uma vez e acabou. Terminei tudo e ela foi embora.

Nathalie olhou dentro dos olhos dele.

— Acabou?

— É. Eu juro. E não tinha nada a ver com amor, nunca, nunca teve a ver com amor.

— Acabou...

— É.

— Para você — disse Nathalie, arregalando os olhos. — Para você, talvez. Mas não está vendo que para mim está apenas começando? — Afastou-se dele e começou a correr na direção de Polly e sua bicicleta.

Capítulo Dezenove

— Quer um uísque ou alguma outra coisa? — perguntou David. Steve sacudiu a cabeça.
— Não faz diferença. Mas muito obrigado.
— Talvez um copo de cerveja.
— É...
— Vou buscar — disse David. — Espere um pouco aqui.

Steve viu-o atravessar o pub com a naturalidade que os homens grandes geralmente atravessam uma multidão. Foi até o bar e parou em frente ao bartender. Pensou, envergonhado, que mesmo que se oferecesse para buscar as bebidas, talvez não conseguisse chegar ao bar, talvez não conseguisse atravessar o pub sendo observado por David. Depois que David soube o que ele tinha feito, teve uma atitude inusitada — telefonou e sugeriu que se encontrassem para tomar um drinque, coisa inédita para ele depois de anos de convivência.

— Um drinque? — dissera Steve, como se David tivesse sugerido uma viagem à lua. — Com você?

— E por que não?

Steve trocou o celular de ouvido. Na noite anterior Nathalie tinha ido à casa de David e Marnie e ficado horas lá e, na volta, deixara bem claro que, pela terceira noite consecutiva, preferia que Steve dormisse no sofá da sala.

— Porque...

— O quê?

— Nathalie esteve com vocês na noite passada...

— Isso não tem nada a ver com Nathalie. Ou melhor, tem a ver por alto com Nathalie. É uma coisa que prefiro falar com você do que com ela. Prefiro que *você* fale com ela.

— OK — concordou Steve inseguro.

— Ótimo. Ótimo.

Agora ali estava ele, em um banco estofado com o exato veludo grosseiro do Royal Oak, tomando uma cerveja com David.

— Pronto — falou David, sentando-se.

— Obrigado...

David sentou-se em frente a Steve.

— Vamos acabar logo com isso — disse. — Na noite passada, quando Nathalie foi nos ver, ficamos com muita pena, mas não nos envolvemos. É problema de vocês.

— Pensei que você fosse me xingar de todos os nomes que tenho me xingado — falou Steve.

— Não.

— Ela não...

— Ela também não o xingou. Está chocada, mas não falou mal de você.

Steve deu um piparote no seu copo.

— Eu *estou* chocado.

— Imagino.

— E envergonhado.

David não disse nada. Inclinou-se para a frente e pôs os cotovelos nos joelhos.

— E hoje de manhã parece que todos os meus funcionários resolveram ir embora — acrescentou Steve.

David levantou os olhos.

— O que aconteceu? Titus dá para compreender...

— Justine vai embora por causa de Titus e Meera alegou que não estou me concentrando no trabalho... e está certa.

— Ela me parece o tipo de pessoa que está sempre certa.

— Meera é brilhante. Insubstituível. E por acaso quero substituí-la? Quero substituir todos eles? Quero...

— Olhe aqui — disse David —, não tenho intenção de parecer pouco solidário, mas é exatamente sobre isso que vim falar com você.

— Sobre o meu trabalho?

— Não, sobre o meu.

Steve pegou sua cerveja e pôs na mesa de novo.

— Você não está em dificuldade, decerto...

— Estou indo bem. O negócio não está crescendo como antes, mas vai bem. Gosto do que faço, mas não como gostava antes. Vou vender meu negócio.

Steve levou um susto.

— Vender!

— É, porque vamos para o Canadá.

— Vocês sempre vão para o Canadá.

— Agora estamos indo de vez.

Steve jogou o corpo para trás e soltou a respiração.

— Uau!

— Toda essa coisa de família... a forma como se desenvolveu, a procura da minha mãe, meu irmão que quer me matar, a descoberta de que meu nome não é o meu nome, Marnie passando por tudo isso... bem, essa coisa toda fez com que eu percebesse que preciso recomeçar a vida em algum lugar. Já tenho as respostas agora, já estou a par das coisas, posso começar com isso, posso viver em algum lugar onde as pessoas só me conheçam como sou agora.

— Vai mudar seu nome? — perguntou Steve.

— Talvez.

— Vai usar o nome do seu pai?

David deu de ombros.

— Talvez. Mas talvez seja tarde demais...

— Vai tentar encontrar seu pai?

— Talvez também.

— Acho... que entendo o que está fazendo.

— Sem mais conjecturas, sem mais fantasias. Sem andar pela rua imaginando que sua mãe biológica talvez tenha passado por ali antes. Ela não passou. Ela é Carole Latimer, nunca esteve em Westerham.

— Mas por que o Canadá?

— Pense só. Eu morando em Winnipeg e sendo aceito facilmente como a pessoa que *realmente* sou, sem ter de carregar todo esse peso de adoção. Meus pais têm nomes. Eu tenho um nome. Tenho pais adotivos maravilhosos, mas eles moram na Inglaterra, então toda essa dinâmica pode de fato, felizmente, ficar na Inglaterra. A coisa torna-se simples, enfim, torna-se direta, torna-se *honesta*.

— É.

— E Marnie volta para casa.

— É.

— E talvez eu ache, de certa forma, que estou em casa também.

Steve olhou para ele.

— E se não funcionar?

— Como assim, se não funcionar?

— E se não gostar de morar lá? E se não for feliz lá?

David olhou para trás.

— Você estava me ouvindo? — perguntou.

— Acho que sim...

— Ouviu o que acabei de dizer sobre a minha vida ultimamente? O Canadá só pode ser melhor que isso, não é?

Steve olhou para baixo.

— Aposto que seus filhos estão encantados.

— Eles não sabem ainda.

— E... e você quer que eu conte para Nathalie?

— Quero.

— Por que você mesmo não conta?

— Por que você acha?

— Porque não quer perturbar ainda mais a Nathalie...

— Não. — disse David, pegando o copo de cerveja de novo. — Porque não posso ajudá-la mais. E você pode.

Steve não disse nada. Olhou ao redor da sala, para a multidão que estava no bar.

— E se eu não puder? E se eu tiver estragado tudo?

David bebeu sua cerveja e ficou olhando para o copo.

— Então você vai ter de rever as coisas. Como eu estou revendo.

Mais ou menos dez minutos depois, Betty bateu à porta de Cora para avisar que o chá estava pronto. Antes, quando Cora não estava dando aula, ia à cozinha ajudar a descascar cebola e ralar cenoura, embora nunca fizesse como Betty gostava. Betty lhe dava um avental, uma tábua e uma faca, como se ela fosse uma menina, e ficava vigiando o desempenho da sua tarefa, invariavelmente desapontador. Mas ultimamente, desde a visita de Nathalie, Cora não tinha vontade de ir à cozinha, não queria ficar muito tempo com Betty, pois ela era tão incapaz quanto sua mãe de guardar para si mesma qualquer coisa que lhe passasse pela cabeça. E como as opiniões de Betty atualmente não coincidiam com as de Cora, era melhor realmente se manter afastada, a não ser que Don estivesse presente para neutralizar as coisas e dizer: "Deixe a Cora em paz, Betty."

Ela estava sozinha. Mas apesar de Betty insistir que estava desesperada na sua solidão, não se sentia nem um pouco mais sozinha do que sempre fora. Devia haver outras pessoas assim, vivendo sozinhas, com a estranha sensação de não pertencerem a nada, de não se encaixarem em lugar nenhum. Depois que se acostumava, não era particularmente difícil, era apenas um estado de espírito, que aqueles que necessitavam se comunicar intimamente não podiam compreender. Cora às vezes imaginava se teria gostado de ter uma comunicação íntima com alguém, de ter aceitado algum dos convites dos hóspedes de Betty. Pelo menos ficando consigo mesma ela sabia quem era, estava em um lugar familiar, sob controle. Como se sentiria embarcando em terreno humano desconhecido para correr riscos, fazer barganhas e assumir compromissos? Como se sentiria se abrisse mão — se tivesse de abrir mão — da sua suprema liberdade?

Para dizer a verdade, não havia esperado se sentir menos sozinha depois que se encontrasse com Nathalie. Tinha seu pequeno santuário, olhava fascinada para aquelas fotos, mas nunca se iludira de que embarcaria em algum episódio fabuloso de famílias felizes. Conhecer Nathalie havia sido uma coisa muito diferente, um alívio e um conforto inexprimíveis, pois percebera que tinha sido perdoada, que Nathalie não se ressentia do passado, que conseguira recuperar alguma coisa de uma vida que começara de forma tão desastrosa. Foi muito difícil fazê-la compreender que ela nunca tinha tido idéia de fazer o jogo mãe e filha, de tentar resgatar o que estava perdido para sempre.

O problema é que aquele encontro não havia sido fácil — e Betty, com seu olhar de lince, percebia isso. Não havia sido exatamente difícil, mas inegavelmente fora constrangedor. Pensando bem, era inevitável que houvesse uma tensão entre o laço de sangue entre elas e suas diferentes formas de vida, mas só depois que viu Nathalie, ouviu sua voz, viu sua forma de sentar e tomar café, foi que Cora percebeu isso. Nathalie não dera um passo em falso, mas também não relaxara. Quando fechou a porta do quarto da pensão onde passaria a noite, Cora percebeu que Nathalie estava aliviada de ficar sozinha, e ela também. Podia estar magoada, como a pessoa se sente quando acha que fez papel de boba, mas também estava livre para voltar para sua casa levando consigo o bebê Samantha. E sabia que essa era a tristeza, a tristeza que tinha de ser enfrentada e superada. Não eram realmente as maneiras sulistas de Nathalie que a incomodavam; era a consciência de que o bebê Samantha, idealizado, perdido e precioso, em termos reais e frios, não existia mais. Talvez fosse assim que alguém se sentisse se perdesse a fé. Se é que um dia tivesse tido fé.

Betty bateu com força à porta do quarto.

— O chá está pronto!

Cora manteve-se sentada na cama.

Betty girou a maçaneta e olhou para dentro.

— Não gosto de ver você remoendo as coisas assim.

— Não estou remoendo nada. Estou só pensando.

Betty entrou no quarto.

— Dá no mesmo...

— Não estou *ressentida* — disse Cora. — Não estou querendo que o que aconteceu não *tivesse* acontecido. Estou só pensando sobre isso.

Betty ficou na frente dela.

— O que vai fazer agora?

Cora deu de ombros.

— Nada.

— Ela telefonou para você?

— Uma vez, para dizer que tinha chegado bem e que Polly ia ser operada do ouvido no dia 27.

Betty deu um risinho de desdém.

— Só isso?

Cora olhou dentro dos olhos da irmã.

— Sobre o que esperava que ela falasse? Sobre o tempo? Sobre a televisão?

— Você sabe exatamente o que quero dizer.

— Não estou esperando nada. Tive o que quis e não estou procurando nada mais.

— Muito bem.

— Por que muito bem?

— Porque — disse Betty, esticando a mão como que dizendo para Cora se levantar — então você pode aceitar que tudo isso acabou.

Cora olhou irritada para a mão de Betty.

— Acabou...

— É. — A voz de Betty tinha um tom determinado. — Sim. Capítulo terminado. *Finalmente.*

Lynne estava junto da pia da cozinha, esperando a água da torneira esfriar. Ao olhar pela janela, viu Nathalie sentada no banco ao lado do arbusto de lilás, olhando para a frente, exatamente como estava quando ela entrou para preparar um drinque para as duas.

— Não preciso de um drinque — Nathalie dissera.

Lynne havia posto a mão no seu braço.

— Precisa sim, querida. Você andou chorando.

Nathalie dera um esboço de sorriso.

— Você sempre diz isso. Sempre dizia quando a gente chorava. Acha mesmo que um drinque resolve o problema das lágrimas?

Lynne preparou dois drinques com cubos de gelo. Sabia que era um gesto bobo, mas seus instintos sempre a levavam a ações práticas; além do mais, precisava de um instante na cozinha para recobrar as forças, para acalmar-se. Nathalie estava revoltada porque tinha sido traída pelos dois homens mais importantes da sua vida: Steve porque transara com aquela tal de Sasha, e David porque estava se mudando para o Canadá.

— Como ele pôde fazer isso? — Nathalie dissera quase num gemido. — Como pôde? E como David pôde dizer que vai me deixar?

Ocorrera a Lynne salientar que estava tão triste com a partida de David quanto Nathalie, mas com um esforço enorme conseguira se controlar.

— Não acredito — dissera Nathalie. — Não acredito que *os dois* tenham feito isso comigo. Uma verdadeira *conspiração*. David pediu a Steve para me contar...

Lynne pegou os dois copos e colocou-os debaixo da torneira. Havia tantos sentimentos juntos no momento, tantas coisas conflitantes, que era difícil saber o que era mais importante. Seu próprio choque e desalento ao saber da novidade de David e da infidelidade de Steve viera logo depois do estranho alívio de saber do resultado do encontro de David e Nathalie com suas mães. Era mais uma evidência, pensou, de que sempre que a vida nos dá uma coisa muito desejada, se encarrega de tirar outra coisa igualmente importante, como compensação. Pôs os copos em uma bandeja e olhou para o pacotinho de amêndoas salgadas. Se pusesse o pacote na bandeja, Nathalie diria que comer não era cura para o tormento emocional. Hesitou um instante e resolveu deixar as amêndoas onde estavam.

Levou a bandeja para o jardim e colocou-a sobre a mesa que Ralph fizera havia muitos anos, quando comer lá fora era o mesmo que comer na praia, só que com muito mais estilo e em qualquer dia bonito do ano.

— Ele mal conhecia a Sasha — disse Nathalie, virando a cabeça de lado para olhar o jardim. — O que quer dizer isso? Que tipo de homem vai para a cama com alguém que mal conhece?

Lynne respirou fundo e passou um copo para Nathalie.

— No caso de Steve, um homem desnorteado e infeliz — disse ela com uma firmeza de voz que a surpreendeu.

Nathalie virou a cabeça para ela.

— Como assim?

— Ele não conseguia se aproximar de você. Nenhum de nós conseguia. Você se entregou àquela missão, e não se deteria mesmo que prejudicasse algum de nós.

Nathalie olhou para a mãe.

— Está dizendo que Steve fodeu com alguém por *minha* culpa?

Lynne pegou seu copo.

— Não adianta usar essa linguagem horrível comigo.

— Oh, pelo amor de Deus...

— Mas se quiser saber minha opinião, querida, você não levou Steve diretamente a isso, é claro, mas deu uma impressão muito forte de que não o queria, de que não precisava dele. Você tinha David e tinha sua missão; não precisava de mais ninguém.

— Então, na sua opinião, isso desculpa a sacanagem que ele fez comigo?

Lynne pôs seu copo na mesa e virou-se para Nathalie.

— Já que ele parece ter dormido com essa moça só uma vez e está se sentindo péssimo por isso, eu diria que sim.

— E o que você sabe dessas coisas?

— O bastante — disse Lynne, irritada — para tentar fazer você acabar com essa postura boba.

— Pare com isso — replicou Nathalie, respirando fundo.

— Não tenho medo de você, querida. Já tive, no passado, mas não tenho mais. Aconteceram coisas terríveis com você, mas também coisas maravilhosas. Sei que não ajudei muito no passado, porque era insegura sobre muitas coisas, mas *tudo* isso, nos últimos meses, fez com que eu me sentisse melhor com a vida em geral. Sei que não posso perdê-la agora, por mais zangada que esteja comigo, e se não posso perdê-la, mesmo que você não fale comigo, posso continuar amando-a sem me preocupar.

Nathalie olhou para ela.

— É claro — continuou Lynne — que gostaria de punir Steve pelo que ele fez. Como gostaria que David não tivesse se casado com uma canadense porque um dia poderia ir embora daqui. Mas gostaria mais ainda de ver você avaliar realmente o que tem e fazer alguma coisa com isso.

Nathalie continuava olhando para ela.

— Avaliar o quê? — perguntou, quase sem mover os lábios.

Lynne mexeu-se no banco e ajeitou os botões do pulôver.

— Poderia entender que o que Steve fez foi errado, mas que você também fez uma coisa errada. Dormir com alguém não é a única forma de traição; quando você deposita grande confiança em outra pessoa que não seu marido, também está traindo.

Nathalie olhou para o lado.

— Acho que para mim basta — disse.

— Espero que sim.

Nathalie mexeu-se no banco.

— Estou indo embora...

— Tudo bem, querida.

— Acho melhor ir antes que você diga que se eu tivesse casado com Steve nada disso teria acontecido.

Lynne olhou para ela.

— Isso não passou pela minha cabeça.

— Mas muitos outros pequenos discursos já passaram pela sua cabeça — retrucou ela, levantando-se. — Nada é tão simples como você diz.

— Não?

— Não!

— As coisas só são dramáticas se você quiser que sejam.

— *Olhe* quem está falando — disse Nathalie, jogando a cabeça para trás.

— Talvez, mas nós todos podemos aprender.

— Chavões, clichês. É tudo que você sempre diz...

— Então por que veio aqui? Se não sirvo para conversar de forma alguma, por que veio me ver?

Houve uma pausa. Lynne juntou as mãos para resistir à tentação de pôr os braços em volta de Nathalie.

— Por que não foi falar com sua mãe verdadeira? Por que não foi falar com Cora?

Nathalie olhou para o lado.

— Não sei...

— Vai largar Cora agora? Vai deixar que todo esse esforço, sofrimento e descoberta se desperdicem? Vai lhe dizer que agora que tem o que queria não precisa mais dela?

— Mãe....

— Não posso fazer mais nada por você e Steve. Já disse o que tinha a dizer, agora o problema é de vocês. Mas não vou deixar aquela pobre mulher largada lá em Northsea, achando que ninguém liga para ela.
— Mãe...
— Pense no que ela passou durante todos esses anos. *Pense*.
— Eu penso. Penso mesmo. Mas não sei o que fazer.
— Mas eu sei — disse Lynne, soltando as mãos e cruzando os braços. — Vou telefonar para ela.

Connor tinha deixado um folheto de *Resorts Elegantes* na mesa de centro da sala, perto da *bergère*. Deixara o folheto ali especialmente, dizendo a Carole que ela podia escolher, que aquelas férias especiais que estava planejando — na verdade, não pronunciara as palavras "segunda lua-de-mel", mas elas estavam claramente escritas na sua testa — podiam ser passadas nas ilhas Maurício, na Tailândia ou nas Maldivas; era indiferente para ele. A idéia era de que se convencesse de que poderia ir aonde quisesse, a um lugar com areia branca e mar azul que pudesse apagar de forma suave, completa e final os últimos meses altamente perturbadores e deixá-los na costa serena com todas as suas antigas seguranças familiares.

Carole abrira o folheto várias vezes. Vira fotos de vastas praias brancas, vastas camas brancas e pessoas indolentes sendo massageadas debaixo de caramanchões perfumados. Lembrou-se das férias anteriores desse tipo com Connor, férias de uma rotina extraordinária e imediata em um casulo de conforto quase sufocante, com serviços regulares, impecáveis e insuportáveis.

Lembrou que tinha saído um dia do mar tropical de água azul, morna e transparente e encontrado um empregado do hotel, respeitoso e inocente, esperando-a com uma toalha na mão e um copo de água gelada em uma bandeja, com uma orquídea ao lado. Um serviço completo, disse a si mesma, completo e *idiota*.

Esse era o propósito do folheto. Era idiotice supor que se pudesse mudar ou resgatar alguma coisa indo a algum lugar, vivendo em uma bolha tropical durante duas semanas. Era idiotice supor que ela continuava a ser a mesma pessoa, que o casamento deles era a mesma instituição, que Connor, jogando fora milhares de libras, se reintegraria no lugar que achava que fora seu durante todos aqueles anos, lugar que decidira considerar aceitável e inexpugnável para ela. E era mais idiota que tudo continuar com aquilo, ser carregada em um avião e despejada como um embrulho indefeso para um bando de gente indiferente desembrulhar, dirigida por Connor.

Pegou o folheto, atravessou o corredor do apartamento e foi até a porta do quarto de Martin. Sabia que ele estava lá dentro. Era sábado à tarde, ele não quisera jogar tênis com o pai e anunciara bem alto, no tom magoado que adotava habitualmente agora, que como não tinha dinheiro para sair de dia *e* de noite nos fins de semana, preferia ficar em casa durante o dia.

Carole bateu à porta.

— Pode entrar — disse Martin, depois de um instante de silêncio.

Estava deitado na cama desfeita, os tênis em cima do edredom, lendo um exemplar da *GQ*. Carole mostrou o folheto a ele.

— Você viu isso?

Martin resmungou, sem tirar os olhos da revista.

— Tudo bem para mim.

Carole sentou-se na ponta da outra cama e empurrou uma pilha de roupas de Martin para fazer espaço.

— Não quero ir.

Martin retesou o corpo.

— Não? — perguntou, com falsa indiferença.

— Não.

— Você sempre gostou de ir...

— Não. Eu ia, mas não gostava.

— Que sorte do papai então.

— Ele gostava. Queria ir. Fazia as reservas para as férias. E quer fazer essa reserva também.

Martin olhou-a de esguelha.

— Por que está me dizendo isso?

Carole largou o folheto em cima de uma pilha de suéteres.

— Quero que me ajude a dizer isso para seu pai.

— *O quê?*

— Quero que me ajude a dizer que não estou com vontade de sair de férias. Quero que me ajude a dizer que isso não vai fazer diferença, que não podemos fingir que nada aconteceu, não podemos voltar para onde estávamos. Ou para onde *achávamos* que estávamos.

Martin pôs a revista de lado e ajeitou o corpo.

— Não preciso que você venha puxar meu saco — disse num tom ácido.

— Se é assim que quer ver as coisas...

— É. Você teria continuado a ver David se eu tivesse deixado. Eu *sei* que teria, e não tente dizer que não. Não tente me tapear agora.

Carole olhou para o chão.

— Sei que não posso ver o David.

— O quê?

— Sei que não posso ver o David. Não sei se queria vê-lo por ele próprio ou por ele ser tão parecido com o pai. Se isso servir de consolo para você, não senti que ele fosse meu filho. Senti que era alguém que eu tinha perdido, alguém que não posso ter e que é melhor não fingir que posso. Estou grata por você ter posto um ponto final nisso, estou muito grata.

Houve um pequeno silêncio, depois Martin disse, de má vontade:

— Você está muito confusa, mamãe.

— Provavelmente.

Ele fez um gesto para o chão.

— Essas férias...

— Não posso.

— O que vai dizer para o papai?

— Que vai ser um desperdício de dinheiro, que isso não vai mudar nada, que ele não pode voltar o relógio para trás.

— Ele não vai entender — disse Martin inesperadamente.

Carole levantou os olhos.

— E há mais uma coisa.

Martin levantou os joelhos quase involuntariamente e segurou-os com força contra o peito.

— Você não vai embora.... — disse

— Não.

— Mas pensou em ir...

— Não realmente.
— Por que não?
— Por causa de vocês.
— Não me venha com essa!
— É verdade. Posso ser uma péssima mãe, mas sou capaz de tentar me redimir.

Martin soltou os joelhos.

— Não espere que *eu* seja grato por isso...
— Não. O que estou fazendo é tanto por mim quanto por vocês.
— Então devia dizer isso para o papai...

Carole levantou-se e foi até a janela.

— Não vou mencionar esse aspecto para seu pai.
— Bom — disse Martin —, então por que ele aceitaria suas razões para não querer sair de férias?

Carole balançou a cordinha da persiana.

— Porque eu quero o dinheiro.
— Que *ousadia* a sua.
— Quero o dinheiro que ele gastaria nas férias para juntar com o que tenho e abrir outro negócio.

Martin bufou.

— Ele não vai concordar. Abrir um negócio sem ele? Só nos seus sonhos.

Carole pegou a bolinha da ponta da corda da persiana e examinou-a.

— Seria sem ele, certamente. Mas acho que ele concordaria se eu dissesse que queria abrir um negócio com você.
— Já basta — disse Martin.

Carole virou-se.

— Estou falando sério.
— Você me considera um inútil. Acha que eu não conseguiria organizar nada.
— Mas eu conseguiria.
— Não venha com condescendência para cima de mim — gritou ele.
— Suas aptidões matemáticas são maiores que as minhas. Você sabe fazer a contabilidade, mas não sabe fazer uma planificação comercial. A planificação pode ficar por minha conta.

Martin revirou os olhos.

— Vá embora.

Carole soltou a bolinha da corda da veneziana.

— Não posso compensá-lo de todas as formas que você quer ser compensado se não me deixar tentar.

Martin não disse nada.

— Nós vamos brigar — continuou Carole —, vamos nos irritar um com o outro. Talvez o dinheiro vá todo por água abaixo.

— Nós brigamos de qualquer forma...
— Só porque você insiste — disse Carole.
— Você *mentiu* para mim.
— Menti para todo mundo.
— Então como posso me convencer de que não vai mentir de novo?

Carole deu de ombros.

— Não há nada de pessoal em mentir para todo mundo. E se não é pessoal, não pode magoar. E acho que posso dizer que nunca contei uma mentira comercial em toda a minha vida.

— Besteira.

— Bom, uma mentira comercial *pessoal* então.

Martin levantou-se da cama e pegou o folheto de viagem no chão.

Deu uma olhada e disse, meio de costas para ela:

— A que horas o papai volta?

Capítulo Vinte

Steve achou que Polly estava gostando do hospital. A operação cuidadosa não deixara nenhuma marca externa e, surpreendentemente, causava pouco desconforto.

— Ai! — disse ela alto quando alguém chegou perto da sua cabeça. — Ai, ai, *ai!*

— Mostre onde está doendo — disse o cirurgião, sentando-se na cama de Polly.

— Aqui — disse Polly, apontando. — E aqui, aqui, aqui.

O cirurgião pôs a mão no joelho dela.

— E aqui?

Ela olhou séria para ele.

— Às vezes.

Ele sorriu.

— Você provavelmente vai ter de usar tampão no ouvido porque todos os sons serão muito altos.

— Não vou usar, vai ser exatamente igual — disse Polly.

Ele deu uma palmadinha no joelho dela e levantou-se.

— Faça como achar melhor, Polly. Está cicatrizando muito bem — disse, olhando para Steve e Nathalie

— Ai — falou Polly.

Evie tinha trazido um pijama novo para ela, Lynne mandara flores e Marnie fizera brownies de chocolate do tamanho de dados. Todos foram ver Polly, com o ar meio temeroso e meio respeitoso que os hospitais infundem, levando uvas, bala jujuba e quebra-cabeças de plástico. Na cama ao lado de Polly, um menino triste e pálido, que nunca tirava o boné de beisebol, ficava olhando as visitas e os presentes com visível ressentimento.

— Como é o nome dele? — Nathalie perguntou a Polly.

Polly olhou para o menino. Estava com os óculos escuros que Ellen tinha trazido, com armação rosa cheia de margaridinhas brilhantes.

— É só um menino.

— Ele deve ter um *nome*...

— Não, algumas pessoas não têm nome — disse ela.

Nathalie foi até a cama do menino.

— Você aceita um brownie?

Ele olhou para ela por um instante, levantou a mão e baixou devagarinho a ponta do boné até cobrir todo o rosto.

— Outra hora — disse Nathalie.

Voltou para a cama de Polly e sentou-se na cadeira de plástico azul do hospital. Não olhou para Steve, mas não estava mesmo olhando muito para ele. Na verdade, não havia olhado para ninguém, pensou Steve, nem para seus pais e parentes, nem para David e Marnie e as crianças. Steve queria que ela olhasse para David e Marnie em particular, para ver que estavam mudados, que não tinham mais aquela confiança inabalável, que ao lado da cama de

Polly, Marnie e David, de braços dados, pareciam pela primeira vez vulneráveis, quase inseguros.

Marnie tinha mudado o penteado também. Em vez da trança, seu cabelo caía pelos ombros como uma cortina ondulada estranha, fazendo seu rosto parecer mais jovem, porém também menos seguro, como se tivesse perdido um tipo de controle e ainda não houvesse encontrado um substituto. E a forma como ela segurava o braço de David era diferente também, mais dependente que antes. Os dois olharam para Polly com um olhar de grande intensidade, como se estivessem tentando memorizar todos os detalhes dela.

— Nós vamos para o Canadá — disse Daniel para Polly, escarrapachado no pé da cama.

— Vocês sempre vão — disse ela, sem levantar os olhos.

— Vamos morar lá, sua burra. Vamos estudar lá. E esquiar.

Polly não disse nada. Ellen tinha lhe dado os óculos escuros em um envelope de plástico rosa.

— Espero que nos visitem lá.

— É — disse Nathalie.

Polly tirou os óculos do envelope.

— Eu vou, quando não estiver muito ocupada

— Polly!

— Nas férias — disse Ellen. — No verão.

— Já é quase verão...

— Quando você estiver livre.

Polly pôs os óculos escuros.

— Polly está esperando uma visita aqui, uma pessoa importante. Ela vem de longe para conhecê-la — disse Nathalie muito depressa.

Steve pôs a mão no braço de Nathalie, mas ela puxou o braço.

— Ela se chama Cora — disse.

Daniel olhou para cima.

— Quem é ela?

— É... a outra avó. A outra avó de Polly.

Polly deu um suspiro e tirou os óculos escuros.

— Já cansei desses óculos — disse bem alto.

David começou a rir. Puxou o braço e pôs as mãos no rosto, rindo a valer.

— Oh, Polly...

Ela olhou para o tio. Steve abaixou-se e beijou o alto da cabeça da filha.

— Obrigado, Poll.

— Ai — gritou ela.

Ele olhou para Nathalie. Seu rosto estava inexpressivo.

— Qual é, Nat...

David tirou as mãos do rosto e disse no mesmo tom que usava para reprovar os filhos:

— Anime-se, Nathalie.

Marnie suspirou.

— Está tudo bem — disse Nathalie tensa, olhando para David. — Está tudo bem. É que tenho de me acostumar com muita coisa ao mesmo tempo, não acham?

Marnie fez que sim.

— A gente fica imaginando o que vai dar certo e o que não vai...

Ellen levantou a cabeça.

— O que quer dizer com isso?

— Quero dizer — falou Marnie, engolindo em seco — que a ida para o Canadá é uma grande aventura, mas é muito diferente. Vai ser difícil para mim também.

— Shhh — fez David.

— Vou sentir falta de você — disse Marnie, ajoelhando-se ao lado da cama de Polly. — Vou *sentir falta* de você, Polly.

Polly ficou encabulada. Marnie olhou para Steve e Nathalie

— Vou sentir falta de vocês também. Vou sentir falta de todos, vou mesmo, não tinha percebido... — Afundou o rosto na colcha de algodão azul de Polly e continuou com voz rouca: — Pensei que quisesse fazer isso, pensei que quisesse...

David pôs as mãos debaixo dos braços dela para levantá-la.

— Qual é, Marnie, qual é...

Marnie estava chorando.

— Eu não tinha intenção, não tinha intenção de separar vocês todos, não...

Nathalie debruçou-se sobre a cama de Polly e pôs a mão no braço de Marnie.

— Já acabou. Juro. Tudo aquilo acabou...

— Mas *mudou* as coisas!

— Tinha de mudar. A mudança tinha de acontecer — disse David, levantando Marnie meio sem jeito.

— Nós todos fizemos parte disso — acrescentou Nathalie. — Nós *todos*.

— De quê? — perguntou Ellen.

Fez-se silêncio.

— Dessa coisa de adoção? — disse Ellen.

— Bom — falou David, pegando umas uvas de Polly —, eu *vou* para o Canadá.

David ajudou Marnie a ajeitar o corpo.

— Nós vamos com você, companheiro.

Marnie esticou a mão para Polly.

— Prometa que vai logo nos ver. Prometa.

— Quando minha orelha estiver completamente boa — disse ela.

— É claro.

— O que pode levar *anos*.

Marnie abaixou-se e beijou a cabeça de Polly.

— Leve eles todos...

Polly fez que sim. Steve olhou para Nathalie. Ela olhou para David, mas seus olhos estavam fixos na parede creme do hospital.

— Leve alguma coisa para se proteger dos mosquitos — disse Ellen para Polly. — Eles são *horríveis*.

Uma semana depois Polly estava em casa, comportando-se mal, e Nathalie permitira que Steve voltasse para o quarto, mas usando pijama. Ele se sentiu sob custódia, preso eletronicamente aos seus atos, tendo de mostrar remorso e capacidade de se corrigir, mas ao mesmo tempo demonstrando um desejo, uma forte masculinidade que Nathalie, no seu estado atual, não podia dispensar. Era por essa necessidade de ser forte e protetor que Steve não tinha falado com Nathalie sobre o seu negócio. Disse que Titus ia sair do escritório — na verdade, ela dissera durante uma das suas primeiras explosões de raiva, depois que soube do caso dele com Sasha, que não sabia como Titus ainda podia trabalhar com ele —, mas não contou que Justine e Meera iam sair também. Justine não estava mais lá. Deixara sua mesa num estado que pareceria vingança de criança se Steve se sentisse menos responsável pela infelicidade dela. Ele não falou nada sobre a saída de Meera porque, de certa forma, foi a que mais sentiu, a que lhe mostrou mais diretamente sua própria fraqueza, sua própria inabilidade de pôr o profissional antes do pessoal, sua própria idéia de correr riscos loucos e destrutivos. Falhar aos olhos de Meera era uma coisa que ele não podia nem pensar sem se sobressaltar. Quando ela se ofereceu para ficar até ele encontrar uma substituta, desde que não levasse mais que um mês, e ele aceitou com uma alegria deplorável, soube que o conceito dela a seu respeito era o mais baixo possível.

— Um mês então — disse ela. — A partir da sexta-feira. Sem hora extra.

O relógio de parede acima da mesa marcava dez para as seis. Ela saíra precisamente às cinco e meia, sem deixar sinal de que a saída daquele dia era diferente da de qualquer outra. Sua mesa estava imaculada, a lata de lixo vazia, e um leve cheiro de *Issey* pairava no ar como o fantasma de uma reprovação. Steve sentou-se na cadeira dela e olhou para as vigas do teto. Naquela noite não lhe deram sensação de conforto; eram simplesmente vigas velhas, peças de ex-árvores que tinham visto todo tipo de estupidez humana e eram absolutamente indiferentes às dele. Pensou, ao olhar para cima, que alguma outra pessoa talvez fosse trabalhar debaixo delas em breve, que ele talvez tivesse de vender tudo que conquistara com tanto trabalho por causa de seus deslizes, por ter criado uma bela confusão, por ter feito exatamente o que seu pai, irritado e desapontado, disse que ele faria se voltasse as costas para Royal Oak a fim de estudar artes.

Alguém bateu à porta da escada. Steve sentou-se, alerta.

— Entre...

A porta abriu-se lentamente.

— Vi a luz acesa e achei que você estava trabalhando... — disse Titus.

— Você algum dia na sua vida bateu em uma porta?

— Não, desde o tempo do colégio.

— É mesmo?

— Não tinha certeza do que você estaria fazendo. Se é que me entende.

Steve pôs as mãos atrás da cabeça.

— Estou contemplando o futuro.

— Ah!

— E não gosto do que estou vendo.

Titus foi entrando na sala e ficou a uns 30 centímetros da mesa de Meera.

— De nada?

Steve olhou para ele.

— Por que está perguntando?

Titus olhou para o lado e limpou a garganta.

— Sinto muito... sobre a Nathalie — disse, meio sem jeito.

— O quê?

— Sinto muito ter insistido para você contar a ela.

— Você estava com raiva...

— Estava. Bufando. Tive vontade de matar você. Mas não queria matar Nathalie, não queria magoá-la de forma alguma.

— Titus, por que você está aqui? — perguntou Steve.

Titus fez um gesto. Usava uma jaqueta jeans com metade da gola enfiada para dentro.

— Eu... queria ver se você estava OK. Com Polly no hospital e tudo o mais.

— Nathalie?

— É.

— Quer dizer que ela me perdoou?
— É.
— Não sei — respondeu Steve.
Titus pôs as mãos nos bolsos.
— Você está dizendo...
— Mais ou menos isso.
— E o irmão dela está indo para o Canadá, não está?
— Está.
— Então ela está se sentindo abandonada...
— É — confirmou Steve, soltando as mãos e inclinando-se para a frente. — Não foi você. Eu tinha de contar a ela de qualquer jeito.

— Não sei — disse Titus. — Não conheço esse sentimento de fidelidade. Não fui criado com isso. Acho que meus pais nunca falaram de amor na vida deles.

— E eles foram fiéis no casamento?
Titus deu de ombros.
— Não tenho a menor idéia. Nem quero pensar nisso.
— Nathalie é o tipo de pessoa que gosta de pensar nisso. E eu também.

Titus deu-lhe uma olhada rápida.
— Então você tem um longo caminho à frente.
— É.
Titus tirou as mãos dos bolsos e fez um gesto mostrando a sala.
— E tudo isso aqui?
Steve levantou-se lentamente.
— Talvez tenha de acabar. — Respirou fundo, pensando em Meera, depois disse: — Eu negligenciei o meu trabalho.

Titus deu uns passos atrás e disse, de costas para Steve:

— Eu poderia ficar.

— Você o quê?

— Eu poderia ficar. Se você quisesse.

— Bem...

— Você é um pesadelo de patrão, mas gosto do seu trabalho — disse Titus.

— Obrigado.

— E, falando francamente, não estou a fim de procurar emprego, não estou a fim de ir para Londres e morrer de trabalhar.

— Titus, acho que não vai funcionar. Acho que fomos longe demais para voltar.

Titus virou-se.

— Você está me recusando?

— Creio que sim.

— Que tipo de desejo idiota é esse?

— Talvez eu e Nathalie tenhamos de fazer uma coisa. Talvez, se ela concordar, tenhamos de repensar tudo, inclusive nossa forma de ganhar dinheiro.

— Você não acha — disse Titus com raiva — que me *deve* uma coisa?

— Uma desculpa, mas não um emprego.

— *Meu Deus* — disse Titus.

Steve deu um passo à frente e pôs a mão no ombro de Titus.

— Eu não conseguiria lidar com você agora. Gostaria, mas não conseguiria.

Titus olhou para ele.

— Pelo menos isso é honesto.

Steve não disse nada. Titus encaminhou-se para a porta.
— Então vou ter de pôr o pé na estrada.
— É.
— Você me dará uma carta de referência?
— Claro.

Titus parou na porta e deu uma olhada nas fotos da parede ao lado da mesa de Steve.
— Você é um cara de sorte. Sempre foi. — Desceu a escada e bateu a porta.

Steve andou pelo estúdio e olhou para a rua. Titus parou na calçada para recuperar o controle, depois levantou os ombros e o queixo. Desceu a rua com ar determinado, sem olhar, fazendo um carro dar uma freada brusca para desviar-se dele. Atravessou a rua e desapareceu na viela que dava no centro da cidade.

Steve virou-se e voltou para sua mesa. Estava coberta de papéis, papéis intocados, solicitações, reclamações, estimativas, faturas, papéis que naquele momento representavam um aspecto da vida que ele não apreciava mais. Deixaria tudo aquilo, decidiu. Deixaria tudo como Titus tinha deixado — e exatamente como Titus faria, pegaria no telefone e entraria de novo em contato com a essência das coisas.

Olhou para o telefone na sua mão e discou para o apartamento.
— Alô — disse Polly num tom imperioso.
— Alô, querida...
— Ah, é você — disse ela.
— É.
— É o papai — disse Polly por cima do ombro, voltando depois ao tom anterior. Antes que Nathalie tirasse o telefone da sua mão, perguntou: — Você já acabou o trabalho?

Steve deu uma olhada geral na sala e para as vigas antigas, misteriosas e remotas acima da sua cabeça.

— Já, acho que já.

Houve uma pausa, depois Polly disse animadamente:

— Então é melhor voltar para casa. — E colocou o telefone no gancho.

Este livro foi composto na tipologia Lapidary 333 BT, em
corpo 13/16, e impresso em papel off-white 80g/m²
no Sistema Cameron da Divisão Gráfica
da Distribuidora Record.

Seja um Leitor Preferencial Record
e receba informações sobre nossos lançamentos.
Escreva para
RP Record
Caixa Postal 23.052
Rio de Janeiro, RJ – CEP 20922-970
dando seu nome e endereço
e tenha acesso a nossas ofertas especiais.

Válido somente no Brasil.

Ou visite a nossa *home page*:
http://www.record.com.br